地球にちりばめられて

Scattered All Over the Earth

多和田 葉子 著
Yoko Tawada

地球滿綴

盛浩偉 譯

目次

第一章　克努德說

那一天，我從白天就躺在沙發上，抱著靠枕，小小聲地看著電視。雨聲使人平靜。特別是，我家門前的石磚步道對面就有個小公園，雨水打在石頭上那種爽快的聲響，與土壤吸收雨水那種柔和的聲音，兩者恰到好處地交混著，不管怎麼聽都不會膩。

我並非下著雨才不想外出。其實，沿著水道閒晃散步、中途喝杯咖啡也是滿開心的。或者，繞到賣老黑膠的唱片行，到廣場去，鑽進人群裡，在那些圍著攤販、等待麵包夾起顏色鮮豔的熱狗的人群中尋找認識的面孔，也是挺開心的。但是今天，我想澈澈底底、毫無意義地放空度過。在沙發上我挪了挪頭的位置，透過窗玻璃看見被雲層籠罩的哥本哈根的天空，天空深處的銀色，就那樣在我的心底亮了起來。

什麼事都不做真是困難。什麼都不做，一直到耐不住了，總是會逃進網路世界，但是今天，我光是想到螢幕放出的光就覺得反感。那種光彷彿會將人硬是拉到明亮的舞臺上。在那個聚光燈耀眼得讓人什麼都看不見的華麗舞臺上，我成為虛構的明星。多麼空虛無聊。還不如打開電視來得好。這樣我就不會覺得自己被注視著，可以任意躺在沙發上，單方面看著演出者的臉。完全不好笑的搞笑節目，詞彙貧乏的流行歌，廣告節目販賣著好像用個一兩次就會膩的廚具。就在那時，我正好轉到了尋訪餐廳的節目。

雖然我相信世界上生活最輕鬆的國家就是丹麥，但那也許是這個國家不太講究食物的緣故。會把美味認真當一回事、費心追逐美食的國家，一定都有黑道組織或貪汙案件。丹麥獨有的清廉政治與非暴力文化，完全仰賴於人們對食物不怎麼在乎，只要老實承認這一點，別做什麼粗劣的美食節目就好了，結果不知道是搞錯了什麼，還是會有「全國最好吃的熱狗堡行腳」這種無聊節目。我昏昏沉沉，半夢半醒，連廣告結束、下個節目開始了都沒有注意到。一睜開眼，只看見攝影棚裡來了好幾位來賓，主持人則用興奮的語氣喋喋不休。我漸漸搞懂這個節目的主旨，是找來那些自己出生、長大的國家已不復存在的人，讓他們說說自己的故事。

攝影機先給了一名德國女性大大的特寫，她在哥本哈根大學教政治語言學。而她出生、成長的「德意志民主共和國」已經不復存在。也就是被大家稱作「東德」的那個國家。節目主持人有點納悶地提出疑問。

「只是兩個國家合而為一，但國家並沒有消失吧？」

「不，我生活過的國家已經不存在了。」

「但照這樣說，那麼西德也可以說是消失了，不是嗎？為什麼妳說只有東德消失了呢？」

女性深吸了一口氣，大聲地說起話來，聲響大得像是麥克風裡有什麼東西碎裂了一樣。

好險我早就把音量調小了。

「西邊的人在統一之後，仍然持續過著和之前相同的生活，但是我們東邊人的生活卻產生了劇烈的變化。學校的教材、東西的價錢、電視節目、勞動條件、假日，這些全都配合西德改變了。我們彷彿在自己出生、長大的國家裡成了移民。另外，我們東邊的歷史學者在那之前一直進行的理論研究，也被宣判為毫無價值，並且遭到解雇。」

對於打發時間來說，這實在是太過沉重的話題了。我想要轉個頻道，但遙控器卻不知什麼時候從手邊消失了。有可能剛才去廁所的時候拿了進去，結果就忘在洗臉臺上了。這是我小時候養成的習慣，為了避免上廁所的時候家人會轉頻道，我做什麼事都會把遙控器帶在手上。與其說自己有特別想看的節目，不如說，若是爸爸擅自轉臺會惹媽媽發火，她會氣到把盤子砸在地上，十分嚇人。媽媽也不是有什麼特別想看的節目，而是氣丈夫把她當空氣。他們在我十五歲的時候離婚，我也開始獨自生活，已經過了這麼長的歲月，即使到了現在，我還是會帶遙控器去上廁所，真是丟臉。

要從沙發起身去拿遙控器有夠麻煩，但我也實在不想繼續看這個節目。正在猶豫不決的時候，畫面上依序出現曾住在前南斯拉夫的男性、曾住在舊蘇聯的女性，他們都在鏡頭前發言。

我不知怎麼地有些煩躁。聽起來他們彷彿很自豪於自己的國家消失了。因為沒了國家，好像就可以主張自己是一種特殊的人類。但是我們也沒有生活在從前的丹麥王國，這和他們不是沒什麼兩樣嗎？明明我們的祖先生活在那樣雄偉的王國，還領有格陵蘭，如今，我們卻變成了住在歐洲邊緣小國的居民。當然並不是我生下來的時候才變成這樣，但我難道不能說自己是喪失國家的第二代嗎？

實際上，我母親的怪病肯定也跟丹麥失去格陵蘭有關。若不是那樣，她怎麼會像是在聊自己的小孩那樣地一味說著愛斯基摩的事呢？我母親曾替愛斯基摩的年輕人出學費，讓他去學醫。儘管如此，當我這個親生兒子想去國外旅行、希望她資助旅費的時候，她卻別過頭去，說些「現在沒有餘裕」之類的託詞。

說到這個，今天我還和母親約好要去她那裡吃晚飯。下雨外出實在好麻煩。還是傳個簡訊說我感冒了吧。若是打電話一聽聲音謊言就會露餡了。

在腦海裡東想西想，畫面上突然出現一張完全不同類型的臉部大特寫。我不由自主起身離開沙發，坐到了電視機正前方。以前流行過一部動畫叫《不下雨的宇宙》，裡頭的女主角就長著這樣一張臉。她成長於中國大陸和玻里尼西亞之間的某列島上，本來預計在歐洲留學一年，卻在剩下兩個月就要回國的時候自己的國家竟消失，她回不了家，從那之後，也沒再和家人朋友見過面。聽到這樣的故事，我嘴裡流過一股檸檬汁般的酸意，不禁吞了一口口水，但她本人仍舊若無其事地繼續說著。她臉上的表情就好像永晝時白夜的天空，明亮而黑暗。最吸引我的，是她所說的語言。那是正常聆聽就能夠理解的語言，卻不是丹麥語。那是口齒更清晰的話語。剛開始的幾秒鐘我還以為是挪威語，卻也不對。應該更接近瑞典語，但那又的確並非瑞典語。我就那樣一直盯著畫面上的大特寫，盯著她的嘴，竟覺得自己好像伺機要和她接吻而突然害羞了起來。我稍稍移開視線再重新一看，那張臉，和冰島歌手碧玉年輕時候很相似。她在說的，該不會是冰島話？她說過自己的家鄉是島嶼，冰島也是島嶼。但是如果考慮地理位置的話呢？就算地球暖化變得更嚴重，融冰在大洋間生成新的海流，即便如此，也從來沒聽過那會造成冰島流到中國大陸與玻里尼西亞之間。這到底是什麼語言？就連節目主持人似乎也在想著同樣的事。

「話說回來，您這麼流暢說著的是什麼語言呢？」

被問了以後，她第一次露出笑容，這樣回答：

「這個，其實是我自製的語言。我失去了家鄉，也無法延長在哥特堡[1]留學的時間，所以就去了特隆赫姆[2]。我獲得了一年份的獎學金。然而轉眼之間，春夏秋冬就過去了，我本來正苦惱著，後來就在歐登賽[3]找到了工作，於是又搬了家。最近的移民幾乎都變成流浪的人民。雖然已經沒有國家絕對不接受移民，但卻也已經沒有國家能夠讓人一直居住生活。我曾遊歷過的國家只有三個，但要在短時間內學習三種語言，使用時還不能搞混，是非常辛苦的一件事。我的大腦裡沒有那麼寬廣的場所。所以，我才自己製作出這種語言。這種人造語言，只要是斯堪地那維亞半島的人，大概都能理解。」

「為什麼不用英語呢？」

「如果會英語，最近往往會被強制送往美國。我很害怕那樣。因為我有慢性疾病，所以無法在保險制度不發達的國家生活。」

「您想要一直留在丹麥嗎？」

「是的。只要這個國家還沒有沉到海底。」

原先打定主意要慵懶度過的星期天，現在心臟卻怦怦怦地疾速鼓動著。有股像是街頭藝人看見觀眾開始聚集過來的那種興奮情緒筆直往上竄。電視畫面下方出現了她的名字：「H iruko，J·」。

這種聲音的組合真是怪呀。有三個母音嗎？在義大利是有恩里科（Enrico）這個名字，但那是男性的名字。對了，在匈牙利有吧。艾妮可（Enikő）是女性的名字。她的國家在歷史上說不定和匈牙利有些關聯。在我腦中的那片草原上，各式各樣的念頭像是騎在馬上的匈人[4]一般四處奔馳著。

「您現在在歐登賽是做什麼工作呢？」

「我在童話中心說故事。把從前的故事說給孩子們聽。」

「但是您還這麼年輕。從前說故事的人那種飽經歲月的印象，在您身上完全看不到呢。」

「如果昨天還在的東西完全消失了，那麼即使是昨天，也是遙遠的從前了。」

她的臉吸收了存在於半空中的數種文法，在體內將它們溶解，化作甜美的氣息從口中吐出。面對那不可思議的內容，聽著她的話的人都像是停止了判斷文法正確與否的機能，而在水中悠游一樣。今後的時代，或許液體文法和氣體文法會取代固體文法也說不定。我無論如何都想見這位女性一面。不只是見面，我還想盡可能接近她，看清楚她最後會走到哪裡去。這樣的心情還是第一次，也是第一次打電話給電視臺。雖然一直知道有洽詢電話的號碼，但我從沒想過自己會撥出那組數字。

「喂，您好，我是哥本哈根大學語言學系的研究生，想請問剛剛在電視上出現的那位Hiruko小姐，我能不能與她見面呢？我正在進行移民語言學的研究，請務必協助。這是國家的研究計畫。」我這樣說。

對方毫無戒心，立刻接受了我的請求。

「等節目結束，我們會詢問她本人有沒有意願見面。請留下您的名字與研究單位的正式名稱。節目結束之後才會詢問，還請您稍候，我們會再打電話聯絡您。」

放下了話筒後，我回到電視機前，聽來賓談話的第一部分已經結束了，第二部分則是由三位專家針對現在已經不存在的帝國，像是羅馬帝國、鄂圖曼帝國、元朝等等，進行了冗長的解說。其中一位是歷史老師，第二位是歷史小說家，第三位是發掘探險的潛水夫。我連有那樣的工作都不知道。據說他會潛入水中，調查像是蓋水壩時被淹沒的村莊，還有沉沒在太平洋裡的島嶼。他說，一個人潛到海洋底下時，會聽到女性的歌聲，或是看到沒有頭的蒼白人體在游動。

「但是，不管出現什麼都不可以慌亂。人只要一慌亂，呼吸就會紊亂，即使氧氣瓶沒有壞也會吸不到空氣。」

說著話的男人，他黑色的頭髮有著溼了一般的光澤，嘴唇則豔著鮮紅。眾人的注意力集中在這個男人身上，不曉得是不是出於不甘心，歷史學者輕咳了幾聲，像是船長一樣掌起了座談會的舵，大大改變了談話的方向。

「但是呢，即使是沉入了海底，一個帝國也不會從世界史上完全消失，而是會留下超越世代的記憶，出現試圖復興的人們。但是，聽到復興這個詞，各位難道不覺得有點恐怖嗎？想要將毀壞的事物復原是很了不起，但是復興這個詞，各位不覺得還藏著別的意涵嗎？」

我其實也嗅到「復興」這個詞帶有過時的民族主義氣味，也想更深入思考，但一想到之後有可能和Ｈｉｒｕｋｏ見面，我對鏡子裡那亂蓬蓬的頭髮莫名在意，不停用手指梳整髮型。然後再看看衣櫃，找了件整潔的衣服換上，還刷了牙。就在剛刷完的時候，主持人終於正對著鏡頭重新坐好，眨了眨眼，擺出一張「進入總結」的表情。我正想著「該結束了吧？」就聽見音樂，鏡頭也像小鳥般無來由地在攝影棚上空盤旋。出場來賓的名字像雨滴一樣紛紛由上方降下，被吸入畫面的底部。

等了二十分鐘左右，想著該不會我的洽詢被晾在一邊？心裡有些不安。但是小國的好處也在這裡，任何一位國民幾乎不會被忽視。又等了一會，電話鈴聲確確實實響起了。

「喂，您好，這裡是您先前曾打電話過來的電視臺。Ｊ小姐說她願意和您見面。如果您現在能馬上趕來電視臺，她可以在大廳和您會面。」

和先前電話裡不同的男聲以高音稍來了令人開心的消息。我立刻披起背上印有大大的「完全防水，皮膚能呼吸的超輕量抗皺」宣傳字樣以取代logo圖案的雨衣，穿上騎車專用的雨褲和防水運動鞋，就跳上了腳踏車。

我是語言學系的研究生，這不是騙人的。兩年前我開始研究一個計畫，是讓移民的年輕人透過電腦遊戲學習丹麥的生活，對此，國家給了我三年的生活費和研究經費。雖然我不覺得這是無意義的研究，但卻時常牙疼、背痛，其實是良心的苛責所致。如果真心喜歡遊戲那還好，偏偏我在內心輕蔑著遊戲，卻在寫申請研究經費的文件時寫得好像多麼理解年輕人的文化。我冷眼旁觀那些身邊一天到晚沉溺於遊戲的人失業，吃太多速食而肥胖，罹患失眠和糖尿病，自己卻高明地把遊戲當成關鍵字加以利用，騙取國家經費並過著健康又輕鬆的生活。我一邊說著反對階級社會之類的話，又一邊搭上安全的船，怎麼也無法拿出勇氣改划獨木舟。這樣年復一年下去，內心會愈發疏懶，情緒日益鬱悶，也許最終就像老媽那樣生病也不一定。我本來還正想著，在落到那般下場之前，要休息個一年左右，去非洲或印度等語言比較豐富的地區走走看看。雖然我沒什麼存款，但地球上絕大多數國家的物價都便宜到難以置信，所以如果好好計畫，應該能來趟長期旅行吧。光用自己的存款應該也能撐個半年。可以的話我也想從母親那裡多少拿點錢。然而，當我一見到那位名叫Ｈｉｒｕｋｏ的女性的臉，就覺得那種旅行怎樣都無所謂了。能夠解開謎團的鑰匙就存在於這位謎樣的女性之中。至今為止，我不曾打電話到電視臺，也沒有和不認識的人見面的勇氣。而今，我卻彷彿性格被調包了一樣變得積極。

我進入電視臺大門，接受了安全檢查，並向大廳櫃臺告知姓名，櫃臺人員則要我在接待區等候。我心不在焉地望著在通道上匆忙來去的人群的臉，其中有張臉引起了我的注意。那是一位偏瘦的老人，他繫著蝴蝶領結，帶著一種彷彿沉浸在策畫智慧型陰謀時的笑意，快步地走了過去。那該不會是拉斯·馮·提爾（Lars von Trier）導演?·正當如此想著，在另一個方向，一名貌似Ｈｉｒｕｋｏ的女性出現了。她的走路方式很奇妙，雙腳不曾從地板上離開，像是在地面滑行一樣。就連她抬起雙眼看向我這邊的瞬間，身體的重心也還停留在腹部一帶，一動也不動。

「妳好，初次見面。我是克努德，我研究語言學。」

「讓人覺得親切的名字。」

「不不不，這是很老氣的名字。只不過我的外曾祖父是一位了不起的人物，所以我媽才會想幫我取這個名字。」

「外曾祖父是語言學者？」

「不，他是左翼的北極探險家。」

「原來北極探險家也有左翼右翼之分呀。語言學家克努德・克努森[5]也是你的祖先？」

「真可惜，不是的。今天，我在電視上看到時嚇了一跳。那是現場直播對吧？」

「是的。就算是現場直播，也不會有突發狀況的國家。有來賓突然開始反民主的發言，也不會害怕的國家。即使發生這樣的突發狀況，也能用非常自然的方式對應的國家。」

Ｈｉｒｕｋｏ所說的話，有時候無法順暢無礙、自然而然地進入腦袋，但是如果稍微停下來思考一下，就漸漸覺得，若無法理解她所說的內容單純只是頭腦不好吧。我並不特別覺得自己的頭腦不好，雖然偶爾在吸了大麻之後的幾天會突然變笨，即使道理明明白白擺在眼前，大腦卻遲鈍得無法領略，因而覺得焦躁不耐。現在Ｈｉｒｕｋｏ所說的內容讓我感覺到的生硬不協調，是因為腦袋的關係？還是因為對方操使的是新品種的文法？我難以判斷。只是，對方讓我感受到的距離，完全是與對方所使用的文法之間的距離，對於她本人，反倒立刻讓我有種親密感，像是兒時玩伴一般。

「妳說，妳現在是住在哥本哈根是嗎？」

「不，棲息在歐登賽。但是今天房間的單人被我預約了，所以沒必要看手錶。」

「那，我們去吃頓飯吧？我請客。其實，身為一名語言學的學徒，有些事情我一定要跟妳聊聊。」

「語言學家雖然不是一般人會覺得有趣的職業，但對我來說是鑽石。」

聽到這句話，讓我開心到心臟漏了一拍。

「妳喜歡吃什麼？我們吃芬蘭料理如何？壽司之類的。」

「壽司不是芬蘭料理。」

「是嗎？我還以為那是芬蘭料理。如果在赫爾辛基機場降落，出來就會看到外面貼著的海報上寫著『歡迎來到三個S的喜悅國度』。」

「三個S？」

「三溫暖（sauna），西貝流士（Sibelius），壽司。」

「那個，不是壽司，而是Sisu[6]吧。壽司絕對不是芬蘭料理。但是即使我一個人這樣主張，也已經沒有人會相信我了。」

「我相信喔，如果妳這麼說的話。那我們走吧。傘呢？」

雨停了，夕陽將雲染成橘色。以哥本哈根的天空來說，這是無上的餽贈。話說回來，我想起今晚本來和其他人約了晚餐呢。那個人跳過了名字的這層關係，以母親這個特權性的稱呼君臨在我腦海之中。我們沿著水道散步，看見夕陽映在水面，像是灑上了金粉一樣。

「是說，自己製作語言，真的很厲害呀。要說有哪些人造語言，我就只會想到電腦語言之類的。因此我也曾嘗試過，要把互動式遊戲的語言給理論化，但最終變成是數學問題，而我思考的是語言的本質，兩者好像沒什麼關係，於是我就放棄了。我也曾經學過世界語，但沒有繼續下去。因為有點倒楣。明明有那麼多好老師，但我的老師發音很難懂，所以我們這些學生都會在背後偷偷講他壞話，說那是世界語的巴黎方言。這種人造語言本來就是以全世界通用為目的才被製作出來的，但如果跟這位老師學，就只能在同班同學之間通用而已。如果是這樣，那還不如學法語更好。但是，妳卻沒有將自己的困境怪到別人身上，反而獨自一人完成了在斯堪地那維亞半島全境都可以溝通的語言。很了不起呀。」

「還沒完成。只是我現在的狀況本身成為了語言。所以一個月以後，可能性是挪威色彩變淡，丹麥色彩變更強。」

「這樣啊，那如果一直留在丹麥的話，那個語言總有一天會完全成為丹麥語嗎？」

「移民能否永遠滯留在一個國家，不明。」

「如果妳覺得丹麥語比其他北歐語來得更優美之類的，我會很高興的說。」

「發音非常柔軟，所以困難。我像是只吃柔軟的東西那樣，進行發音的努力。」

「妳已經完全不再說母語了嗎？」

「我不太有機會遇到和我說同樣母語的人類。大家是去到哪裡了呢？打算稍微找找。」

「要怎麼找呢？」

「今天，節目播出後，收到很多電話跟電子郵件。很多能找的地方。」

「什麼，打電話的原來不是只有我啊。怎麼覺得有點失望。」

「明天，特里爾（Trier）舉辦的鮮味節。鮮味，原本來說，是我母語的單字。去到實際會場，能見到分享母語的人的可能性。」

「我可以一起去嗎？我想研究消失的國家的語言。雖然這是我今天才明確想到的，但是總覺得其實從以前就很想做這樣子的研究。」

「特里爾是適合那研究課題的城鎮。現在已經不存在的古代羅馬帝國的據點。」

「不過，已經沒有活生生的拉丁語母語使用者了，所以很無趣啊。在這一點上，妳還年輕，活力滿滿，但妳的國家卻已經不存在了。」

說到「活力滿滿」時，Ｈｉｒｕｋｏ的表情貌似閃過一瞬間的憂鬱，不曉得是不是我的錯覺。

我們走出電視臺後，一邊並肩聊天一邊走著。我所理解的內容，也許還是多多少少有錯，但就我所理解的範圍，情況大概是這樣。

她出生成長於一個有高科技建設的村子，據說那裡下雪的時候，埋在馬路底下的感應器會偵測到，然後就會有溫水從路上鑿的小洞口噴出。溫水好像是從溫泉汲引上來的。這樣雪就不會積在道路上。還有屋頂也有暖氣設備維持熱度，落下的雪會立即融掉，絕不會堆積。但是她的奶奶說，如果不剷雪，身體會變遲鈍，所以即使已經一百歲了，偶爾還是會特地走到沒有裝設感應器的小路剷雪。奶奶鏟起雪來，鏟子宛如被雲朵的神明從天上用看不見的繩子拉起來一樣，輕而易舉地抬起堆積如山的雪，三兩下就把那些雪拋飛到她看準的地方，而那些被拋飛的雪重複堆積在同個地方，看起來就像一座用砂糖蓋的城堡。還是小孩的Ｈｉｒｕｋｏ可以望著剷雪一直看、一直看，絲毫不覺得無聊。

就在Ｈｉｒｕｋｏ說到這裡的時候，我看見了喜歡的壽司餐廳。那不是我的誤會，旁邊正有個大大的嚕嚕米招牌。

「妳看，壽司果然是芬蘭料理吧。」

Ｈｉｒｕｋｏ聳聳肩說道：「嚕嚕米其實逃亡到了我的國家。芬蘭夾在蘇聯與西歐之間，平衡非常難以取得的時代，因為過度的壓力，嚕嚕米就變瘦了。嚕嚕咪為了維持胖嘟嘟的體型而逃亡到我的國家，又因為喜歡雪，所以在我住的地方蓋了房子。」

「那是什麼地方？」

「北越。其實官方有個叫做縣的制度，也有規則是必須說自己是什麼什麼縣人。照規則是新潟縣。但是沒有人照規則，大家都使用從前的稱呼。嚕嚕米大受喜愛，一點一點變胖，在家庭方面，作為體毛少、性格沉穩的男性代表，極為受歡迎，每天上電視。冷戰一結束，他就回芬蘭了。」

「那又是為什麼？」

「對老年照護的擔心。在我出生長大的國家，和芬蘭不同，拿不太到老年年金。」

一進入店裡溫暖的空氣立刻緊緊包圍我們，已經有幾名客人坐在桌位用餐了。我看窗邊的座位還空著，便抬了抬下巴示意，Ｈｉｒｕｋｏ則點了點頭。菜單上，魚的名字一字排開，每個旁邊都附有等級一到等級五的星星印記。我不知道這是什麼意思，便叫住服務生詢問。

「這個星星是？」

「是疼痛的多寡。」

「疼痛？」

「這是指魚從被捕到死亡時感受到多少疼痛的程度。大量漁獲的話，魚會在網子裡痛苦地掙扎，緩慢地死去。如果是用一本釣這種竿釣法的漁師就比較體貼，一釣上來就會馬上打魚的頭替牠安樂死。客人有選擇的自由。」

聽到這些話，Ｈｉｒｕｋｏ微微地笑了。我像是辯解般的說道：「在我們國家，因為已經完美地守護住了人權，接下來要花更多心力在動物的權利上。」

「但怎麼知道漁師會告知事實？」

「只要社會保障普及化，讓撒謊在經濟層面沒有效益，這樣就不會有人想要撒謊了。」

鮭魚的價格壓倒性地便宜。根據傳聞，在波羅的海那裡，為了養殖鮭魚而灑了太多繁殖促進劑，結果過度繁殖的鮭魚開始自相殘殺。因為活下來的都是體型較大的強者，鮭魚的身體就漸漸巨大化，還有人目擊到大得跟鯨魚一樣的鮭魚躍出海面。甚至還有傳聞說，有些人吃了波羅的海的鮭魚後感受到驚奇的壯陽功效，生育能力激增，從壽司店回家後立刻就想性交。而且生下來的小孩必定是雙胞胎或三胞胎，有時還會超過五胞胎，網路上還曾經流傳過一段影片，是子宮內有幾十個胎兒，個個都長著魚眼睛，還用鰓來呼吸。一想起這些，就完全不想點鮭魚了。只是，其他像鮪魚已經瀕臨絕種，貝類則是曾吃了食物中毒，從此敬而遠之。於是我將目光移到寫著hamachi的青甘魚上。真是個有趣的名字，念起來很像「How much」。不如就別考慮味道，改用名字來決定點什麼吧。我做文學研究的同事常常說菜單也是文學類型的一種呢。

「居然有魚叫做『ça va?』[7]吔。」

「章魚的tako，塔可餅（tacos）的單數形。」

「鱸魚的suzuki也跟汽車一樣呢，真好。」

這樣一說，Ｈｉｒｕｋｏ忽然吃驚地問：「看過SUZUKI SAMURAI吉普車，而且很破舊了。」

「不，不是新車。我朋友有的那輛是中古的SUZUKI SAMURAI的新車了？」

點完餐後，Ｈｉｒｕｋｏ繼續回憶她的童年。對小朋友來說，沒有積雪的道路一點也不有趣，所以總想去積雪很深的山裡玩。但道路、樹木、旱田、水田全都被雪埋在底下，什麼標記也沒有。父母親出於擔心，會讓小朋友穿上附有導航系統的「雪橇」（kanjiki）才准他們出門玩。所謂的雪橇，是一種讓人不會陷進雪中的雪上步行鞋，好像是在一個「用繩子寫文字的時代」就已經發明的東西——大概是指還沒有文字的時代吧。丹麥很少下雪，所以雪上步行鞋並不普及，但某次遠赴瑞士深山調查雷托－羅曼語的時候，我曾經穿過一次。當然，那純粹是雙「鞋子」，沒有導航系統。但是Ｈｉｒｕｋｏ的雪橇，不只能夠導航或是警示雪底下危險的空洞，更具有對話功能。如今想起來，那卻是毫無用處的程式。當Ｈｉｒｕｋｏ問：「雪橇先生，哪裡有雪兔？」

就得到了這樣的回答：「嗯……還有其他問題嗎？」。

「雪橇先生，為什麼會下雪？」她這樣問。

得到的回答是這樣：「答案很長，回家再告訴妳。不然的話會凍僵唷。」

一旦下雪，對大人來說很辛苦，但對仍是小孩的Hiruko而言，冬天卻是她興致最高昂的季節，因為房子的一樓會全埋入雪中，父親和附近鄰居便會從家到學校之間挖出一條隧道，好讓她通過隧道去上學。冬天還有各種活動。因為當地風俗偏好戲劇，所以會利用雪來製作舞臺和大型道具，演出和雪相關的音樂具還有雪中歌舞伎等等。上演的劇碼，有些長達三小時以上，卻沒有人會忘詞。她的同學也有幾人被選拔為演員，去到城市表演。不知道為什麼，在Hiruko的國家裡，幾乎所有人都認定城市比地方好，「鄉下」這個詞甚至帶有負面的意涵。因為國家風氣如此，所以曾有個男人，他賭上了自己的人生，想讓自己的家鄉不再是鄉下，最終搞出一番大事業。不可否認，這個男人無比努力。但是努力的人有時也會造成眾人的困擾。男人為了讓從小生長的土地成為首都圈的一部分，竟想用推土機試圖剷平橫亙在兩地間的山脈。他想，這樣一來，從共產陣營大陸地區吹來的高濕度冬風，就不會碰上山壁，也就不會下雪了。於是他用公費購買了大型推土機具，開始破壞山脈，這也就罷了，他變得以破壞為樂，無法自拔，山巒就這樣被逐漸剷平，而當地球暖化，水位上升，這座已變得平坦無比的島嶼就這樣被太平洋淹沒了。也可以說我的國家在這個過程中消失了，Hiruko表示。提到國家消失，聽起來就像在談「民族悲劇」似的，但其實不是這樣，而是對於自己喜歡的山被剷平所感受到的悲憤與遺憾。國家什麼的怎樣都無所謂。但是不尊敬山的政治家完全不可原諒！

說到這裡時Ｈｉｒｕｋｏ太過興奮，聲音變得高亢，別桌吃飯的客人紛紛一臉莫名其妙地轉過頭來。於是我高舉裝滿綠茶的茶杯，恰恰恰地哼起歌來，假裝要乾杯慶祝的樣子，藉此蒙混過去。Ｈｉｒｕｋｏ緩和了表情，把芥末溶在醬油裡，並用筷子慢慢地攪拌。

「妳明天要去特里爾對吧？我可以一起去嗎？」

Ｈｉｒｕｋｏ毫無遲疑地點了點頭。國家愈小，和他人成為朋友所需的日子也愈短。

「有預訂往盧森堡的早班飛機。從盧森堡開始是巴士。」

我請服務生幫忙預約了同一班飛機。當我還是大學生的時候，都是自己用智能手機預約的，但成為研究生之後，才有前輩告訴我，只要拜託服務生，他們什麼都會幫忙做。

一邊吃著抹茶冰淇淋，我一邊主張抹茶的「Matcha」和男人味的「Macho」都是源自西班牙語，但是Ｈｉｒｕｋｏ搖了搖頭。

「不對。但是這樣說，我一個人得不到相信。可是，明天我就不是一個人，也許變成兩個人。」

她以細微卻充滿希望的聲音說道。

注釋

1 譯註：Göteborg，瑞典第二大城市。

2 譯註：Trondheim，挪威第三大城市。

3 譯註：Odense，丹麥第三大城市。童話作家安徒生的故鄉。

4 譯註：Huns，是古代的遊牧民族群體，約在西元四至六世紀左右活動於中亞、高加索、東歐等地。

5 譯註：Knud Knudsen，1812-1895。挪威教育家、語言學家。克努德·克努森曾設計過語言改革方案，並影響了挪威書面語（Bokmål，又稱挪威博克莫爾語）的改革，故被譽為「挪威書面語之父」。

6 譯註：SISU，也譯作希甦，是芬蘭的一個古老概念，意指堅忍、寡默而勇敢進取，被認為是芬蘭的民族性。

7 譯註：「ça va?」原為法語的問候，「你好嗎？」之意。這裡指的應該是日本岩手縣在三一一大地震後，為振興當地漁業所新開發的鯖魚罐頭名稱。該罐頭由於鯖魚的日文發音「サバ（saba）」與「ça va?」相似，故而取名。

第二章　Hiruko說

電話在星期三打來。那是久違的晴天。

那個早上，我一邊想著自己為什麼這麼早來，一邊心不在焉地望著窗外。隔壁建築物那平淡無奇的牆壁遮蔽了視野。平時總是灰撲撲的牆壁，今天也閃耀著乳白色，像是快要融化的奶油。牆壁那引人食欲的顏色上，映著旗幟的影子。旗身緩緩飄起，好似正準備要在風中啪噠啪噠狂泳，卻又立刻無力地垂吊著，像是裝死。接著，彷彿想起了什麼似的，才動起旗身，開始悠游。鯉魚鰭[1]。有這麼個詞彙嗎？

在這個職場工作已經過了三週。這期間，太陽的移動軌跡一點一點地偏離，只要一想到現在，這個時間，這面牆壁，出現了這樣的影子，就會驚訝於一切竟早就在不知不覺間，被編入天體的無聲規律之間。

旗幟。為何要掛旗幟呢？只有影子，不知道那是哪種旗。也許是某個國家的國旗。說到這個，幾天前，我到附近買三明治的時候，看見了大使館的招牌。「還在呀，那個國家。」看見那個小小國家的大使館，我開心地想著。但那是什麼國家？現在我想不起來了。我打開窗戶，探出身子，扭腰往背後的斜上方看了過去，但旗幟沒有進入視野裡。戶外冰冷的空氣從領口流入，輕拂著我的背，我遂慌張地縮起脖子，關上窗戶。

桌子上，疊放著幾張紙芝居[2]，那是昨天好不容易才畫好的。第一張畫裡，本來想描繪一隻鶴在稻田正中央被陷阱抓到的樣子，但鶴的頭畫得像抽了芽的洋蔥，身體則完全是高爾夫球桿最前端的形狀。即使如此，這也是辛苦了好幾小時的結果，已是我能畫出的最好作品了。起初，不知道是不是鶴的脖子畫得太短，我拿給正要下班回家的同事多特看，她卻反問我：「鴨子？」

我把脖子重新畫得瘦長些，再拿給她看，她說：「這是天鵝。」

我又急忙補上長長的腳，多特才像蠟燭的芯終於被點燃般，神情一亮，「啊，我知道了。鸛鳥？鶴？」

她高聲說道，我不自覺地握住了她的手。鶴這種鳥類在安徒生的童話裡不曾出現過，所以必定也被埋藏在多特這個丹麥人的大腦抽屜的深處。能從多特口中，拉取出抽屜深處「鶴」這個單字，我想，這幅畫以我的程度來說，應該畫得相當不錯吧。

有人拍了我的肩膀。一回頭，多特就站在那裡。她那一頭濃密的金髮，今天卻不像往常那樣綁成「馬的尾巴」，而是在肩膀上如綿密的波浪般擺動。長長的圍裹裙上，未染色的部分呈現人魚鱗片的花紋。

「跟小美人魚類似。」

「我想讓小朋友開心，才特別cosplay的唷。」

「Cosplay，是我從小長大的國家創造的詞。」

「Cosplay是英語吧。」

「不是。英語人，不把costume省略成cos。接在後面的應該是playing，不省略成play。Cosplay，即使零件是英語，蒙太奇的方法是非英語。」

多特知道我只要聊到語言相關的事情，就會投入到不可自拔，於是趕緊改變話題。

「Hiruko，妳真的很會畫畫，真羨慕。」她說。

那是發自內心的誇獎，既不是嘲諷，也不是玩笑話。我有點不好意思，縮了縮身子，但如果沉默過頭，什麼也不說，又好像默認了自己很會畫畫。於是我只好動起沉重的舌頭，這樣答辯。

「在我的小學，大家都很有出息。每天，大家，生產很多文字，很多絕佳的繪畫。和他們相比，我的畫永遠是兩歲。」

多特瞪大了雙眼，誇張地點了點頭。

實際上，我還小的時候，從來沒有在圖畫工作或美術等科目上取得好成績的記憶。班上有好幾個同學，都讓人以為是葛飾北齋[3]再世，沒有跟誰學過，便能咻咻咻地動筆。即使如此，卻幾乎沒有人想要成為畫家。大概，就會跟他們的父母親一樣，長大後理所當然地在某家公司上班，只在星期天創作油畫、水墨畫、木版畫、銅版畫等等，再將自己的作品掛在家裡玄關，這樣就滿足了。

然而，到了歐洲之後，我才注意到一般人不會像寫字那般輕鬆地畫畫。人們似乎都認為，只有孟克[4]那樣的天才，才該手持畫筆，普通人畫畫是可恥的，而本來，美術就跟手的靈巧與否、擅長或不擅長無關，一個人如果沒有在畫畫中受到天命的感召，那麼就不該畫畫。我想，或許真的是這樣。但我也覺得，如果有需要一些給小孩子的海報、傳單，或者是有小朋友來拜託，那麼輕鬆畫點東西也無妨。不過，我畫紙芝居時，多特跟其他同事卻都絕對不會來幫忙。我們每天都在寫著對書法家而言不堪入目的字，因此，就算畫些對藝術家來說毫無價值的畫，也沒關係吧？至少我是這樣想的。大概，他們相信字與畫徹徹底底地不同。如果不是這樣，那麼也不會恥於難看的畫，卻不恥於難看的字了吧。

因為脫口而出說了要製作紙芝居，而周圍也沒有人幫忙畫圖，我只好自告奮勇了。畫圖很痛苦，但取而代之的，是在想像對話的時候備感愉快。紙芝居的第一回是部自創童話，名叫〈碰蛋兒〉，故事在講一隻雷鳥寶寶被困在蛋裡，無法破殼而出。當初母鳥為了讓蛋殼能夠堅硬些，吃了不少營養品，卻讓殼變得太過堅硬了。而且母鳥在產卵後，就成了「青鳥」，得住院治療。所謂「青鳥」，是指一種好發於肉雞身上的憂鬱症，那些被迫產下太多蛋的雌鳥，會在某日突然陷入沉睡。「碰蛋兒」破不了殼，出不去外頭，引來烏鴉和海鷗的同情。牠們到訪，用鳥喙鑽啄，蛋殼卻像磚頭一樣堅不可破。殼的表面不時顯現出文字，例如「外面天氣如何？告訴我吧」，或是「今天真是冷呢」。這些如同電子看板般顯現的，是在蛋裡的雷鳥寶寶的所思所想。顧名思義，雷鳥的體內可以產生微弱的電力，能用它來進行電子通訊。

孩子們張著嘴，呆呆地聽著我說的故事。沒有一個孩子笑出聲來，大家臉上都面無表情。我本來擔心他們是不是沒聽懂故事，這時卻有孩子迅速舉起了手問道：

「碰蛋兒，是殼的名字，還是鳥寶寶的名字？」

那男孩的眼瞳就像有朝陽落下的湖面一樣閃爍著，而他繁密的睫毛則在那栗子色的臉頰上投下帶有一絲憂鬱的知性陰影。從體型大小來判斷，應該是七歲左右吧。阿富汗，敘利亞，伊拉克。許許多多國名如跑馬燈般在我腦海裡閃過。這孩子是從怎樣的國家來到丹麥的呢？或許世上存在著一個數學之國，他就是從那裡來的也說不定。在那個國家的牆壁上畫有精美的圖案，而那一條一條構成圖案的線段裡，全都含有數學的真理。小嬰兒從眼睛張開的那一刻起，那些線段就會在腦海裡烙下理論的思路。像我這種人，從來就沒想過要把蛋殼跟鳥寶寶分開來看，只是隨手畫個幾筆，那孩子看了卻似乎深感困惑。

也許不該挑戰自創童話。於是接下來，我改為製作民間故事的紙芝居。閉上雙眼，我試著回想小時候聽過的民間故事，腦海裡最先浮現的是〈狐與狸的變身較勁〉。「較勁」是「比賽」的意思，那麼「變身」該怎麼翻譯才好呢？來到歐洲之後，好像沒遇過什麼會變身的東西。嚕嚕米的故事裡有各種不同的登場角色，但那並不是變身的結果，而是各自維持自身的樣子。我一想再想，最後想到了古羅馬文學，奧維德的《變形記》。這正是變身故事的集大成。「變形」的原文「Metamorphōsēs」是拉丁語，在孩子們聽來或許會感到困難也說不定，但我卻覺得，只要記住了這個詞彙，就能在各式各樣的情況下使用。對一個移民者來說，並沒有時間去記下無數個僅能在一種狀況下使用的詞彙。我想，從小開始，就該讓孩子理解這種根源且多義的單字才是好的。

送去乾洗的毛衣縮水時，可以將那件毛衣拿給店家看，並說：「metamorphōsēs。」；對情人的感覺變了，可以用單手壓在心臟的位置上說：「metamorphōsēs。」；回到從前生活過的城鎮，卻發現街上完全變了個樣子的時候，可以嘆氣說：「metamorphōsēs。」；我的同事多特如果改以魔女的打扮而非小美人魚的樣子出現的話，就是「metamorphōsēs」。無數種狀況下都能使用這個詞彙。我於是決定把〈狐與狸的變身較勁〉翻譯成「變形奧林匹克」。故事的開頭是這種感覺：「在某個鎮上，住著一隻狐狸。狐狸是變身的天才。隔壁的鎮上，則住著一隻狸貓。狸貓是狗的表親。狸貓也是變身的天才。」我猜有很多孩子不知道狸貓是什麼，所以才說牠是狗的表親。

我記得故事後來是這樣：狸貓變成了一整列的新娘遊行隊伍，得意洋洋，狐狸則變身成了一盤紅豆沙饅頭。狸貓看見紅豆沙饅頭便飛撲了上去，瞬間，「變身的皮被剝了下來」而露出尾巴，於是輸掉了這場較勁。或許我記錯了也說不定，但由於身邊沒有任何一個人會告訴我哪裡有「錯」，故事也就只好照這樣子講，連我自己都不曉得這是自創童話還是民間故事了。

「紅豆沙饅頭」該怎麼翻譯我也想了好久，最後決定翻成「杏仁膏巧克力」[5]。當然，在剛移民來丹麥的孩子們當中，一定也還有人不知道什麼是杏仁膏巧克力。又或者，說土耳其語的舌頭、說阿拉伯語的舌頭，也許會知道有哪些更接近於紅豆沙饅頭那樣包了內餡的點心吧。但是我們這些移民者，一輩子再也無法品嚐到像紅豆沙饅頭那樣的東西了，所以姑且就翻譯成杏仁膏巧克力吧。究竟，狗的表親會不會被杏仁膏巧克力給騙倒呢？

孩子們在聽到狸貓向杏仁膏巧克力飛撲過去而露出尾巴的情節時，發出了歡呼聲，十分開心。因為反應比起〈碰蛋兒〉要來得好，我就繼續說民間故事，暫時不再自創童話了。

在童話中心這裡，會舉辦一些透過童話來讓移民的孩子了解歐洲的活動。從前都是由當地人擔任志工來念給孩子聽，最近則有研究發現，比起當地人，由成人移民來接觸兒童移民才較有效果，而且不必是來自A國的成人來接觸A國的兒童，反而是各式各樣的文化交混在一起更好。對我這樣的人來說，這開啟了一條就業的新道路。

我在《北歐週刊》上看見童話中心的徵人廣告，便寄出了履歷，那時，我還居住在挪威的特隆赫姆。那時候正好得知自己不能再留在大學裡，而且還因為想回去的國家消失了，不曉得從今以後該在哪裡生活才好，正不知所措著。我讀著童話中心的徵人廣告，忽然想到，可以試著將我製作的語言教給那些移民的孩子。這種人造語言，無論去到斯堪地那維亞半島的哪個國家，人們都能理解，我偷偷地稱之為「泛斯堪」(panska)。「泛」是「廣泛」的意思，再加上「斯堪地那維亞半島」的「斯堪」。在瑞典，有一種人們稱之為「波爾斯卡」(polska)的民族舞蹈，這是「波蘭」的意思，指它來自波蘭，但實際上，也有人說這種舞蹈起源於斯堪地那維亞半島。有份不可思議存在於這個詞的語感中。

我的泛斯堪，不是在實驗室裡製作的，也不是用電腦做出來的，而是在說話的無意之間，無意就出現的可以理解的話語。重要的是，我會以人們理不理解為基準，每天盡可能地大量與人交談。這當中最寶貴的收穫，就是發現人類的大腦具備這種功能：不需要先決定自己「要學某某語」，再按照教科書來學習該語言；而是，仔細傾聽周圍人們的談話，撿拾那些聲音，重複那些聲音，把規則化作韻律，再用身體去感覺，去發聲，在這樣的過程中，一個新的語言就會逐漸形成。

從前的移民，是以某個國家為目標，之後才前往，並且大多都想要留在那個國家直到死亡，因此，只要學會當地人說的話就好了。但是，現在的我們則何時無刻都持續移動著。而我們所說的話語，彷彿混雜了所有眼前閃逝而過的風景。

有一種說法是「皮欽語」(pidgin)，但皮欽語往往跟貿易結合在一起[6]，這不適用於我的狀況。我沒有任何可以販賣的商品。我能交易的，唯有話語而已。

在童話中心面對孩子時，或許可以用泛斯堪來說民間故事吧？我思考著，可以演紙芝居給他們看。不單靠語言，同時讓他們看圖畫，這樣做起來一定更容易。我將這樣的點子附在履歷資料裡一起投寄過去，很快就收到了回信，要我到歐登賽鎮上面試。面試的時候，我當然也是使用泛斯堪來交談，但才開始不到五分鐘，在面試官的眼中就已經閃爍著「錄取」兩個字。

我的缺點是，明明什麼都不會，卻很會說「這麼做好像挺不錯的」之類的話。替不存在的事物賦予形體，塗上色彩，這正是人所企求的未來——我能夠讓人相信這件事。這樣的能力在我從小長大的國家卻沒有太高的評價，不如那些少說話、多做事的人所受到的信賴。幾十年都不說一點想法，默默地工作，獨自一人的時候才會小聲喃喃自語：「偶爾會想，一直以來所做的，會不會，是這樣的事情呀？」這樣子的人才會被人尊敬。相反地，那些會吵吵鬧鬧說著：這麼做如何、試試看做那種東西怎麼樣、修改這一點不是比較好嗎、交給我的話就可以做這些新的事，然後一直端出新提案的年輕人，就會有語言的鐵鎚打在他們的頭頂上。記得也有句諺語說：「凸出來的木樁會被打下去」，為了給人鍛鍊把木樁打下去的腕力，甚至還開發出了「打地鼠」這種遊戲。

然而在歐洲，我只要一開始說話，非但不會像被打的地鼠，聽著話的對方眼睛還會發出光芒，不斷透過視線送來「請再多說一點」的訊息。我滔滔不絕地說著紙芝居是多麼優秀的一種藝文類型、能在現在的丹麥發揮多麼巨大的作用。面試官臉上閃耀著對我的善意，沒有任何一個人會質疑：「到底你有自己製作過紙芝居嗎？」我不但沒有製作過紙芝居，甚至也沒有欣賞過。只曾在老電影中看過，有位紙芝居的說書人，先讓孩子們聚集過來、讓他們買了糖果之後，便搬演桃太郎的故事給孩子們看，頂多是這種稀薄的記憶。我也並不想說謊，於是補上了一句。

「我對紙芝居的夢想是巨人，說書人作為職業還是小老鼠。」

「沒關係，一邊實踐、一邊累積經驗就好。點子本身才是最重要的。請務必要來我們中心演演看紙芝居。」我得到了這樣的回應。在他們的笑容圍繞之下，我當場確認了契約，也簽了名。

如果以我出生國家的標準來看，我圖畫得很糟，童話也編得很隨便。但是，眼前的這些孩子，用閃爍著粼粼波光的湖面一般的眼睛看著我，他們確確實實地吸收著地球上某個角落的文化。在我的國家裡，有許多人一直進行著高品質的紙芝居活動，但是他們偏偏不在這裡，又或許他們完全消失了也說不定，所以，一切只好由我來做。把罪惡感之類的想法，連同杏仁膏巧克力的包裝紙一起扔掉吧。

我有幸獲得這份工作，拿到簽證，所以目前暫且能夠留在丹麥。小時候看電視，聽到「非法滯留外國人」這個詞的時候，都覺得是在說某個遠在天邊的國家裡的壞蛋，但是如今，如果運氣沒這麼好，我也會立刻淪落成「非法滯留外國人」。仔細一想，只要是地球人，就不可能會有在地上非法滯留這回事，即使如此，為什麼非法滯留的人數每年都在增加呢？照這樣下去，不久之後，全人類都將淪為非法滯留。

今天孩子們很早就聚了過來。那位針對〈碰蛋兒〉提問的聰明孩子，在紙芝居開始的三十分鐘前，就已經進來房間，從書架上取出一本繪本站著閱讀。那個臉圓圓、缺了門牙的小男孩，上次露出了困惑的表情，今天一進房間卻坐到了第一排，還招呼之後進來的孩子都坐到他旁邊。戴著頭巾的女孩子落落大方地在小男孩的旁邊坐下。比起上次，這次男孩子和女孩子更混著坐了。也有很多孩子穿著和上次同樣的衣服。也有些新面孔。像是會吊在父親高舉的手臂上的孩子。像是害羞得低著身子，被社工牽進房裡來的孩子。

今天，坐在第一排左邊的孩子用手機攝影。說到「難民」，總有人覺得他們好像非貧窮不可，但他們並不是因為貧窮才逃來的，而是為了躲避戰火和武力鎮壓。當然，其中也有人在逃離時捨棄了家庭和財產，但也有些人能成功地保留一部分的財產，或是請託他人匯款。那個拿著手機的孩子應該還在學齡前，卻已經穿著時髦的外套，打著絲綢領帶了。

今天我本來打算說〈鶴的報恩〉的故事，但「報恩」這個詞很難翻譯，勉強翻譯起來孩子可能也不理解，所以我便把它改成〈鶴的謝謝〉。要描述織布機比描述鶴還要困難許多。

這樣的話我無法好好對孩子說明編織品是怎樣完成的，當我反覆思索，倒疑惑起鶴的羽毛是如何變成絲線的。因此，我放棄了織布機，把故事改成鶴妻偷偷地拔自己的羽毛，做成羽絨外套。這樣就比織布要好懂得多了。

男人不曉得那位素未謀面的女性實際上是鶴變成的，便與她結婚，又把完成的高級羽絨外套拿到鎮上去賣，得到了這輩子從未有過的現金，非常歡喜。當故事說到這裡時，多特以小美人魚的樣子跑進房間。她說有通電話找我，很急。實在沒辦法，我只好對孩子們說：「對不起喔，我馬上回來。」

說完，便衝進辦公室，接起電話，原來是電視臺打來的，希望我下週去參加某個「認真的」節目錄影。我詢問是怎樣的節目，對方說，那是一個談話性節目，匯集了一群自己的國家現已不存在的人。聽說，他們是從地方報社的記者得知我的訊息。這麼說來，上個星期才有報社記者來童話中心，說要採訪我們的活動。

我盡可能鄭重地回絕了。若上了電視，被很多人看到，這樣走在鎮上，有可能就會被擦肩而過的人認出自己是誰，說不定還會有人以此為藉口，沒必要還硬要來搭話。實在是很煩人。我對於能夠立刻拒絕的自己感到很滿意，正打算掛上電話，電視臺那邊的人卻以溫柔的語氣繼續展開纏人的說服攻勢，說是會給很多出席費，還可以出交通費、住宿費，而且，說不定會有看了節目的同鄉人主動聯絡，被這麼一說，我的想法便動搖了。

「但是，在那隔天要去特里爾。那個的準備多數。忙。」

這樣拒絕之後，對方則說，不只是歐登賽到哥本哈根的交通費，就連隔天從哥本哈根到特里爾的機票都能幫忙購買。

「特里爾沒有機場。要飛到盧森堡。」

如此回答的我，內心早有過半是傾向於參加錄影了。對方沒有放過這個機會。

「那麼就這樣敲定了喔。」

說完，便掛上電話。

多特一聽到我要上電視就好興奮，很想知道詳情，但那是現場直播的節目，除了下週二得要去哥本哈根的攝影棚，此外，像是其他來賓有誰、節目多長之類，我一概不知道。

我回到孩子正等待著的房間，講完〈鶴的謝謝〉，讓孩子們回家，之後又開始準備隔天的故事。下一次的紙芝居，我決定要講〈輝夜姬〉，但是我不曉得「輝夜」的意思，也沒有字典。沒有辦法，只好先譯成〈月亮的公主〉，但我一邊畫著第一張畫，一邊覺得似乎改成〈竹子的公主〉比較好。既然是在竹子裡被發現的，那麼竹子就該是故鄉才對，為何最後會說要「回到月球」呢？輝夜姬，說不定是移民第二代，是雙親生活在地球時把她生在竹子裡，所以她雖然出生於地球，卻不適應環境，才會夢想著要回到月球，回到雙親的故鄉。我想要畫這個故事的續集，也就是輝夜姬回到月球後的故事。對於只知道地球的她來說，月球上沒有花草也沒有樹木，沒有燕子也沒有貓咪，看來就是個無聊乏味的地方。花的顏色，鳥的叫聲，哺乳類的氣味，溫暖，鬥爭，嬉戲，她懷念起這些，最終下定決心還是想回到地球。從特里爾回來之後，就來畫這樣的續集吧。這個時候的我，還打算著會馬上回到歐登賽。無論「歐登賽」跟「奧德賽」的發音有多麼相似，我都未曾試想自己將成為一段漫漫長旅的主角。

出了童話中心，走到外面鋪著石板的小廣場，正中間有尊用石頭做成的少女。她就像點火柴的瞬間，被施了魔法，一動也不動地佇立著。每次看見我都會想，是否總有一天，那尊石頭的少女會動起來，而我會變成石頭？實在令人害怕。

有上這個電視節目真是太好了。播放結束後，有好幾通電話打來，說曾經遇見過跟我說同樣母語的人。不過每通電話聲音都很沙啞，一問年齡，全都是九十好幾了，原來，遇過跟我說同樣母語的人，是很久以前的事情了。

之後，則有一通帶有責備語氣的電話打來。找到說同樣母語的人又如何呢？只要用現在說著的語言，和現在周圍的人們一同扶持過活，不就好了嗎？那通電話這樣說。這意見也是有道理。

接著打來的，是令人不舒服的電話。

「不要讓妳這一族的基因絕種，妳應該趕快生個孩子。」那通電話這麼說。

「母國將亡的危機感本身就是右翼！」也有這種電話。確實，「這樣下去祖國將會滅亡」之類的話，在從前是保守又空洞的排他主義者的固定臺詞。得要注意才行呢，我想。我全然沒有打算要講祖國已經滅亡之類的話。「祖國」、「滅亡」之類的，都不在我的詞彙裡。

「現在這個時代，只要有emoji就夠了，根本不需要語言。」

也有人說這種在我看來是離題的意見。假如我的小孩打破了這個人最寶貝的花瓶，他會無言地畫一個憤怒的表情符號給我看嗎？

「小語種死亡是很自然的。把孩子從貧窮中拯救出來才更為重要。」

也有這種電話。一一回應的過程裡，那輕盈的聽筒也感覺沉重了起來，實在是累人。於是我放棄了接聽，拜託電視臺人員幫忙。請他們切換成擴音，讓我能聽見對方的聲音，而打電話來的，有備感同情而想收我為養女的老夫婦；有詢問是否持有滅亡國家的珍貴郵票的狂熱集郵家；以及亟欲知道我是否見過忍者的少年等等。

差不多也該去飯店休息了，這麼想的時候，有名語言學研究者打電話來。和其他人不同，他關心的並非我消逝的母語，而是我現在正說著的人造語言，因為他這麼說了，我便請他來電視臺一趟。

我對這位終於現身，名叫克努德的青年立刻抱有好感。或許是因為能感覺到他的本能欲望正汩汩流向語言，而不是流向我。這樣的男性在歐洲真是罕見。大多數人依舊很關心能否和異性及同性開啟性關係，無論是遇到了誰，好像都非得自問一聲：「這個人能當我的伴侶嗎？」或者是「如果我現在的伴侶不存在，那麼這個人能當伴侶嗎？」即使這完全是假設性的，並沒有想實際交往的意思，但基本上總是會有這個疑問。

然而，在我從小長大的國家裡，性激素從很久以前就幾乎已經消滅了。所以，既沒有「因為是男性，所以會長胸毛、手毛，也會定期想和女性睡覺」這回事，也沒有「因為是女性，所以乳房會像氣球一樣膨脹、無論如何都想生孩子」這回事。

在我還是大學生時，到海外留學的年輕人就已急遽減少，正是這個狀況造成的。當我和朋友說想去瑞典留學，他們都同情我，覺得去那樣的地方一定會過得很辛苦。但實際上，在我進入哥特堡大學的第一天，同個研究室的學生便邀請我，問說要不要去他家玩。去了以後，他用宛若電影主角般長著長長睫毛的雙眼注視著我，捧著我的手，而當我注意到啊這是戀愛呀，便慌慌張張地說明：「在我的文化裡，性已經不存在了。」

結果對方的表情，像是看著從月球來的女人一樣。那名男學生思考了一下，問說：「妳的雙親不會答應嗎？」

恐怕是因為，他看過一些紀錄片類的節目，關於父母決定子女結婚對象的社會，或是雙親不允許與外國人、異教徒結婚的社會等等的，才會認為我的狀況應該也是那樣。

「並不是那樣。是文化中沒有性激素。」我說。

「那真是不得了。是什麼樣的病？如果不想聊，今天就先別提了吧，不過我有朋友是醫生，明天我會打電話去問問。」對方這樣關心著。

克努德並非對於性無所關心，只是他討厭麻煩事，也受夠了他那無法放孩子獨立的母親，於是成為了能從語言中感受到情欲的體質。我想和這樣的人結伴同行。也正是這段旅行的緣故，我們的體質逐漸發生了變化；只是當下，我卻連想也沒想過。

隔天早上，我們在哥本哈根的機場集合，一起辦理登機手續。螺旋槳飛機一邊被風吹得上下左右四方搖晃，一邊攀登上雲的階梯。克努德以令人眼花撩亂的速度動著他的拇指，寫下訊息。

「嚴守雲模式。」我告誡他。

「我已經轉換成飛航模式了喔。只是現在先寫好，之後才會發送。」

「給誰？」

「昨天本來跟我約吃晚飯的對象。因為我沒先聯絡就爽約了。」

「戀人？」

「也算吧。我老爸以前的戀人。那個人跟我的老爸結婚，生下了我。」

「不管哪個語言都以ｍ開頭的單字稱呼的人。mama，mother，mutter，mutti，мать，maman。[7]」

「妳的語言裡也是以ｍ開頭的嗎？」

「『ma ma ha ha』[8]。可是，這是特殊的媽媽。」

「我家的媽媽也很特殊，是愛斯基媽媽。」

「愛斯基媽媽？」

「沒錯。母親相信她是所有愛斯基摩孩子的媽媽。愛斯基摩人是一個歧視性詞彙，所以大家都不用了，但這種狀況下說因紐特人並不適合。因為在我媽腦海中的，的的確確就是愛斯基摩人。最近，她才給我看了一本寫真集，裡面收集了一百張肖像照，都是住在丹麥的人。當然裡面也有各式各樣的人，像是雙親之一是愛斯基摩人，或是祖母是愛斯基摩人等等。第一頁的肖像，是張金髮碧眼、雪白肌膚的臉，而頁數愈往後翻，頭髮與肌膚的顏色就愈接近小麥色，眼珠的顏色也愈來愈濃，漸漸地就變成了愛斯基摩人的臉。這些照片的排列，就是故意想讓人分不清分界線到底在哪裡。不過，這種作法本身，是否正是太過刻意地拘泥於人種的證據呢。」

「為了什麼的寫真集？」

「『我們大家都是一家人』。它想表達丹麥人和愛斯基摩人是不可能切割的吧。」

「獨立否認？」

「他們承認格陵蘭的獨立，卻反對切斷援助。這就像是親人對於已成年兒子的所作所為仍想要多嘴過問。就算承認兒子有獨立的人格，但對於兒子的人生因麻醉藥物而變得一塌糊塗，仍無法袖手旁觀。母親語的『責任』如果翻譯成我的語言，那叫做『多管閒事』。」

我再次深深望向克努德的臉。他的肌膚有種通透的感覺，於是那些稍微泛紅之處，看起來也像是破了皮、受了傷似的。一副像剛用過麻醉藥物的模樣，不曉得是不是我多心了。如果是大麻之類的，反正接下來又不是要飛去新加坡，應該不需要擔心吧。在腦海中迅速思量著這些事的我，也有幾分滑稽。我將額頭貼上窗戶玻璃向外望，看見了底下有座被叢叢濃密綠意包圍的城塞。

注釋

1 譯註：原文是「恋のぼり」，發音跟鯉魚旗的發音（鯉のぼり）相同，但作者故意把「鯉」字改成同音的「恋」。考量之下，譯文把旗改成同音的鰭，也呼應前文的「游泳」形容。

2 譯註：一種日本傳統的表演活動，說書人會以一張張連環圖畫演出戲劇，又稱紙戲劇、連環畫劇等。因後文提到時有強調日本生活文化之意，故此處沿用日文漢字。

3 譯註：葛飾北齋（1760-1849），畫家，江戶末期的浮世繪大師。

4 譯註：孟克（Edvard Munch，1863-1944），挪威畫家，著名的《吶喊》即是他的作品。

5 譯註：原文為「marzipan chocolate」，marzipan 指的是將杏仁粉（正確來說是扁桃仁，但俗稱杏仁）與大量的糖混和製成的膏狀糖霜，類似於翻糖；而 marzipan chocolate 則是在杏仁膏外裹上一層巧克力的甜點。

6 譯註：「皮欽語」又稱混雜語言，是指兩個以上的族群為了溝通而發展出的共通語言，且目的經常出於貿易。據說 pidgin 一詞就是源自於十九世紀時中國人對 business 一詞帶有口音的發音。

7 譯註：mutter 與 mutti 為德語，мать 為俄語，maman 為法語。

8 譯註：ママハハ，「繼母」的意思。

第三章　阿卡西說

他的身影突然進入視野裡的時候，我正在盧森堡機場的巴士站牌等待開往特里爾市內的巴士。從他豐滿的雙頰感覺得到內部那副健全的骨架，是名看起來很可口的青年。和他同行的女性，則有著異國情調的風貌，是最近較不常見的類型。以漢族而言她太矮，如果是來自湄公河流域，她的皮膚也對太陽過於無知。那一頭直髮及於肩，尾端鬆散搖曳著，從她的斜後方看過去，臉頰到下巴的線條彷彿動畫裡頭登場的人物，雖然可愛，卻也讓人覺得詭異。走路時腳也不會往上抬，像是沒有體重一樣咻咻咻地滑行移動。其中最讓人感到不可思議的是，瞳孔裡看起來好似有象形文字在閃爍著。

從前，在我們的國家印度還被稱作南亞的時候，在被稱作遠東的地區裡，就生活著這種風貌的人，這是我在歷史地理的課堂上學到的。那些人有著幾樣奇妙的特徵。比如說無法區別影像中的世界與現實的世界。因此，據說有些人在網路上受到暴力幫派或毆或踹的暴行，且這類傷害成為他們的死亡原因；也有些人愛上了虛擬明星，最後鑽進了顯示裝置裡頭，再也不曾回來。還有，據說有些人能夠一再地連續八十小時不眠不休工作，就連瑜珈修行者也會嚇一大跳。

我再次看了看女性的臉，她卻是一臉平穩的表情，與那種驚愕的神話絲毫不符。或許是因為旁邊有位光是待在身邊就能讓人心安的青年。他們兩人對話的語言，在我耳裡聽起來像是斯堪地那維亞的語言。他們以語言彼此相連，交互愛撫，用玩笑激怒對方，時而捧腹大笑，時而拍擊對方的手臂，但是他們的表情卻都很認真，既沒有互相凝視，也沒有接吻。

今天我來盧森堡機場接機，有十名從德國各地前來的印度留學生。接下來必須帶他們搭巴士到特里爾市內的飯店。要不是因為如此，我本可以馬上和這名北歐風的青年搭訕，邀他去喝杯茶了。從表情來判斷，他並不是上班族。很可能是古代希臘文學或是巴洛克音樂或是某種專業領域裡，未來會變成研究學者的人。只是，雖然帶有知性，卻有某部分給人空洞的印象，這確實讓我不安。這種印象宛如煙霞般顯現，不久卻又消失。我曾經與一名把自身人格全都交付給哈希什[1]的朋友往來過，也許是因為這段經驗，讓我變得過分敏感了吧。

北歐風的青年幾度改變身體的方向，像是在這無聊的機場巴士總站尋找著什麼有趣的發現似的，過了不久，他觀察起了我們。接下來我要帶領導覽城鎮的這團學生裡，有七位女性，三位男性。男生們都打扮得很樸素，全是白色襯衫再披上一件土黃色或黑色的皮革外套，下半身搭配著牛仔褲，但是女生們在脖子上則各自圍著不同顏色的領巾，身穿色彩鮮豔的旁遮普套裝。在地人的服裝顏色隨著夏天遠去而愈漸樸素，所以當我們與在地人走在一起時，這團人身上顏色鮮豔的程度簡直是太危險了。

因為我決心要以女性的身分過活，所以外出時都會穿著紅色系的紗麗。我並不是特別想要打扮得像印度人，而是同一輩的德國女性都不太穿裙裝，所以我也不想只有自己穿。但是如果和她們一樣穿褲裝，我看起來就只像個男的。再加上，不知道為什麼，我從以前就覺得自己的心是用紅色絲綢做成的，上面還縫著金色絲線的刺繡。只要解讀出那刺繡的圖案，我一定就能夠想像自己該活出怎樣的故事。即使不去勉強解讀，光是望著那絲綢的光澤發呆，我也很滿足了。

我正在執行「性別搬家」這件事，一眼就看得出來，但是大學裡卻沒人在意。去參加派對也是如此。反倒很多人都想知道關於紗麗的種種。怎麼圍上的呢？不會鬆掉嗎？布料是絲綢嗎？裡面會穿內衣嗎？有沒有更適合紗麗、不是運動鞋的鞋子呢？沐浴在這些問題裡，喜歡聊天的我總是很快樂地回答著。

讓我驚訝的是，北歐風的青年關注的，既不是紗麗，也不是我的性別。從他嘴裡跑出來的是「馬拉地」(Marathi)這個詞。我不小心露出了驚訝的表情，全被對方看在眼裡。感覺有必要立刻解釋。

「你知道我們在說的是馬拉地語對吧。真是讓人吃驚。在德國有許多人就連馬拉地語的存在都不知道呢。就算知道，也只覺得那是一種小小的語言。但是，說馬拉地語的人大概就跟說德語的人一樣多呢。」

我試著用德語這樣說。青年對我投以親切的微笑。

「以德語為第一語言的人口大概有一億人。馬拉地語大概是它的四分之三左右吧。」

他以英語爽快地說。看我一時無法回應，他便伸出了手。

「我的名字是克努德。你呢，從哪個城市來的？浦那(Pune)？」

他用英文問。我握起他的手，也跟著用起英文。

「是的。你怎麼會知道呢？你很了解印度呢。」

我回答，卻覺得這樣說得不夠。

「其實，從印度到德國來留學的學生每年都會有一次聚會，嗯，主要的目的是交流和觀光啦。今年輪到住在特里爾的我必須當主辦人。不知道能不能勝任就是了。」

我一股腦地講了一堆可能會被問到的事。不過看來克努德雖然對德語能理解，卻不擅長說，才用了英文。克努德同行的那名女性輪番看著我們，小聲地問到：「你，名字怎麼說？」

「阿卡西。妳呢？」

「Ｈｉｒｕｋｏ。」

「來觀光嗎？」

「我們，是要來特里爾的鮮味節。聽說今天下午，在卡爾．馬克思的出生地有個『dashi』[2]的工作坊。講師是廚師，名字叫Ｔｅｎｚｏ。從名字來判斷，可能是我的同鄉人。」

她像在戒備著什麼，不時看向四周，一邊用幾乎聽不見的英語說道。

「『典座』[3]？沒聽過這個名字呢。鮮味節的事我也沒有聽過，不過，馬克思住的地方我倒知道。就在黑城門（Porta Nigra）的附近。」

聽到這個，Ｈｉｒｕｋｏ兩頰的緊張便緩解了。我突然想起了一名印度女性，她有個美麗的名字，叫做Dash。

「話說回來，妳剛剛說的dash是什麼？」

「你是說『dashi』（高湯）嗎？那是指料理裡面好吃的味道唷。會從魚乾啦、海藻啦、香菇裡頭跑出來。」

「和鮮味是同樣的東西嗎？」

「不一樣。鮮味是指特定的味道，相對地，dashi 應該是指物質性的那一面吧。雖然我沒什麼自信。」

「這樣的話，dashi 就是交響樂團演奏出的樂聲整體，鮮味就是音樂囉。」

開往黑城門的巴士來了，我們不得不中斷這場談話。如果可以的話，我本來想找出她和克努德的關係，但話題走上了岔路，浪費了寶貴的時間。雖然克努德和Ｈｉｒｕｋｏ和我們搭上了同一輛巴士，但座位隔了一段距離。

巴士運行時，我偶爾伸長脖子，轉身探頭，觀察坐在後方的他們兩人。扭腰的時候，我感受到了自己內在的女性。Ｈｉｒｕｋｏ身上有著蘋果花的楚楚可憐，卻沒有萬壽菊那樣濃厚的魅惑色調。克努德則是單純又迷人，讓人想立刻緊緊抱住的那種男性。看著兩人親密地肩並肩聊天，我有點坐不住了。

我的同鄉很善於聊天。即使是初次見面，也能很快地開始交換大學、家族、德國的生活等等資訊，聊著聊著就愈來愈起勁，詞彙的數量也逐漸增加。巴士裡已經亂成一窩蜂。幸好除了我們，巴士裡只有另一組老夫婦，而且他們還很親切地和坐在前座的學生聊到，兩人年輕的時候曾經去印度旅行。在德國，我一個人搭巴士，不會在意任何人，但是和好幾個印度人一起坐車的話，車內氣氛就會突然緊張起來。因此帶著同鄉們一起移動的時候，都得小心翼翼的。

不管看了幾次，黑城門依舊那麼驚人。那些石塊的堅硬、重量，不由分說地存在著。這些宛如大型棺柩的石塊之間，完全沒有使用釘子或水泥之類的東西，卻經過了幾百年都未曾偏移，這當然全都是憑靠著它們自身的重量。而且，這個位置從西元兩世紀起就被選為城市北門的建造之處，長久以來都是個特別的場所，我光是想到這一點就快要暈眩。那是無論這個世界如何被數位化，都無法重現於螢幕上的重量，只存在於那裡，只能存在一次。

我的同鄉們仰望著那有如岩山般焦黑的大門，發出驚嘆，並在門前擺起各種姿勢，互相拍起照片。克努德和Ｈｉｒｕｋｏ似乎也是第一次看到黑城門，他們瞇起眼睛，仔細凝視著。我假裝若無其事地靠近克努德的身旁這麼說著：「其實在我的故鄉，也有和這城門的氛圍很相似的建築，叫做沙尼瓦．瓦達宮（Shaniwar Wada）。也許是因為這樣，黑城門總給我回到家的安心感。」

克努德半閉著眼，舌尖在嘴裡重複玩味著「沙尼瓦．瓦達」這個發音。

「這兩個建築物有這麼像嗎？有沒有什麼歷史方面的原因呢？」他眼中閃耀著好奇心這樣問。

「不知道呢。客觀看起來，兩者的形狀也許不是那麼相像，但靠近的時候，石頭給人的感覺卻很像。該說是信賴？尊嚴？安心？」

聽到這話，Ｈｉｒｕｋｏ用一種好像快要哭出來的顫抖聲音說：「在我出生長大的國家，沒有這種巨大的石門。房子是用木材和紙建的，全都燒得一點不剩了。印度和羅馬帝國是連在一起的，卻只有我被切割開來。」

她的哀嘆實在來得突然又不合時宜，我不知道該怎麼回應才好。她的國家彷彿是消失了，但我害怕聽她說這些事情，於是換了話題。

「為什麼妳說英語的時候，聲音都會變小呢？」

我這樣子詢問。Ｈｉｒｕｋｏ在和克努德用斯堪地那維亞的語言交談時，經常很大聲，可一換成英語，就幾乎是以氣息的摩擦在講話。從剛才我就對這件事莫名在意。

「我害怕。因為斯堪地那維亞的移民局對我說：『如果會講英語，就請妳移民到美國去』，這話大概說過兩次。而且，這些公務員怎麼知道我會說英語？這是個謎。明明文件上我都寫不會英文。大概從那個時候開始，我就一直覺得不管到哪個國家、走在哪個城市裡，好像間諜都跟在自己身邊。」

我為了讓膽怯的Ｈｉｒｕｋｏ打起精神，刻意以開心的語氣說：「但聽說轉送到美國的政策已經沒有了。當然，比起會英語的人，對不會英語的人更有利吧。想要留在這裡的話。」

我這樣說，她卻陰沉地回答：

「我不打算住在德國。」

「妳打算回故鄉嗎？」

「你說什麼才是故鄉呢？」

那時，有好幾位穿著深綠色制服配黑色皮革外套的警官，成群通過黑城門的另一側。Hiruko把剛說出口的話吞了回去，緊緊地咬著嘴唇。她依舊害怕自己說英語會被聽見。我想起了上一次在學生餐廳排隊時聽到的事。這陣子，因為墨西哥的景氣極好，所以說西班牙語的人就流入了墨西哥，加州則因為勞動人口減少而困擾。中國不再向海外出口之後，美國所有的日常生活用品都必須在國內生產，但是在美國卻已經沒有人會縫製西服了。因為這樣，他們急著想把全世界會說英語又巧手的移民都集中起來。另一方面，在歐洲，雖然有制度能完全保障包含移民在內所有人民的生活，但是他們卻因為國家的預算不足，也打算盡可能讓會說英語的外國人移居美國。

幸好我大印度現在正處於經濟高度成長期的頂點。即便有人想來歐洲享受學問和旅行，卻沒有人會想移居到這裡，終其一生忍受寒冷與缺乏辛香料的食物。我也是結束研究之後就想回浦那了。

這位名叫Ｈｉｒｕｋｏ的不可思議女性，說不定其實是因為無處可去了，才想勾引克努德，和他結婚，企圖拿到丹麥還是哪裡的護照。這麼一來即可免於被送去美國整天踩裁縫機的命運，而被北歐家具所包圍，縱使失業，也不會為生活所困。克努德和我不同，是個老好人吧。他毫不懷疑Ｈｉｒｕｋｏ，還說：

「『消失』真是個悲哀的詞彙呢。但是，不妨想成是重啟吧。雖然我不知道有沒有這樣說的資格。先去找那個叫做Ｔｅｎｚｏ的男人，兩人合力來回想吧。存在於你們的語言之中所有的單字。之後再來編字典。」

他這樣鼓勵Ｈｉｒｕｋｏ。特地用英語來講，是想讓我也聽到吧。哎，這傢伙人怎麼會這麼好？我若無其事地將手搭在克努德的背上，讓他的身體轉了個方向，並指著從黑城門直直延伸的西蒙街開始說明。

「這條路直直走下去，就是馬克思一歲到十六歲左右住的地方。我來帶路吧。請在這裡等個五分鐘左右。我先去和留學生團說明飯店的地點之後再過來。他們住的地方滿好找的，應該能自己過去。」

克努德點點頭，Ｈｉｒｕｋｏ不曉得有沒有在聽，呆呆地看著遠方。我把留學生帶到門的旁邊。

「從這邊直走，過橋之後左轉，就會到飯店了。再見囉。明天在約好的時間，我們在大學見。」

交代完後我就慌慌張張回到克努德的身邊。他們用走的應該要花十五分鐘以上吧。叫印度人自己走那麼遠的距離，是再無禮不過了，我這根本是明知故犯。應該也有女性覺得，走路要花三分鐘以上的地方，搭人力車是理所當然的。但如果抱著搭人力車的想法每次都坐計程車的話，獎學金很快就會花到一點不剩，所以，既然要在德國生活，就得好好學會用走的。我的德國朋友都很愛散步，也經常邀我一起散步。說是散步，可不是走個十五分鐘、二十分鐘就好了，至少也得走上一小時，天氣好的話有時還會走到兩小時，且中途不休息，大概要走到四十分鐘左右，這裡的人才會終於敞開心扉，開始聊「其實我分手了」之類的話題，所以在這個國家，沒有一雙好腿，可是交不到朋友的。

送走了同鄉的留學生們，我們三人便走上這條從黑城門直直延伸的大路的左側。明明是我負責帶路，卻不知為何走在最前面的是Ｈｉｒｕｋｏ，她身後則是我和克努德並排而行，變成了一個三角形。穿著紗麗的我和克努德兩人，從遠處看來應該像是一對異性戀情侶吧。

其實不只是在服裝上，我的身體也正逐漸朝女性變化著。只是，我討厭借助西醫擅長的外科手術還有荷爾蒙注射劑，而是透過食療、冥想、呼吸法、體操、誦經、抄經等等，一點一點地進行著我的性別搬家。

和克努德並肩實在太令我神魂顛倒，以至於走過了頭，不小心從目的地建築前路過，還得稍稍折返。

「瞧，那邊的標示。」

塗著白漆的木頭窗框底下有一大片透著桃紅粉彩的外牆，牆上固定著一塊應該是花崗岩製成的石板，板上刻著大大的文字：「卡爾・馬克思從一八一九年至一八三五年居住在這間房子裡。一八一八年五月五日生於特里爾」。我這時才注意到石板上寫著的字，意思是出生於一八一八年，卻是從一九年才住到這間房子裡。那麼他出生之後那一年的空白，是怎麼填滿的呢？

建築物的一樓成了商店，陳列著有強烈廉價感的玩具、紙盤、筆記本和蠟燭。

「一歐元商店。」

Ｈｉｒｕｋｏ發現了招牌，出聲讀出上面的字，克努德聽見後噗嗤一聲笑了出來，接著又立刻換上認真的表情說：「所有商品都只要一歐元的世界也不壞呀。汽車也一歐元，冰淇淋也一歐元。一切平等，挺不錯的嘛。」

「所謂馬克思主義，就是那麼回事嗎？」

Ｈｉｒｕｋｏ話一說完，聲音迴盪在石板路上，形成預料之外的巨大回聲，好幾名路過的人因此停下腳步上下打量起我們三人。其中還有一名男人的眼神特別銳利，說不定是便衣警察。他的體格不錯，只是因為穿著寬鬆的夾克，看不出來是肌肉飽滿還是體脂豐厚。我們反射性地拿起陳列在店外的河馬布偶，裝成在品評挑選的樣子。畢竟想送布偶給小孩或侄子的人不可能是恐怖分子吧。這瞬間的判斷應該沒錯，因為那些路過的人就像被暫停的影片開始繼續播放一樣邁開了步伐。眼神銳利的男人也從視野裡消失了。即使如此，Ｈｉｒｕｋｏ彷彿還在警戒似的，小聲地和克努德說著悄悄話。克努德轉頭看向我。

「現在又來到了只要說出馬克思這個名字就會被當成危險人物的時代嗎？」

他用英語這麼說。不知道這是他自己要說的，還是把Ｈｉｒｕｋｏ說的話翻成了英語。雖然他刻意大聲地說，這次卻沒有任何人停下腳步。

「馬克思在這個地方是很常見的名字，光是聽到馬克思，應該沒有人會特別留意。洋服店也叫馬克思，書店也叫馬克思。大家都知道他們是從很久以前就住在特里爾的大家族。」

「那，一歐元商店的經營者也是馬克思家嗎？」

「應該不是吧。那是全國都有的連鎖店。」

「話說回來，真的是這間店要舉辦鮮味節嗎？」

「我進去問問。」

我說道，便獨自進到店裡。能幫上克努德的忙真讓我雀躍不已。店裡的通道狹窄，卻擠滿了顧客，好在櫃檯碰巧沒人在等。在櫃檯裡工作的女人看見我，彷彿吃了一驚。

「不好意思，我聽說今天這裡有鮮味節？」

女人歪著頭。

「鮮味？那是什麼印度神明嗎？我們這裡沒有。」

她答道。根據經驗，通常像她這種眼睛貼著長長假睫毛、嘴唇塗滿口紅、動過隆乳手術、穿的鞋腳跟很高的女人，對我們這種游移在性與性的縫隙之間的人類，是沒什麼好感的。不過，因為她也沒把我當笨蛋，或者故意說些傷人的話，我也就隨她去吧。況且，她以為鮮味是印度神明的這種猜測，或許也是出於某種對不同文化的開放態度吧。我於是帶著半分戲弄的意思說：

「你們這裡有其他的印度神明嗎？」

女人一臉認真。

「當然有。那賣得可好了。佛陀還有象頭神，你看，就在那邊唷。每個都只要一歐元。」

她回答。在那個架上擺放著一排一排約十公分高的裝飾小物，有自由女神、足球選手，而塗著藍色的象頭神與金色的佛陀也確實沉甸甸地安坐在那裡。

這個時候，店裡冒出了一名戴著眼鏡的女性，全身散發著以讀書為興趣也不奇怪的氛圍。

「不好意思，我聽說鮮味節是今天會在這裡舉行……」

她很快就出聲詢問。剛才那個櫃檯裡的女人怒瞪我一眼。

「我說了這裡沒有那種節嘛。」

她否定道，言語中帶著慍怒。眼鏡女出手制住櫃檯女。

「等等。我確實聽人家說，是今天，在馬克思故居的博物館要舉辦活動。有很多有名的廚師從其他遙遠的國家過來，而且會公開從中世紀代代相傳的『dashi』的祕密，大概是這樣的活動。」

她說道。原來如此，不是這裡，而是在博物館那邊嗎？我禮貌地向眼鏡女道謝，回到外頭等著的兩人身旁。他們又在用斯堪地那維亞的語言熱烈地討論著不知道什麼事。我一時間以為是什麼情愛的糾葛，還期待得心兒怦怦跳，結果和克努德一對上眼，他用英文對我說：「特里爾的方言和周圍村落的方言不同。它之所以和莫瑟爾法蘭克地區方言（Moselle Franconian）有差異，原因是十九世紀初被併入普魯士，有許多官員從普魯士流入所致，我想你也贊成這種說法吧。」

他興奮到一邊說一邊噴著口水。我倒是安心了。看來這男人對身為女性的Ｈｉｒｕｋｏ毫不關心呢。至於她，也像是要把我拉成她的同伴似的。

「你一定也覺得方言這種觀念落伍了吧。當人們試圖把某個語言定義為獨立的語言或者是方言的時候，絕大多數都是政治性的意圖在運作。你一定也是這樣想的吧。」

她熱切地喋喋不休。我忍住笑意說道：

「抱歉。語言學不是我的專業，關於方言，老實說我也沒什麼意見。不過我有朋友在研究方言，晚點可以打電話過去問問看。確實，他也對方言這個概念抱有疑問，還對此主題寫了論文。有一次啊，他喝到爛醉，在那邊鬼吼鬼叫，說什麼『盧森堡語明明怎麼想都是德語的方言，卻沒辦法大聲這麼說，可是詞彙不同根本不構成非方言的理由』之類的話。這個男人被戀人甩了的時候很冷靜，但輸了方言的爭論竟然會自暴自棄地喝酒，真是嚇到我呢。話說回來，那個鮮味節，似乎不在這棟建築舉辦，是在馬克思故居。地點是布呂肯街。我們現在一起過去看看吧。」

這兩個人在後面跟著我走，但討論方言的熱度好像還沒冷卻，臉仍熱得通紅，喘著大氣。也不曉得是不是因為心情亢奮，使他們身體裡的鍋爐噴出熊熊烈火，走起路來有如蒸汽火車之勢，趁我稍微東張西望的片刻就超了過去。兩人自顧自地向前走去，步調還完全吻合。想到他們體格的差異，這完全一致的節奏更令我吃驚。因為腳上纏著絲綢，只有我落在後頭走著。

從黑城門直直延伸的這條繁華大街，不管星期幾去都是人山人海。身穿流行服飾的人形模特兒從櫥窗裡斜眼觀察著路上的行人。偶爾，還有那烤香腸不吉利的味道飄過。克努德忽然停了下來。

「你肚子不餓嗎？」

他這樣問我。為什麼不問Ｈｉｒｕｋｏ要來問我呢？但我的身體就像被抱緊般湧上一股暖意。

「餓了。吃點什麼吧。但我吃素喔，可以嗎？最近就連在德國，幾乎所有的餐廳都有素食菜單了。」

「歐洲也印度化了呢。」

「是這樣嗎？素食是什麼，有各式各樣不同的理解啊。比如說，有些店家主張，就算用牛肉來燉湯，但最後只要湯裡面沒有肉，也算素食的湯。更極端一點的，也有店家說雞肉不算肉，所以把雞肉沙拉當成素食沙拉。」

Ｈｉｒｕｋｏ這才第一次對我露出了親切的笑容。

「真想讓你喝喝看用好喝的昆布高湯煮的湯。」

她說。我不想摧折這好不容易才萌生的友情新芽，但也不想扭曲事實，只好下定決心這麼說：

「吃素也有很多種呀，像我家就不吃海藻。」

Ｈｉｒｕｋｏ帶著訕笑地答道：「真的，海藻都在深深的海底愛撫著魚群，說不上是植物呢。」

克努德將手搭在我們兩人的肩上，提議道：「去印度餐廳吧。」

只有他高得那麼突出。在北歐算是普通的身高，但也有一百九十公分。克努德提議要吃印度菜真令人喜悅，我大口地把這份喜悅與空氣一同吸進胸中。

「這樣的話，我們就去那家叫『Osho』的餐廳吧，雖然會繞點路，但是那邊的開悟午間套餐不會雷。」

我說。聽到這話，Ｈｉｒｕｋｏ的眼角上揚。

「Osho？」

「對啊。」

「和尚？」[4]

「那是什麼？」

「那是我從小長大的國家的詞彙。佛教裡的神父就叫做和尚。」

我有點不開心地回了話。

「Osho是一個印度名人的名字啦。」

「不對。ㄏㄜˊ ㄕㄤˋ是普通名詞。」

「Osho是專有名詞！」

克努德擠到我們兩人之間進行仲裁。

「等一下。我們從音韻結構來判斷吧。先來確認一下，你主張Osho是一個馬拉地語的名字，對吧？」

我有點慌了。

「不，應該不是。他出生在北印度的某個村子裡，出生時的名字也不一樣，但我想不起來了。然後他開悟之後，又改成別的名字。這個我也想不起來。最後才變成Osho。這是我爸跟我說的。不過浦那是他宗教活動的重要據點。」

「這樣的話，他也有可能把外來語的普通名詞當成自己的藝名來使用對吧。」

我老老實實地點了頭。

愈靠近「Osho」餐廳，我便擔心起別的事。我已經好幾個月沒去那間餐廳了，最近剛好有間我很熟的餐廳倒閉，不知何時變成了咖啡店。所以當我看到「Osho」招牌的時候，不禁鬆了一口氣。店裡的基調是芥末黃，也沒有多餘的擺飾，不過桌巾的材質倒是經過挑選，還帶有溫暖與故事性，完全感覺不到最近流行的咖啡店裡的那種無聊乏味。而且，桌子擺放的方式也很獨特，我們被帶領到座位後，一坐在椅子上，立刻就有種被整個空間守護的安心感降臨。克努德似乎很滿足。

「這間店的氣氛真好。我從小就很喜歡印度料理呢。」他說。

Ｈｉｒｕｋｏ詫異似的瞇起眼，觀察著裡面那桌的情侶。那兩人在吃的食物，看起來像是披薩。我有點近視，沒辦法看得太清楚，卻漸漸感到不安。他們是把咖哩均勻塗抹在印度烤餅上之後再吃——我很想這麼認為，但卻從來沒見過有人這麼做。

穿著純白棉衣的服務生把菜單拿了過來。打開來第一頁，上頭寫著「推薦午餐」，底下有「開悟披薩」、「蓮之夢披薩」、「冥想披薩」。我抬頭看著服務生抗議：「跟上次來的菜單完全不一樣。」

「這樣啊。那上次應該是相當久以前了喔。」服務生裝糊塗道。

「這裡是印度餐廳吧？」

「是的。」

「披薩是印度的食物嗎？」

「我們這裡所有的餐點，全是浦那和尚國際冥想度假村的人氣料理。」

我震驚不已。懂德語的克努德聽著那些話，一邊冷笑著。幸好他沒有生氣的樣子。Hiruko戳了戳克努德的側腹，催促他翻譯。我用手背擦去額頭的汗，比了手勢讓服務生先離開。

奧修傳教還有讓眾人聚在一起冥想的地方，不是叫做靜修處（ashram）嗎？度假村這個詞也太隨性了吧，真教人生氣。而且那些人在吃披薩嗎？克努德把我們的對話翻譯給Hiruko聽之後，她輕聲笑了出來。

「冥想度假村的披薩？冥想披薩？真有趣。就吃這個吧。」

克努德注意到了我的困惑，便把手搭在我的肩上，安慰道：

「沒關係啦。不管是義大利也好，印度也好。不都說義大利麵的發想是馬可孛羅從亞洲帶回歐洲的嗎？所以義大利料理也是亞洲料理的一種嘛。」

「但是，要我吃那些給浦那的冥想觀光客吃的披薩？而且在德國？太丟臉了。」

「這樣你稍微了解我的心情了嗎？」

被這樣一說，我恍然望向Ｈｉｒｕｋｏ的臉。先前我對於她的那種模模糊糊的反駁和質疑，在此時已融解消散了。

最終端上桌的，是網路上也訂得到的那種平凡無奇的披薩。仔細看，上面佐料的配置，還真不能說不是曼陀羅風。克努德吃了一口開悟披薩。

「對於某樣東西很好吃，我們無法用主詞第一人稱單數的及物動詞來表現，這件事我從很久以前就覺得不滿。」

他十分認真地說道。

「對我來說這很好吃——用這種與格[5]式的關聯來表達，並不充分。」

Ｈｉｒｕｋｏ一邊用刀子將披薩切成一小塊一小塊，一邊不太感興趣地回答。我對於自己得把披薩當成印度料理來吃的怒氣未消，無視於刀叉，直接用手將披薩撕成一條一條地塞進嘴裡。完全沒有味道。被激動的情緒所支配的時候，人是感受不到味道的。

「在大腦裡進行的作業流程，是先知覺到味道這種東西，然後和先前的經驗對照，最後才連接到好吃這個詞彙。如果能有一種與之匹配的說法就好了。但我們還是只能說這個披薩好吃或不好吃，這是文明的貧乏吧。」

克努德這麼說著，看向Ｈｉｒｕｋｏ的臉，但她的視線卻緊緊盯著眼前的那面牆。順著看過去，牆上貼著一張海報。上面是今天的日期，還有「傍晚七點開始，鮮味節在馬克思故居」。在旁邊則寫著兩個彷彿是象形文字的記號。

「Ｔｅｎｚｏ的確就是典座吧。」

Ｈｉｒｕｋｏ小聲地自言自語。克努德像是打從心底愉快地笑了。

「妳現在看到的是兩種語言吧。但是當它們變成聲音被發出來的瞬間，聽在我們耳裡，就變成了同一種語言。就像是，如果聽到有人說：『ㄒㄩㄥˊ ㄇㄠ 的確就是熊貓吧』，妳也會不小心笑出來的。」

「那邊寫了兩個表意文字，如果沒寫，我就想不起來，因為這是特殊的單字。我是說典座。」

「那不是五星主廚的名字嗎？」

「大概是當成藝名來用吧。不過那是普通名詞。」

我想起先前關於Osho是普通名詞還是專有名詞的爭論，有點尷尬地低下了頭，克努德則繼續和Ｈｉｒｕｋｏ用英語對話。

「普通名詞的ㄉㄧㄢˇㄗㄨㄛˋ是什麼意思？」

「是在禪寺負責餐點的職稱。」

「佛教徒不是都靠托缽化緣維生嗎？」

「小的佛教裡修行僧可能是那樣，但是大的佛教不一樣喔。在禪寺裡也有廚房。」

「小的佛教是什麼？」

「能乘坐的交通工具有分小的跟大的。但不是說大的就比較好喔。」

「是指卡車跟三輪車嗎？那如果是基督信仰的話，天主教跟新教，哪個是比較大的交通工具呢？」

我有點訝異自己竟然對Ｈｉｒｕｋｏ逐漸抱有好感。我問道：

「妳是佛教徒嗎？」

「不是。我是語言學家。」

「那算是宗教嗎？」

「嗯，雖然不是，但語言的確可以給人幸福，也能讓人看見死亡的那一端。」

克努德用手背輕撫著Ｈｉｒｕｋｏ的臉頰。雖然只是一下下，空氣中卻飄盪著戀人一般的甜蜜。

「活動從七點開始嗎？那還有滿多時間的。」

我一邊說，視線一邊落到了手腕那只女用錶上，克努德則一臉高興地說：「那我想看看羅馬帝國。」

Hiruko的眼神也停在我的手錶上。

「你吃素吃得很澈底，連海藻也不吃，我本來還想說難道你是維根（vegan），但你戴的手錶是牛皮錶帶呢。」

她語帶諷刺地說道。

「怎麼可能。這是人工皮革啦。我還有帶證明書說那不是牛皮。妳要看嗎？」

我正色抗辯。這可沒有說謊。以前住在印度的時候，我叔叔曾經到歐洲旅行，還買了一支牛皮的手錶當紀念品送我。但我來到德國之後，就把它賣了，特地買了一支人工皮革的手錶換上。因為每次都會被問說：「印度人怎麼用牛皮呢？」要辯解實在太麻煩了。話說，我媽媽曾經和我說過，甘地在印度時也會吃肉，但是到英國留學之後，就完全變成素食者。不知道故事是不是真的。我從小就是素食者，不過爸爸媽媽好像在年輕的時候經常吃魚。

「其實，我從小就好想去特里爾看看。好想看羅馬的遺跡。但我又怕麻煩又懶，覺得旅行比什麼都討厭，所以在這之前都沒有來過。」

克努德這麼說。

「你討厭旅行？」

Ｈｉｒｕｋｏ不可思議地反問。

「對啊，跟妳不一樣。」

「我從來沒想過自己喜不喜歡旅行。我就像漂流在河上的樹葉。」

「那我就是搭上那片樹葉卻下不來的小蟲了。託妳的福，終於能來羅馬帝國了。」

說完，克努德用拿葡萄酒杯的方式高高舉起裝著礦泉水的玻璃杯。我也將玻璃杯舉到同樣的高度。

「乾杯！歡迎來到羅馬帝國。還請小心別成為奴隸，被獅子吃掉。」

我興高采烈地說。接著我拍拍他的肩膀，露出「交給我吧」的表情。

「還有一件事想要拜託你，阿卡西。」

「什麼？」

「能幫我們訂飯店嗎？我們今晚沒有地方可過夜。」

「想要訂怎樣的飯店呢？」

「要花很多錢的飯店不太行。但太遠的也不好。可以的話，是離這裡近一點的地方吧。」

「去馬克思故居的路上有幾間飯店，到時候直接進去問問吧。」

預約的時候，就知道這兩人是要分房睡，還是睡在同一張床上了。我一想到這個，心跳就微微加速。

克努德不知不覺間就把披薩吃完了。他靠在椅背上，右手靠近嘴唇，彷彿在吸菸似的。Hirｕｋｏ吃的速度則異樣地緩慢。

「味道還好嗎？」

我問了Hirｕｋｏ，她一臉難過回答。

「在我從小長大的國家裡，食物好吃很重要。不過也有諺語說，病人的口味特別挑。」

克努德笑了。

「荷蘭和斯堪地那維亞的人不怎麼在意食物的味道，他們都長得很高。會在意味道的人類都長不高喔。」他說。

「不過阿卡西，你在大學主修什麼？」

「比較文化。比較文學雖然從以前就很興盛，但我想做的是電影的比較。不過，我還在入口前迷惘呢。」

「哦，電影啊。沒有影像的語言才更有趣喔。」

克努德開玩笑地說，還眨了眨單眼。還是說這不是玩笑？我們三人就像小孩子一樣嘻嘻鬧鬧地出了餐廳。

一看到凱薩浴場的遺跡，我總會聯想到好幾頭大象靠在一起用鼻子聊八卦的樣子。露出地表的部分，那些石頭會隨著太陽的位置時時刻刻改變顏色，非常漂亮，不過我絕對要帶克努德他們探一探的是地下。隧道般的通道就像迷宮似的向四周蔓延開來。只要靜靜地待在原地，被石頭的濕氣以及從外流入牛奶般的光所包圍，彷彿就能聽見不存在於此的人群的腳步與交談。那些是古代羅馬的市民。眼前彷彿能看見那些人腰間纏著白布，走進了三溫暖，流下大汗，然後再一邊擦著身體，一邊交談。談話聲響嗡嗡地迴盪在石塊之間。

「我常常想，如果生在古代羅馬帝國，我會是汲水的奴隸呢？還是那些在大浴場商量事情，結束後去酒吧喝一杯再回家的市民呢？不知道會是哪種人呢。」

「種姓。」

Ｈｉｒｕｋｏ小聲地自言自語。

「那和種姓制度不一樣。在羅馬法裡，只要付錢就能自由變賣奴隸。種姓是一輩子都不能改變。」

「即使性可以改變，種姓還是不能改變嗎？」

克努德突然講到了到目前為止我們連用小指都沒觸碰到的話題。我慌慌張張地說：「對啊。我們的身體時時刻刻都在變化。就算是古羅馬人，他們在大浴場也能感受到這件事呢。因為會有人幫他們拔體毛、剪頭髮和指甲、按摩舒緩肌肉。光是在三溫暖裡流汗、喝水，身體也會產生變化。還不只如此，即使是大腦，也每一秒都在性轉，根據你讀什麼書，就會變女或變男。在大浴場裡，既有圖書館，也有房間可以讓人上課，像大學一樣。」

「浴場大學？真不錯呢。」

Ｈｉｒｕｋｏ爽快地說。我們朝隧道通路的前方走去。稍微走了一會，正前方好像就有出口，盡頭一片光亮。有個人影背光朝我們走來。雖然逆光看不見臉，但那是名體格高大的女性。背後的光將她金髮的輪廓照得閃閃發亮。真像是《尼布龍根的指環》的舞臺演出啊，我這麼想著。

注釋

1 譯註：即hashish，印度大麻的樹脂。

2 譯註：原文中這裡的標示是「出汁（だし）」，高湯的意思。後文有諧音相關的對話，所以這裡以羅馬拼音表示。

3 譯註：在上一句話裡，Ｈｉｒｕｋｏ提到「Ｔｅｎｚｏ」時，原文以羅馬拼音標示。在這一句話裡，原文則以片假名「テンゾー」標示。若是完全由羅馬拼音轉回片假名、且沒有長音，應為「テンゾ／てんぞ」，在日語中可對應至「典座」一詞。典座，指禪宗寺院負責營辦僧眾餐飲的役職，類似於大廚。

4 譯註：在日語裡，新興宗教領導者奧修（Osho）和「和尚」一詞同音，都是「オショウ」。奧修出生時原名Candra Mohana Jaina，綽號Rajanīsha；一九六〇年代改名稱為拉者尼舍阿闍黎（Ācārya Rajanīsha），一九七〇年代又改名為薄伽梵．師利．拉者尼舍（Bhagavan Shrī Rajanīsha，這三個字在印地語中分別是「尊者」、「吉祥」、「夜之主」的意思），至一九八九年改名奧修（Osho）。根據他本人解釋，「Osho」源自美國心理學家威廉．詹姆士所言的「oceanic」，意為融入海洋。不過亦有其他說法，如繁體中文維基百科就記載奧修之名來自日文的和尚。

5 譯註：與格，指dative case，是指名詞與代名詞在語法上的格，存在於拉丁語、古英語、俄語、德語、波蘭語等。通常表示動詞的間接賓語。

第四章　娜拉說

「鮮味節。本日原訂舉辦的dashi活動取消。」就在我把這張紙貼在正面入口門上的時候，一名陌生男人不知何時站到了我的右邊。「取消啊，真是可惜。我本來一直很期待呢。」

男人有著一頭梳理整齊的灰髮，身上法蘭絨襯衫的領子微微立著。他將兩手插入外套口袋，裝出只是散步、順道看看的一派輕鬆，但仔細一瞧，他的鞋子磨得像黑色甲蟲的背部一樣光亮，長褲旁側還熨燙出筆直的線條，表情一臉彷彿在報告自己很健康似的。看起來大概是到馬略卡島[1]曬了一個星期太陽後的模樣，皮膚表面還略發炎微紅，新的顏色尚未完全透入肉中，並為此苦惱著。他的手指曬得比鼻子還黑，其中一指浮著一圈白色，那是戒指的痕跡。也就是說他在假期中還戴著戒指。而現在他拿下了，或許是在回來的班機上談到了離婚也說不定。他身體上無數的細節都在訴說：請仔細解讀我吧！但這實在是太麻煩，我移開了目光，一邊確認著公告用紙貼得平不平，一邊開口：

「因為講師沒辦法過來了。他目前待的國家政局不穩，國際航線全都取消了。」

我用稍高卻仍顯公事公辦的聲調回答，然後用食指指尖一一壓扁透明膠帶底下那些惱人又執拗的氣泡。男人的身體挨近我的視野，「政局不穩？」

他一個音節、一個音節地緩緩重複道。「政局不穩」這種說法，確實用在這個情況底下並不適切，但他那種討人厭的重複方式，就像反權威主義的老師經常會想要給本人自己察覺的機會，而不直接訂正那樣。這個人也許以前是文理中學的老師吧。這樣的話，每個月匯給他的年金肯定比我的薪水還要高出許多。他大概就是那種，生活毫無煩憂，但少了那些聽他說話的學生之後就寂寞得不得了，只好把太太當成教育對象來說教，結果太太逃走了，沒辦法，只好在城裡四處漫步，探尋新的祭品。我打斷腦海中壞心眼的小劇場，退了幾步再望往那張紙，這才想到用的是水性筆，如果下雨該怎麼辦？我擔心地抬頭望向天空，烏鴉正緩緩拍動翅膀，從視野中橫渡而去。

「擔任講師的廚師原本是要從哪個國家過來呢？」

男人用銀柳一般柔和的語調詢問，令人難以無視。

「因為工作，他現在滯留在挪威。但那裡的國際航班全都取消了，所以沒辦法過來。」

「嗯，我覺得挪威不是政局不穩的國家呢。報紙上也沒有什麼消息。」

靠年金生活的人還真有時間跟活力，每天早上把報紙每個角落都讀遍了，說不定還會剪報按照國別歸檔到資料夾裡呢。被當學生讓我動了氣，於是反唇相譏：

「每個國家不是都有那種想搞些恐怖事件引起媒體注意的年輕人嗎？」

「但實際上如果真的發生，應該會變成新聞啊。」

他這麼說，也的確如此，這讓我一直壓抑的不安逐漸膨脹了起來。今天早上，電話那端傳來的是暴風雪般激烈的呼吸，以及典座所說的那句「國際航班全都停飛，我去不了了」。那時，我絲毫沒有懷疑，滿腦子只想著總之得要盡可能讓愈多人早些知道活動取消才好。那些結束了一整天漫長的工作，拖著疲憊的身子，喉嚨卻仍渴望新事物而被吸引來的人。那些拒絕了其他邀約，特地趕來的人。那種期待了好久，終於到了博物館，卻看到大門緊閉，並且領悟到單憑一己之力也無法改寫「取消」二字的無力感。這些我全都能夠想像。好險館長休假不在，但是我好不容易才讓他勉強同意舉辦這個活動，卻竟在活動當天取消，實在是無顏面對。

「不管怎樣，取消真是可惜啊。我本來真的很期待呢。馬克思博物館居然要辦鮮味節這種活動。事實上，味覺與貧困、味覺與階級等相關研究都毫無進展。雖然好像有種方法能夠透過飲食費支出的占比來計算貧窮的程度。您知道那種方法叫什麼嗎？」

看，又來了。老師當太久，擺脫不了將自己以外的人都當成學生的習癖。我冷淡地回答：「用恩格爾係數沒辦法理解新型態的貧困喔。現在這個時代，就連窮人，生活費當中食物支出的占比都是很少的。他們都吃非常廉價的加工食品，像是把蓋茨伊斯特蓋爾公司[2]的產品微波加熱，這樣吃一餐只要一歐元。每天這樣吃確實會生病，但是他們並不在意。所謂的貧困就是這麼回事。」

「也就是說，是想要培養他們的味覺，讓他們感受到那些食品的難吃，進而注意到局限自己的悲慘狀況吧。過去，大啖美食的生活被認為是布爾喬亞且丟人的。但你們的目標不是美食，而是想讓人確實探究自己生活的滋味，換句話說就是從舌頭開始的新無產階級Ａｒｔ革命，才有了這次活動的發想對吧。下次有機會一起去喝杯咖啡吧。還沒自我介紹。我叫賴希曼。萊因哈特・賴希曼。可以的話，叫我萊因哈特就好。」

我完全沒在聽他講話。我空洞的頭殼裡還迴盪著「挪威不是政局不穩的國家」這句話。所以說國際航班取消是騙人的，單純是講師不想回特里爾嗎？在思考的時候我還用「講師」這個詞呢，畢竟，如果用「戀人」的話胸口可是會痛的。真想立刻去見典座，當面聽他講清楚。他確實是說，要去奧斯陸那間叫什麼名字的壽司店。明明我有記下來放在口袋裡，紙片卻不見了。該不會這些全都是夢？正當我左腳踏出一步的瞬間，腳下那張釘子鬆脫的小木凳喀啦喀啦地左右晃動了一下。眼前這個男人馬上撐住了我的身體。

「沒事嗎？身體還好嗎？」

他問。聲音結實而低沉，和先前不同。若他是彎下腰接住我的話就算了，但他的手肘不時壓迫到我的乳房，這讓我想起，「用手接住某人」這個慣用句的意思，是「欺騙」。

那是距今一個月以前的事了。我一如既往，將孤獨如同對襟毛衣般穿上，外頭再套上一件夾克，在凱薩浴場裡遊蕩。以往下班回家的路上，我會繞到酒吧，像是黃虎皮鸚鵡那樣一臉若無其事地坐在吧檯邊，喝著紅色的金巴利蘇打，一邊等待男人向我搭話；但是近來我已不再如此，就連同事邀請參加派對，我都斷然拒絕，甚至，也不再注意各種電影文宣小卡。工作一結束，我便會朝古代羅馬帝國邁開步伐。圓形劇場、巴西利卡[3]、大大小小各式各樣的浴場遺跡、坐落莫瑟爾河上的羅馬橋、黑城門等等，在特里爾，無論雙腳前往何方，都有遺跡。在眾多的浴場（thermen）裡，特別符合皇帝（Kaiser）之名的凱薩浴場（Kaiserthermen），總能將我那想像力只有咖啡杯大小的可憐日常給拉回廣大的天空。

我曾經讀到過，在地球的背面，有一種庭院不用水、只用石頭來表現有水的風景。真想看看用石頭做出的瀑布和大海，一次也好。凱薩浴場也是，即使如今已經成為遺跡，不再有熱水被運送過來，然而一旦凝視著那石壁，彷彿就能聽見熱水嘩啦、嘩啦的聲音，從遙遠的過去傳進耳中。肌肉的緊張便就此融通而變得輕鬆自在。我的工作並非特別煎熬，只是，對於受雇一方而言，縱然程度有別，所謂職場，不就都是從早到晚，被他人從上下左右四方拉扯、掐擰、安撫，最後變得滿是皺褶的場所嗎。

那日，我一如既往抵達凱薩浴場前，當時天空低垂，烏雲密布，彷彿將雨，忽然，濃雲間出現一絲縫隙，光就這樣照在了遺跡之上。那是蒼白異樣的光。浴場的遺跡，只有石塊砌成的牆與地下通道，而沒有屋頂。從前，要進入浴場得付入場費，不過上次的修復工程結束之後，人人都可以免費進入其中。因為年輕人逐漸遠離歷史，市府才提出這種讓人親近遺跡的對策。然而比起羅馬帝國，年輕人似乎更偏愛用水泥建的堅固停車場和俱樂部，沒有誰會和朋友約在這裡見面。會特地前往遺跡的幾乎都是觀光客，也有不少人是從遙遠的各國到訪。天氣好的日子，我經常聽見異國昂揚的聲調從背後接近，只是往往在我還沒聽出是斯拉夫語系、華語、還是拉丁語系其中之一的時候，聲音又已逐漸遠去。今天，許是怯於暴風雨前陰森森的天空，連觀光客也不來了。

有一絲細微的悲鳴從地底傳來。莫非是郊狼？我一瞬間這麼想著。大概因為昨天在家看了部拍攝加拿大森林的電影。德國應該沒有郊狼才對。我側耳傾聽了一陣子，在那悲鳴聲中竟浮現了如歌般不可思議的語言。無法從中推測出意思。沉鬱憂傷的母音將空氣染上薄薄淡藍。我踩著快要崩塌的石階而下，進入地下通道，追尋著聲音的來源走向極深極深之處。聲音宛如逃跑似的愈來愈小，直至消失。當我原地停下腳步之後，又有別的聲響使得整個空間緊繃起來。「答啪」、「答啪」——是一顆顆巨大的水滴大約每間隔三秒就落進水窪的聲響。我像被吸了進去一樣地邁出了腳步，轉了個彎，大概就在幾公尺前，有名少年正橫躺在地，他的身體蜷縮如蝦。我說了聲：「哈囉？」他卻一動也不動。我和少年之間的石頭地板漆黑得發亮。我怕濕滑危險，於是屈膝彎腰，一步一步地小心靠近，避免滑倒。他的白色T恤浮現背脊的形狀，腳上穿著老舊的運動鞋，臉則被他留著的一頭長髮蓋住而看不見。我伸手想要觸碰他的肩膀，雖然頓時畏懼了，卻仍鼓起勇氣摸了一下。還有溫度。

「怎麼了？身體不舒服嗎？」

我硬是大聲地說。那原本橫躺蜷縮的背脊逐漸伸直並垂直站起，蓬鬆的黑髮滑落兩肩，接著出現了一張約莫二十五、六歲的青年的臉。

「我幫你叫醫生吧。」

霎時間，有一陣沉默，彷彿將我們兩人連結了起來。

「不，沒有必要。我只是扭到腳，稍微休息一下而已。」

青年有著一副頗具異國風情的長相，卻以德語流利地回答著。那是突然跌倒也會不自覺說出德語的慣用說話方式。如果問這樣的人是從哪裡來的會顯得失禮，但是這個青年不只是容貌，而是全身上下都散發著相當異國的氣氛。悠閒卻不糊塗冒失，輕盈而仍保有穩重。我問了他的名字，想著其中或許藏有線索，能得知這個人的過去，他則拋來了「典座」這個回答。這是我從未聽過的名字。「典座」發音裡「ㄢ、ㄨ、ㄛ」的排列，跟「費南多」是一樣的[4]。或許是從前受到西班牙影響的國家。菲律賓？南美洲？可這樣說來，他的容貌又有某部分會讓人聯想到西伯利亞，那份堅毅彷彿能將寒冷攝取至體內當作營養。

如果可以，我完全不想去思考某某人來自哪個國家。因為過去我總覺得對自己沒有自信的人，才會拘泥於國家之類的事。然而眼下愈是想著不要去思考，反而變得一味在思考他來自哪個國家。思考著「我來自某某地方」的過去。思考著在某個國家接受初等教育的過去。思考著殖民地的過去。詢問他人姓名，明明應該是為了今後將要成為朋友的未來，然而我詢問姓名卻是想知道對方的過去，這樣的自己真是反常。

典座似乎扭傷了左腳扭到，他想以右腳為支撐站起來，但是，左腳稍微接觸到地面的瞬間，卻因感受到痛楚而發出細小的呻吟，身體轉了半圈差點要跌倒。我連忙抱住了典座的上半身，反應之快我自己也嚇到。

「我們去醫院吧。」

「不，沒必要。」

「為什麼？」

「我手邊沒有健保卡。」

「家裡有嗎？」

典座只是有些困惑地微微動著嘴唇，並沒有回答。

「你家在哪？」

他伸手制止了迅速縮短距離而句句緊逼的我，並投以懇求的眼神，要我別再問下去。

「沒有骨折，只是扭傷，冰敷一下就好了。」

「你怎麼知道？」

「我以前在沒有醫生的地方流浪了很久，所以學會了一些自我診斷的方法。」

他的皮膚有如高級鞣製皮革，想必是長時間暴露於雨、風、日光之下，確實能體現「流浪」二字。然而他骨碌骨碌轉動的眼珠，也有點像是愛玩電腦的青少年。或許，他是出生於美利堅合眾國都會地區的印地安人或是亞裔美國人，在十五歲左右離家出走，一路流浪到阿拉斯加或西伯利亞等地，最後才抵達德國。糟糕，這想像空間橫跨過於廣闊的地理範圍，連我自己都難以收拾了。這是我的壞習慣，一看到人就會任意在腦海裡替他寫起傳記。有這種閒工夫還不如盡快帶他回家裡照料傷口才是。

要從遺跡的地下通道出去得爬階梯。每往上踏一階，典座的體重就會搭掛到肩膀上，我深刻感受到自己骨頭的存在，真是重度勞動。所以當終於走到地面，肩上重量消失，我不禁鬆了一口氣。天氣帶有涼意，讓人不想脫下夾克，但這名青年的身上僅僅裹著一層輕薄的棉布，體內卻傳來陣陣溫熱。街上每輛汽車彷若無人乘坐的鐵塊，從旁側疾駛而過。我一心想著看到計程車要趕快揮手攔下，結果不知不覺間，就已經來到我住的公寓前面了。我們進入電梯，在門關閉的剎那，我像被關入鐵箱裡的野生動物那樣，感到一股不安與焦躁。還是第一次遇到這種事。不曉得典座是否也有同樣的感覺，在電梯抵達三樓、發出提示音之前，他一直緊緊閉著雙眼。

鑰匙串哐啷哐啷地響著，像是驅魔儀式般打開了門，我面對著玄關往深處看，那張餐桌一如既往地擺放在那裡。桌上放著沾了口紅印的杯子和殘留麵包屑的盤子，有誰在那裡吃完早餐後就立刻出了門的樣子。那個人理所當然就是今天早晨的我。看著這般景象，卻像是遙遠過往其他人的故事。

廚房右側的房間，門也一如既往地開著小縫。縫隙微微亮著，如同烏雲密布的天空也會有日光從中流露似的。房間裡放著一張給客人用的沙發，沙發後方的牆壁上整面都擺滿了書，書背上的書名一個接著一個排列在一起。

廚房左側的房間被我拿來當作寢室，為了避免食物氣味進入，房門總是緊緊關閉。但不只是氣味。如果把讀書時在意的話語帶進寢室裡，那些話語就會在夜晚化為蚊蟲，在房間裡飛來飛去，我曾因此難以入睡。比如前陣子，因為「堪察加」（Kamchatka）[5]這個地名實在太煩人，害我一夜無眠到隔天早上。所以我把寢室訂為禁止活字區，一本雜誌也不能拿進去。床則是King size大小，三個人都睡得下。雖然只有一次睡過三個人。另外還有一個房間，門半開著，裡頭有一張單人床，桌子，以及沒有椅背的椅子，這是客房。上個月，住在科隆的朋友來玩，曾在這裡留宿一晚。當時使用過的床單、被單、枕頭套，都已經洗過燙過，疊得整整齊齊放在椅子上，等待著下一位客人。在我還不知道下一位客人會是誰的時候，只要妥當準備好，彷彿冥冥之中就會替我招來下一位客人。

初次來到的友人總是雙眼充滿好奇，四處張望，但典座卻非如此，他眼神空洞地站在走廊上，等待著我的指示。我把一張羊毛皮鋪在沙發上。那是我去年肛門疼痛的時候朋友送給我的，只要坐在那上面，疼痛就會緩解。我把肩膀借給典座，領他進房間，小心翼翼地讓他坐在沙發上，再將身體移成橫向，把扭傷了的左腳擺到羊毛皮上。原本我想用繃帶替他固定腳踝，但這才發現急救箱中沒有繃帶。

「等我去那間藥局買回來。」

我這麼一說，典座立刻搖頭，並痛苦掙扎似的扭動上半身，脫下他身上的T恤，並唰地一聲將衣服磨損的一角撕了開來。那手法真是熟練。

我有段對現任同事們隱瞞的過去。我擅長包裹繃帶，也和那段過去有關。那段時期裡，出於青春叛逆期都難以解釋的強烈反抗心，我曾經一度刻意偏離了適合自己的道路。就讀文理中學的時候，我不僅在討論時能駁倒老師，讀書量在班上也是數一數二，所以周圍的人都理所當然地認為我會繼續攻讀大學。然而當要具體準備高中畢業考試的時候，我突然急著想要趕快出社會。總覺得就這樣讀大學，不過是原原本本地持續著文理中學的學生生活而已，既無聊又像小孩子。我也自信自己的閱讀量早已跟大學生並駕齊驅。正好在那個時候，我讀到一本書，書上有個譬喻，說社會就像是一棟雜居的大樓。大樓裡的住戶，並非懷抱著相同的理想才聚集在一起。或許只有想避免火災這種心情是共通的，但對於他人內在苦楚之類的情緒卻總是不在意。平等與人權也全都無關緊要。即使在國家層級上應受到尊重的原則遭到侵犯時，如隔壁人家被撒尿、被潑糞，只要自己的家不會發臭，那麼就沒有人會出面干涉。人類感同身受的能力逐漸退化，這棟雜居的大樓才得以成立。廁所的心情，只有成為廁所才能夠理解——書上這樣寫，我讀完後便想著，既然如此，那我想成為廁所、成為警衛室、成為員工餐廳，成為各式各樣的場所。所謂要成為某種「職業」的人，不過是一種幻想；實際上人類只是被安置在某個「場所」之中。惡臭的場所、和平的場所、充斥語言暴力的場所、寒冷的場所、被保護的場所等各式各樣的場所。我不想進了大學，接著自動就被送往壓榨他人那一方的場所。當時父母也正好鬧離婚，顧不到我，所以也沒對我選擇出路表示意見。總之，我的理想是成為真正的勞動者。我首先想到的是去麵包店工作，但是附近只有一間全國連鎖的麵包店。正當感到失望的時候，有人告訴我，在特里爾的郊外，有對夫婦會自己烤麵包，我於是前去拜訪，但那對夫婦與我心中所抱持的勞工印象差得太遠了。他們從各自的雙親繼承了高額的遺產，再用遺產來換取麵粉，每天早晨烘焙著名為麵包的理想。兩人也都有哲學的博士學位。每當他的們嘴裡說出「brot」[6]（麵包）這個詞，聲音裡都充滿意識形態。明明他們自己就在烤麵包，卻反對我這麼做，還曉以大義，叫我繼續去讀大學。這兩人的真心實在教人捉摸不透。

既然麵包店行不通，就到纖維工廠或洋服縫紉工坊工作吧，我這麼想著。到洋服店逛了一圈，才知道衣服幾乎全都是從海外進口的。當初中國全面放棄海外出口的時候，曾有傳聞說國內的成衣產業可能會復甦，但實際上，至今國內所生產的成衣也只有非常小一部分，其餘的全靠進口。有人對我說：如果真想要做衣服，就去當設計師吧。然而，設計師的工作並不符合我對勞工的印象。我被困在自己設下的死胡同，已無路可走，就在這個時候，我在巴士上和兒時的玩伴西爾克重逢了。西爾克說已取得了護理師資格，正在鎮上的醫院工作。我立刻邀請西爾克吃晚餐，並且在聊天的過程中注意到，即便我無法成為護理師，卻似乎有辦法取得護理佐理員的資格。但當我說出想取得護理佐理員的資格，西爾克卻皺起眉頭說，喜歡看書的話應該要去讀大學。護理師和護理佐理員的工作，不僅消耗體力與精神，還經常不被當成具有獨立思考及判斷能力的人看待。就算提出能改善醫院狀況的想法也會被忽視，可一旦有事發生，責任卻又會被推到自己身上，這類事情根本是家常便飯。西爾克如此說道，但對於當時才二十歲出頭，且渴望想要感受社會不平等的我而言，這根本求之不得。後來，我取得了資格，任職於某間醫院。只要一想到自己的過失可能造成他人死亡，神經就緊繃到無法放鬆；正沉浸在患者溫暖的感謝之中，立刻就被其他患者念個沒完。也有年輕醫生會故意誇我，只是為了將我牢牢繫在他的腰帶上，然而當我一粗心，又突然用語言重擊我的臉，藉此表明彼此的權力關係。幾個月過去，當我漸漸習慣工作之後，又出現了其他的問題。一名同事說：「我們啊，只不過為了要達到業績，把病人放上輸送帶，加以修理，或是灑上藥粉製造點化學變化，最後再寫寫報告書罷了。」這些話深深刺進胸口，令我夜不成眠。說了這些話的同事，後來查出醫院和藥廠的利益勾結，之後爆料給媒體，自己就辭職離開了。還有另一名同事某天突然提出辭呈，說是拿到獎學金，可以去讀醫科了。至此，我才終於察覺自己並不真的關心醫療，也並不擅長照顧病人、老人、小孩，於是我離開了醫院，同時領悟到除了大學以外，也沒有其他場所可去了。我在大學主修政治學與哲學，一畢業就決定到當地的博物館就職，也很快地習慣了工作，並澈底忘卻在醫院工作那段時期的事。我想，應該會就這樣工作到退休，之後靠年金生活，偶爾讀書、旅行，然後活到一個符合壽命這兩個字的歲數吧。我也曾考慮要不要成家，但是和克萊門斯分手之後，還沒有遇到新的對象。

而眼下，我忽然替人包起了繃帶，還是用洗到破掉的衣服撕成的，而且我包繃帶的對象，有如郊狼一般充滿謎團。不過只因為對方具有異國風情，就立刻將之比擬為動物的我，實在是充滿歧視，令人難以原諒。但我心中對郊狼懷抱的敬愛之情卻是真真切切的。因為我自己就像全身纏滿布條的木乃伊，若將布條解開，裡頭有的，就只是一具萎縮的屍體。

用繃帶固定好典座的腳踝後，我從冷凍庫拿出冰塊，放到裝三明治的塑膠袋裡，再用橡皮筋綁好袋口。典座靠在沙發上，雙眼緊閉。眼球消失後，眉毛看起來又更粗了。他的頭髮很長，從髮根到髮尾全都飽富光澤，但是裸露的上半身胸板卻光溜溜的，完全沒有一根體毛。我拿冰袋靠上典座的腳，他震顫了一下，睜開了眼。我從寢室的衣櫃裡拿出一件粗針毛衣遮給典座。

「穿上吧。你還冷的話，也有熱水袋。」

「謝謝。我完全不會冷，還覺得熱呢。剛剛忘了問，請問妳的名字是？」

「娜拉。」

「易卜生嗎？那是我以前在學校裡唯一讀過的劇本。」[7]

「真是奇怪的學校。你們沒有讀莎士比亞嗎？」

「沒讀過。因為地方的關係吧。有很多老師都無視於大英帝國，一味讚揚斯堪地那維亞的文化。話說回來，現在有個極度平凡的苦惱困擾著我。」

「你說。」

「已經有很久，我的胃裡頭都是空的了。所以現在胃酸已經開始啃蝕我的胃壁了。」

「真是抱歉，我沒注意到。你想吃什麼？雖然冰箱是空的，但我們可以叫外送。西西里披薩你喜歡嗎？還是要巴爾幹燒烤？我自己最喜歡壽司。」

典座笑出聲來。

「怎麼了？很奇怪嗎？」

「其實我就是壽司店的板前師傅啊。」

「真的？」

原來如此，這人來自壽司之國啊。謎底終於解開了，先前一直盤繞在我頸後的疙瘩霎時消解，有種神清氣爽的感覺。

「你在特里爾的壽司店工作嗎？」

「我昨天才剛到特里爾，之前也沒有來過。起初是在丹麥的一個小城鎮，後來我移動到德國的北部，在胡蘇姆（Husum）工作。」

「啊，那你對我想點的壽司應該會有意見吧，味道不能滿足你。」

「才不會。雖然我喝不慣一般壽司吧的味噌湯，但壽司，不管多難吃我都不介意。其實我一直在研究『dashi』。」

「對欸，之前好像有個電視節目說什麼，煮湯的話『dashi』最重要。但『dashi』到底是什麼？感覺跟其他流行語很像，什麼『鮮味』、『覺悟』，都很常聽到，但真正知道是什麼意思的人卻出乎意料地少。」

「那是指從海底生長的植物或是乾燥魚裡粹取出來的味道啦。」

「你在海邊長大的嗎？」

「嗯，也可以那麼說吧。反正世界上到處都有海。」

「待在特里爾，我倒是沒有感覺到大海。不過壽司店是有的。我打電話問問。」

我邊哼著旋律邊回到玄關，打電話給附近的壽司吧叫了外送。幫典座治療，還給他食物吃，雖然做了了預料之外的工作，我卻感受到喜悅，這真是令人意外。玄關放電話的茶几上，還擺著一尊裝飾用的佛像，我拿起佛像，親吻了額頭。

外送送到的時間比平常更久。典座坐在沙發上就那樣睡著了。居然能保持上半身垂直的姿勢睡著，光這點就值得尊敬。我記得，爺爺曾經和我說過亞洲人就算站著也能睡覺。瑜珈修行僧也是維持單腳站立的姿勢，在菩提樹下入睡的。我還曾經聽說過，在擠滿乘客的電車上也有人能站著睡著，但這好像不是壽司之國的事情？實在記不得了。當時年紀尚幼的我深受這件事所感動，還曾練習過站著睡覺。夜裡我先是躺在床上，然後關燈讓媽媽安心，等過一會，就爬出被窩，嘗試在黑暗中站著入睡。但我光是想到自己站在黑暗當中，就情不自禁地亢奮起來，睡意什麼的早就飛到九霄雲外了。結果想著想著，腳下失去了平衡，跌倒在地上，發出巨大的聲響，還得向飛奔來的媽媽編造藉口，真是累人。

門鈴響起，典座瞬間睜大雙眼。我向外送的青年抱怨了幾句，嘴裡說著「有夠慢欸」，卻笑著給了他不少小費。典座感覺餓過了頭，馬上就拆開免洗筷，也沒等我泡好茶，就一個人吃了起來。他只輕輕觸了一點醬油，更完全不碰生薑和芥末。

「這種薑片最糟糕了。像用藥水醃的，還泡過頭。」

典座邊說邊用筷子輕蔑地指著生薑。以前的我總是會先用筷子尖端挾起一小撮生薑放進口中，但被典座這麼一說，想吃的心情全沒了。

「還有，這山葵也不行。根本是小朋友喜歡的綠色潔牙粉。」

以前總是會把一大坨芥末溶到醬油裡，再將壽司浸在沾醬裡食用，這次也放棄這麼做了。和板前師傅一起用餐，我整個人緊張兮兮的，食物全走了味。

「你不去醫院，真的沒關係嗎？」

「我已經好了。」

「那你昨天在哪裡？」

「我一直在走路。我從胡蘇姆走來的。」

「那不是走得到的距離吧。」

「一天當然走不到啊。中途我也搭過別人的便車。」

「你身上有錢嗎？」

「只夠生活幾天吧。」

「沒有行李？」

「前天被偷了。也只是個背包，裡面沒放什麼貴重的物品。」
「那你接下來要怎麼辦？」
「找工作。」
「在你能夠走路之前，可以先睡在這裡。」
典座既不驚訝也不推辭，只是靜靜地道謝，不知道是否已經很習慣聽到這種話了。
從那天起，我們兩人的共同生活開始了。我很好奇典座小時候的故事，所以經常套他的話。
「你小時候喜歡什麼？」
「嗯？喜歡在外面玩吧。」
「玩些什麼？相撲？棒球？」
「我喜歡動物。我都一直看動物。」
「那裡有很多動物嗎？那你應該不是在大都市長大的吧。是哪？」
典座小聲地回答「ㄒㄩˇ ㄉㄡˇ」，但又立刻露出後悔的表情。
「那是在北方嗎？還是南方？」
「南方。但是沒住多久，那附近有間大工廠發生意外事故，當地變得不適合人居，所以我們全家就搬到北方去了。」

「北方的哪裡？」

典座有些困擾似的眨了幾眼，又突然像想起了什麼。

「ㄏㄨˋ ㄊㄞˋ。」他回答。

「我沒聽過這個地名。」

典座似乎不想再繼續這段對話，他慌慌張張地離開座位，到街上找工作去了。

城裡好幾間餐廳都賣壽司，不過那些餐廳大多是泰式咖哩或越南料理店，壽司只是店家的餘興而已。如果再算上西班牙人開的「塔帕斯與壽司」，還有世界各地魚類料理的「七大洋」等等，會出壽司的店家應該有相當多家才是，不過沒有一家店想要雇用典座。看到他垂頭喪氣的模樣，我心裡也很難受，於是想到一事。這是門外漢才會想到的荒唐點子，但或許有一試的價值。在這個小小的城鎮裡，會在各個區域舉辦各自的節慶活動，所以只要有點子，就極有可能被採用。前陣子我才剛看到「dashi」和鮮味相關的電視節目，知道現在的人非常關注這些。所以，如果能讓典座來演講和親自示範，是不是滿有趣的呢？我和典座說了這個想法，雖然他不太感興趣，但因為找了一整個星期都找不到工作，走頭無路之下，也有幾分嘗試的意願了。我立刻著手寫企畫書。

「那個，文件上必須要寫你的本名。」

「典座。」

「那是姓？還是名？」

「兩個都一樣。你不知道嗎？從前不是有什麼Midori、Ichiro嗎，我們的名字有時候只有一個。」

我寫得相當草率，但企畫仍被採用，撥下了預算，整個活動也漸漸成形。主要的活動是，講師會邊講解什麼是dashi、什麼是鮮味，然後邊用講臺上準備好的鍋子，放入海藻跟魚乾，實際粹取出dashi，再用來做些簡單的料理。聽眾可以試吃也可以發問。我們也另外找了其他的講師，有主廚會示範義大利料理的dashi怎麼做，還有一位年輕的營養學家，這讓整個節慶活動愈來愈有模有樣了。原本不怎麼情願的博物館館長，後來也願意提供活動場地。我自行印了海報，再拜訪各家餐廳跟圖書館，請他們貼上，幫忙宣傳。

然而，就在一切準備就緒，活動即將在五天後舉行的那個早上，典座突然告訴我他要去挪威。他說奧斯陸即將有一場公開的正式餐會，會汰選幾位主廚出來競爭彼此的廚藝。他還說，那場活動的真正目的，其實是為了遴選諾貝爾獎典禮正式餐會的準備委員會成員，這是個公開的祕密，所以他無從拒絕。

「但是活動當天我就會回特里爾。接下來的事情就等那之後再決定。」典座冷靜地說道，還給我看了他的機票。這天傍晚他就要出發了，回程則是預約了活動當天早上的班機。

我並非不相信典座所說的話。只是，我慌亂於自己竟如此慌亂。過去早已習慣獨自生活，然而，和典座相處的短暫時光，卻令我完完全全習慣了這個家中還有另一個身體的存在。「習慣」是個聽來柔和的詞，然而，當人即將要戒除習慣的時候，才會意識到自我內在早已不知不覺間長出一棵情感的大樹。我想典座也確確實實對我抱有某種情感。那樣的情感，讓我想到將整片雪原切成兩半的一條黑色河川，川流凝重而緩慢。一到夜裡，流水帶著熱氣，直直朝我奔來，但此時卻颳起劇烈大風，吹熄了燭火般的意識。隔天早上，我想不起到底發生的事。影像全無。回憶起來眼前浮現的全是電影裡他人的性交場景。推擠，吸吮，舔舐，搓揉，交疊，搖動——即使我想在腦中重現兩人的交合，也只有這一串動詞在滑稽起舞，既沒有主詞，也沒有受詞。因為無法將記憶保存、重新播放，所以每晚，只能夠重複性交這件事。典座對此從不發一語，甚至不給我插話的空隙。從前交往過的克萊門斯，倒樂於將所有細節都化作語言。射精前的爽感也太猛了吧。腳毛別剃過頭啊。上衣不要脫直接坐上來比較刺激。他總是若無其事地將這些話掛在嘴上。但是和典座的時候，就像飛到了另個沒有語言的世界，一點線索也沒有。在那個世界裡雖然不會特別感到不安，但照那樣生活下去，完全不曉得明天會變怎樣。彷彿處於雪原正中央，周圍沒有任何商店，甚至沒有儲備任何食糧，就那樣子度日。要是典座忽然不見，我既拿不出什麼契約來挽留，手裡也什麼都沒有剩下。就連戀人這個詞彙、交往這個詞彙，典座都沒有留給我。

我本來還想送他去機場，但白天出了趟門買東西，不過短短三十分鐘，典座就消失了。也沒有留下隻字片語。無論我對誰說：「曾經有個叫典座的人，雖然時間短暫，但他和我在這裡一起生活。」應該都只會得到這樣的回答：「妳在作夢嗎？」典座是個極度怕生的人，縱使我想把他介紹給朋友，或是叫他一起去和館長打聲招呼，他總是一味地搖頭。所以，我身旁沒有一個人認識典座。

本來和他約好，到了奧斯陸要跟我聯絡，然而他離開的當天，甚至隔天，都沒有任何音訊。他首次聯絡我，已是活動當天早上了。

我在博物館門上把通知活動取消的張紙貼妥之後，那位靠年金吃飯的傢伙卻還想多聊些似的，竟把他家的電話號碼給了我之後才說要離開。我打算帶上印有「取消」的細長貼紙環遊全城，就算不可能在所有海報上都貼上取消貼紙，但還是得要盡可能做到能做的。我先去了附近的壽司吧，但那裡的傳單已經被撕下，只有圖釘的周圍還殘留著一小塊碎紙。再到愛爾蘭酒吧，傳單已經被另一張天主教搖滾演唱會的海報蓋了過去，幾乎無法閱讀。只有市民圖書館的傳單還貼得好好的。我煩躁的同時卻也鬆了口氣。這樣的話就算沒有全面通知到活動取消，也幾乎不會有人來參加吧。或許因為一下子安心了起來，我忽然感到飢餓，便買了個沙威瑪帶到凱薩浴場去。古羅馬如今已不只是我中意的地方，更是有著我和典座相遇回憶的所在。我在遺跡內的草地上找了塊石頭坐下，從左右兩邊咬起沙威瑪。這種吃法，跟我以前養過的狗一模一樣。我又想要養狗了。吃完沙威瑪後，我想再次回到和典座相遇的地方，於是走進了地下道。本以為裡頭不會有任何人，沒想到從正前方有三個人影逐漸靠近。因為光線是從我的背後照入，所以我能清楚看見對方的臉，但對方看我大概只能看到一團黑影吧。他們裡頭有一名金髮的男性，有一名長相和典座相似的女性，還有第三位，雖然穿著女裝，但從臉判斷應該是男性，我想應該是印度人。三人看起來不知為何有點害怕的樣子，為了讓他們安心，我主動打了招呼。「哈囉。」他們該不會覺得我是羅馬時代幽靈之類的妖魔鬼怪吧。我在距離他們一公尺左右的地方停了下來，面向金髮的男性。

「來觀光嗎？」

我用德語問，意外的是，他沒有回答，倒是身旁長得像印度人的人用德語說：「我住在特里爾，這兩位是從丹麥來的。嗯，可以算是觀光嗎？」

「不是觀光？」

「至少我們不是來看古羅馬遺跡的。其實是馬克思故居今天有活動，這兩位為了參加那場活動，今天早上才特地來到這裡的。」

我嚇得臉都僵了，什麼也說不出口。像印度人的那位為了舒緩我的情緒，溫柔地補上一句：「我的名字是阿卡西。」

金髮男不會說德語，卻好像大致理解是什麼意思，他對我伸出手，自我介紹道：「克努德。」

長得有點像典座的女性見狀也輕輕低下頭，以幾乎要消散的聲量說了聲「Ｈｉｒｕｋｏ」。這大概是她的名字吧。我在心裡鼓勵著稍微低下了頭的自己，才用英語說明了整件事情。

「我叫娜拉。我在馬克思故居工作。其實那場活動的主辦人就是我。那位叫典座的講師，今天早上無法從奧斯陸趕回來，所以活動只好取消，現在我非常苦惱。」

克努德和Ｈｉｒｕｋｏ的體型完全不同，但卻用一模一樣的方式倒抽了一口氣。阿卡西則皺眉問道：

「為什麼典座大師沒辦法從奧斯陸回來呢？」

「因為政局不穩，國際航班全都取消了。」

克努德回過神來，以嚴厲的語調重複：

「挪威的政局不穩？」

和早上那位靠年金吃飯的傢伙不同，這是一記直球呢。我的胸口痛了起來。挪威不可能政局不穩啊。典座果然是在說謊，他只想從我這裡逃走。為什麼他不跟我說實話呢？阿卡西從口袋拿出手機看了看，但遺跡內訊號很差，什麼也收不到。

「我們去外面吧。」

我們快步走到外頭的大街，進了一間咖啡店。阿卡西頻頻用手機找各種資訊。

「奧斯陸好像真的發生了什麼事欸。恐怖攻擊。」

阿卡西低頭滑著手機，用英語說道。我竟鬆了一口氣。典座沒有騙我。

「不過國際航班好像都還是正常起飛。」

阿卡西一邊說，一邊用指尖繼續搜索更詳細的資訊。

我閃過了一個念頭，但沒有說出口。就算國際航班正常起飛，但因為恐怖攻擊的緣故，出入境審查也會變嚴，典座會不會因此沒辦法跨越國境？雖然他本人不願意詳談，但看來典座的居留許可或是護照可能出了問題。所以即使平常可以在歐洲境內自由移動，但發生恐怖攻擊的話，就無法跨越國境了。他是因此才沒有辦法回到特里爾的嗎？這個時候，原本一直保持沉默的Ｈｉｒｕｋｏ突然用英語說道：

「典座大概沒有護照吧。我們的國家消失了，所以也不存在有效的護照。平常的話，即便不看護照，也能在歐洲境內移動，可一旦發生恐怖攻擊，那麼光是進入機場，也必須出示身分證明。」

我身體猛地一震，像病情發作一般，斷然宣告：

「我，現在要去奧斯陸。」

「我也要去。」

聽到我這麼說，Ｈｉｒｕｋｏ立刻出聲附和。

「不好意思，請問妳是典座的親戚嗎？」我趁這個機會問Ｈｉｒｕｋｏ。

「不是。雖然我們還沒有碰過面，但我想他和我遇到了類似的狀況。所以才想要見見他。」

「我也要去。只是，我得先回哥本哈根一趟去請假。休假幾天，研究室那邊不會有什麼問題，但沒有走行政程序的話就會被念。今天要飛奧斯陸是不可能了，但明天或後天應該就可以了。」

克努德說的話很務實。這個人的言行舉止表現得就像Ｈｉｒｕｋｏ的伴侶。

「我也得先回歐登賽工作的地方一趟，正式拿到休假核可才行。平常的話沒辦法這樣臨時請假，但因為我累積了很多加班時間，應該沒有問題。接下來我會先回歐登賽，可以的話，我想明天就去奧斯陸。」

Ｈｉｒｕｋｏ說。阿卡西難過得表情都歪了。

「我不能去。奧斯陸旅行太貴了，學生根本沒辦法負擔。但不管發生什麼，你們都要跟我說喔。」

「我也會盡快回來特里爾的。你隨時都可以打電話過來，我會告訴你我們在奧斯陸發生的事情。」我覺得阿卡西可憐，便出言安慰，可是為什麼阿卡西不能去奧斯陸會難過成這樣？真是有點不可思議。我明白Ｈｉｒｕｋｏ很想趕快見到同鄉的典座，也明白克努德喜歡她，所以想要一起同行。不過阿卡西和他們兩人之間到底是什麼關係？

「你知道典座在奧斯陸的哪裡嗎？」克努德冷靜地詢問。

「我記得他說，那個競賽之類的活動會在一家叫做Nise Fuji的餐廳舉行。」

我回答後，Ｈｉｒｕｋｏ原先一臉悲傷凝固的表情瞬間瓦解，竟哈哈大笑了起來。那是打從心底的愉悅。克努德和阿卡西都不可思議地望向Ｈｉｒｕｋｏ。

「Nise Fuji是『假的富士山』的意思。」

好不容易才收起笑意的Ｈｉｒｕｋｏ如此說明。我有點尷尬地繼續解釋。

「他打電話來的時候，有很大的雜音，像是風聲，所以我沒聽清楚典座說的話。很可能他說的不是Nise Fuji，而是Shinise Fuji[8]也不一定。」

「但是Nise Fuji比較好笑啊。」

Ｈｉｒｕｋｏ帶著大好心情這樣說，彷彿對這個逗她發笑的詞彙充滿了感謝。

「我們何時才能再見面呢？」

阿卡西深情注視著克努德的側臉，感傷地說道。克努德將巨大的手掌放在阿卡西纖細的肩膀上。

「我們大家都活在同一個球體上，沒有哪裡是遠方。任何時候都可能相遇。不管幾次還是會相遇。阿卡西，你就留在特里爾等典座回來吧。我們三個人就各自飛往奧斯陸，盡量在後天白天或傍晚，在Nise Fuji集合吧。」

注釋

1 譯註：馬略卡島（或譯馬約卡島）是西班牙地中海地區最熱門的旅遊勝地，也是巴利阿里群島的最大島嶼。

2 譯註：「蓋茨伊斯特蓋爾」原文為「ガイツ・イスト・ガイル」，是作者虛構的公司名稱，因原文用假名表示，故也採取音譯。這句話應是德文「Geiz ist geil」，意思近於「精打細算就是酷」、「吝嗇很屌」，在現實中是德國電器量販品牌Saturn的廣告標語。

3 譯註：一種古羅馬公共建築的形式，平面呈長方形，外側會有一圈柱廊。這個詞來源於希臘語，原意是「王者之廳」的意思，拉丁語的全名是「basilica domus」。

4 譯註：這裡原文的標示法，「典座」是「テンゾ」，「ㄢ、ㄨ、ㄛ」是「え、ん、お」，費南多則是「フェルナンド」。

5 譯註：堪察加半島，位於俄羅斯東方，半島西濱鄂霍次克海，東臨白令海與北太平洋。

6 譯註：brot為德語。

7 譯註：挪威劇作家易卜生《玩偶之家》的女主角，即名為娜拉。

8 譯註：此處為諧音遊戲。一如內文，Nise Fuji（原文為ニセ・フジ）是「假的富士山」之意，而Shinise Fuji（原文為シニセ・フジ）在日文中則是「老店　富士」的意思。這是店家常見的取名方式，所以下一句Ｈｉｒｕｋｏ才會說「Nise Fuji比較好笑」。

第五章　典座／南努克說

娜拉誤會我了。而我，也一點都沒有想要化解那誤會。

其實我扮演壽司之國的居民，在遇到娜拉的更早之前就開始了。最初的契機雖然是外在誘惑，但對我來說，在注入了研究與努力之後，這個表演已經不光是一時興起，而逐漸發展成類似作品那樣的東西了。

實際上，我出生成長的國家，環境和壽司之國相當不同。好比我聽說過，壽司之國的人口爆炸性地多，首都中心的電車即使每隔幾分鐘就來一班，還是經常沒辦法把所有人都運送完。還產生了一種職業，會專門從背後把乘客硬塞到電車裡。這是從丹麥電視上看到的，主播興奮無比的話音如今還殘留在我的耳膜上。對當初年紀還小的我來說，根本是個童話裡的國度。而且我還聽說，由於電車裡非常擁擠，前後左右四周都被壓得緊緊的，所以甚至還可以站著睡覺。據說這種狀態叫做「塞壽司」[1]。真不愧是壽司之國，我好羨慕。

我在格陵蘭的一個漁村長大，那裡完全相反，人口本來就不多，還在持續減少，連小學都快要成為廢校了。當時我好期待要上小學，但就是在那一年，有同齡孩子的家庭接連搬走，最後新生只剩下我一個。在前一年，剛好又有七名畢業生。這樣下去學校勢必就會廢校，廢校之後終將導至廢村。額頭滿是皺紋的大人們聚在一起討論，最後決定寫封信給丹麥政府。很幸運地，那一年「拯救北極圈文化」的預算增加，且不僅訂定了「無論小學人數有多少都不廢校」的規定，還有十幾個從哥本哈根搬來的新家庭。

會特地從首都移居到格陵蘭的，都是些怎樣的人呢？如果是厭倦了都市生活，想在自然當中安靜過日子的人，那還沒關係，但若是罪犯的話該怎麼辦才好？有些大人為此擔心著。丹麥雖然是犯罪率低的國家，但近年來有種犯罪正在增加，那就是仇恨言論罪。如果搬來的是些憎惡非白人、甚至會使用暴力的人，那就糟糕了。還是小孩的我，夜裡獨自一人時，心中便又期待又擔心，兩股浪在心中輪流拍打著，讓我無法鑽進睡眠深沉的懷抱之中，只能在床上翻來又覆去。

結果搬來我們這裡住的，並不是丹麥人。他們一頭黑髮，臉上五官有著深深的輪廓，還睜著一雙不能再睜得更大的雙眼。男性留著鬍子，女性則會用領巾遮著頭髮。之後才聽說，他們是為了躲避戰火，才從遙遠的北非逃來丹麥的。因為都市地區的住房不足，所以政府和他們約定，會給予生活費等等的補助金，不過他們必須搬到格陵蘭居住。他們在夏天抵達，但夏天如同希望一樣短暫，很快地，無止境的冬日到來了。他們的小孩透過遊戲學會了格陵蘭語，也習慣了寒冷；甚至很快就忘卻了忌諱犬隻的風俗，開心地和狗玩在一起。但大人則是從早到晚整天都悶在家裡，時而不安地稍稍打開門，對大雪和狗投以恐懼的視線。由於他們的生活受到保護，所以不需要工作，但是什麼事情都不做肯定也很不好受吧。

沒有工作的當然不只是移民而已。從過去就一直生活在這塊土地上的我的雙親，年輕時也曾失業。首先是沒有魚獲，所以無法從事漁業，也不再追捕水獺，會上新聞的，頂多是偶爾有人射中了海豹之類的事。因為氣候暖化的關係，反而變得可以從事農業，所以老媽從很早以前就會在院子裡種植馬鈴薯和高麗菜，收穫也年年增加。老爸卻無論過了多久仍無法接受蔬菜的味道。於是他開始從荷蘭網購罐頭香腸和火腿，也因此需要有現金的收入。他便練習英語的會話，到了一間美國的公司工作。雖然這麼說，但他當然沒有移居到美國，而是待在家裡做電話客服員。每當美國某個小鎮上，有人買了吸塵器想要客訴，電話就會轉到老爸這裡。

記得有段時間，客訴蜂擁而至，抱怨的都是：「想把吸塵器裡的集塵袋拿出去丟掉，袋子卻拿不出來。」但說明書上清清楚楚寫著：「新型吸塵器裡沒有內袋。」不讀說明書的人實在太多了。據說它的機制是吸進去的垃圾在機器內會進行低溫燃燒，使垃圾自然消失，剩下微量的灰燼則被壓縮成一顆球體，過了十年之後，才需要將球體取出丟棄。老爸跟我解釋，因為吸塵器會一直開發新機型，不會有人用同一把吸塵器超過十年。

根本沒有親眼見過新型吸塵器的老爸有禮貌地回答著顧客的問題，我在旁邊愈聽愈覺得怪異。我是靠耳朵學會英文的。同樣內容的電話打來好幾次之後，就連老爸也有點動怒了。他以溫柔的語氣夾帶著諷刺說道：「其實您讀說明書的話會比較快。」結果有人這樣回答：「說明書上的英文是電腦寫的，我不想讀啦。那是機器人的文體啊。反而我光是聽你說英文，就覺得好有精神。」這麼一說，老爸心情大好，他開始跟對方聊個沒完沒了。原來吸塵器對打電話來的人根本不成問題，問題只是寂寞罷了。甚至還有女士每個星期都打電話來，指定要找老爸。我笑他是「call boy」，結果老爸真的生氣了。

公司方面，則會確認電話是否都能接通，這是理所當然的，此外，還會確認顧客的滿意度。合約上一天工時是十六個小時，所以老爸不管在吃飯還是廁所上大號，頭上都得一直戴著電話的耳機麥克風。正因為這樣，我甚至曾經覺得自己和吸塵器是一起長大的兄弟，它還是我哥呢。

另一方面，老媽則找到了瑞士深山裡的健康療養飯店的工作。她得定時記錄並分析客人的血壓、飲食卡路里，規畫每一位顧客的日課表，然後配上像是：「距離八點還有十分鐘。請問您準備好要慢跑了嗎？」之類的訊息一起送出。每當收到類似「今天沒什麼幹勁」這種回覆，她就得很機靈地給予鼓勵。如果都回一樣的訊息，看起來很像電腦程式自動發送的，所以她每次都得寫下不同的訊息，有時甚至還要故意拼錯字，這樣才有人味。只是，這份工作禁止員工和顧客私下交朋友。

多虧這些，總是有錢匯入我們家的帳戶，也讓我在長大過程中從不知道生活的辛苦。只要透過網路購物，不管是鳳梨罐頭也好，倉鼠也好，足球也好，這些統統都會送來。這樣下去，不管我們過了幾個世代，都可以足不出戶，僅靠網路就接上世界經濟，以此維生——會不會變成這樣呢？但是，如果螢幕上出現的那個世界，只是某個人偽造的，實際上早已經不存在了，那會怎樣呢？下訂單的商品確實都有送來。但是，如果在海的另一端，只有唯一一間工廠，專門生產我們所下訂的產品，除此之外的世界早已消失了呢？

太陽下山之後，我一個人走到外面，聽見了遠處的狗叫聲，對於遙遠的土地的那份憧憬，逐漸揪扯著我的心。我想旅行。雖然說是遙遠的土地，但我腦海裡浮現的，也只是自己在冰島首都雷克雅維克那一排排漂亮的房子之間散步的畫面；如果有機會，我還想走得更遠，去到丹麥。然後，在南邊則是一大塊寬廣的德國。德國雖然比格陵蘭要小得多，但國內卻有多彩多姿的文化，北方住著維京人的子孫，西南方有羅馬帝國的遺跡，東方則籠罩著斯拉夫的芬芳。

有一天，當我看著世界地圖發呆時，老爸突然一臉認真地對我說：「南努克，你拿個獎學金，到哥本哈根上大學吧。」南努克正是我的名字。我聽說獎學金的種類很豐富，要獲得並不是那麼難的事。

但老媽和老爸不同，對我去留學這件事似乎不怎麼感興趣。去丹麥讀大學的年輕人很多都不再回來。「將來我們年紀大了，孩子不在身邊，會很不安啊。」老媽抱怨。「為人父母這麼依賴小孩可怎麼辦？」老爸斥責道。「而且，留在這塊土地上，只能找到跟父母輩一樣的工作，到外面去，卻有無限的可能性在等著他。妳想想假如我們的小孩變成哥本哈根王國醫院院長的樣子。」老爸這樣說，雙眼閃耀著光輝，但他只是在某個電視劇裡知道了醫院的名字，自己根本連哥本哈根都沒去過。而且在那個電視劇裡，那間醫院也不是什麼優秀的醫療機構，患者因院內的權力鬥爭和醫生想出人頭地的欲望而接連成為犧牲品，從前死去的患者鬼魂還會出現在電梯裡，根本是間扯到不行的醫院。但老爸好像完全忘記了這些事情，否則他怎麼可能希望我去當那種鬧鬼醫院的院長。他如果叫我去當薩滿、鎮壓鬼魂，那我還能理解，但老爸不是那麼虔誠的基督徒，而且也沒去看過醫生，可能因為這樣，所以才會盲目相信現代醫學。

雖然我沒有那麼喜歡電視，但只要那個連續劇重播，我每次都一定會重看。那是拉斯・馮・提爾（Lars von Trier）導演很久以前拍的電視劇《醫院風雲》（*Riget*）。每集的最後，導演自己都會出現在畫面上，用調皮鬼般的表情對我們說：「有不有趣啊？」直到現在，我聽到「特里爾」（Trier）這個德國小鎮的名字仍會感到親切，大概也是因為他吧。據說導演一家人是從特里爾搬來北歐的，所以才會給他取這個名字。

我靠函授課程取得高中畢業資格之後，便下定決心要去哥本哈根留學。由於申請公費留學金的期限已過，因此我申請了某私人慈善團體的獎學金。很快地我收到了允諾的回覆，有位名叫因加・妮爾森的女士會資助我學費和生活費。當初申請的內容我寫道：「我想先在語言學校裡提升丹麥語能力，然後到大學攻讀自然科學。」我並不打算攻讀醫科、然後去不知道哪間鬧鬼的醫院裡工作，但是格陵蘭非常需要醫生，所以我聽說只要表明想讀醫科，留學之路就會比較容易。因此，也許這樣有些狡猾，但我在「自然科學」後面括號補了一句（例如醫學等）。其實我真正想讀的是動物學，讀完之後回到故鄉，觀察水獺、北極熊或是鯨魚，這樣子過活。

「你覺得寂寞的話，就立刻回來吧。」朋友對我這麼說。他的額頭已經爬滿了不似小孩的皺紋。但我還不曉得孤獨到底是什麼，所以並沒有不安。「你要去溫暖的國家，真好。」也有女生這樣說。對我們來說，丹麥幾乎已經是南國了；雖然位處北方，但因為暖流的影響，降雪並不多，冬天也甚少持續數月之久。

因為沒有直飛哥本哈根的班機，得先飛到雷克雅維克轉機，不過也要等到春天之後才有航班。有錢的觀光團或政治人物可以包機，但我只能用老爸的信用卡買有便宜折扣的機票。我在網路上辦好語言學校的入學手續，也決定要住宿舍。我把換洗衣物和字典隨便塞進運動包裡，護照跟錢包則放進上衣的內口袋。

烏雲密布的天空像是巨大的鋁鍋蓋，籠罩著機場的上空。那彷彿，是在我的記憶之上，有個巨大的蓋子正要落下，而當那蓋子完全覆蓋在記憶之上，什麼也看不見的時候，我就被吸進了眼前這架飛機的巨軀之中。大家好像都認為，飛機不過是人類用鐵板和螺絲組合製造出來的機械，但是，這麼美麗的形狀能夠誕生，難道不是鳥之靈操作了人類的精神，才讓人類製作出與鳥之靈自身形狀相似的飛機？當然，我深信人類是靠著自身的意志，才製造出適合飛行形狀的機械。但是實際上，飛機或許正是為了拯救我們才到來的神話之鳥。老媽給了我一個保平安的十字架。老爸難得小聲地說：「保重身體。」

到了哥本哈根以後，最讓我驚訝的是，我看見這城市之後是這麼地驚訝，城市看到我卻一點也不覺得驚訝。路過的人完全不會朝我上下打量，也沒有小孩子指著我說：「愛斯基摩人在走路吔。」

我先入為主地想著大都會裡一定有很多車子，但城市中心卻看不到一輛車在跑，取而代之的是疾駛的腳踏車在道路上橫行。看著那些輕巧地下了腳踏車走進書店或咖啡廳的人，他們都非常非常瘦。我本來還以為大都會裡頭到處都是甜食或肉食料理，所以每個人都很胖，結果完全相反，到處都看得到「無糖」或「蔬食」的字樣。而且物價竟然便宜到不可置信的地步。有個人把腳踏車改裝成攤車在賣熱狗堡，我看見價錢後大吃一驚。想到從前買一個香腸罐頭要花多少錢，不禁覺得一直以來我們都被罐頭公司給騙了。

還有另一件事令我驚訝。在這個國家裡，熱飲不管放多久都不會變涼。我走進了一間從外頭就能看見整個內部空間的咖啡廳，點了杯叫做豆奶拿鐵的飲料。飲料的上面有一層濃厚的白色泡泡，隱藏在下面的液體則燙得舌頭快燒傷。這忽然勾起了我的回憶。在我還沒上小學之前。我叫爺爺帶我去釣魚，我們推開地表上的雪，鑽開冰層往下挖，底下便出現黑暗的大海。海水比室外的空氣要暖和得多。不過，那天我們只釣到了一條魚。我還記得，當時仍是小孩的我覺得這樣根本就不能算是漁業。

我不大喝得下熱飲，等了好一會，才將嘴唇再次靠上咖啡杯抿了一下，但泡泡底下的咖啡卻一點也沒有變涼。我無計可施，只能隔著玻璃窗眺望外頭的馬路，忽然有人對我出聲問道：「這裡可以坐嗎？」我抬起頭，和一名和我年紀差不多的金髮女子對上了眼。她不等我回答，就用玫瑰的香氣占領了我身旁的空間。「你喝什麼？豆奶拿鐵？經典卡布奇諾比那個好喝多了唷。我叫安娜。今天是星期二還是星期三啊？對了，這是之前選舉的結果。」對話以猝不及防的速度前進。像是從一塊流冰跳到另一塊流冰似的，她從一個話題跳到另一個話題，我好不容易才追上。對方應該很快注意到丹麥語並不是我的母語，但卻一點也沒有想要問我從哪個國家來的意思。她臉上彷彿寫著「不用問也一目瞭然吧」。

安娜是大學生，就擅自認定我也是大學生。我倒沒覺得不舒服。今天佛教用語的討論課取消了說——她像對家人說話般說著自己的事。我曾被叮嚀都市裡頭很多騙子，如果有人來搭話得要保持警戒，所以我一開始還繃緊著神經，但很快就卸下了心防。安娜的眼睛是一面魔鏡，鏡子裡頭映出的我，彷彿有著前所未見的吸引力。總覺得開心得不得了。

過了一下子，我才認真地告訴她自己還不是學生，只是去上了語言學校，安娜聽到之後也沒有表現出特別失望的樣子。「我的夢想是加入古典漫畫研究會，然後讀手塚治虫《佛陀》的原文漫畫。要跟我一起tandem[2]嗎？欸你住在哪裡？啊，已經是這個時間！上課要遲到了。有空打電話給我喔。」她說完，匆匆忙忙在小紙片上寫下電話號碼交給了我。Tandem這個詞的聲響聽起來充滿了密宗的氣味，而且好像還和性有關，所以我心存防備，沒有打那支電話。要到很後來我才知道，tandem是指彼此教對方母語的意思，然而，我既沒有聽過什麼ㄉㄡˇ ㄓㄨㄥ之類的名字，而且那女孩想學格陵蘭語，到底是想要幹什麼呢。

第一次拜訪那位替我出學費和生活費的妮爾森夫人時，因為太過緊張，全身上下都緊繃僵硬，連樓梯都沒辦法好好走。在那之前，我從來沒有去過陌生人家裡做客的經驗，而且那也是我第一次看到獨居女性的住處。起初我以為她是寡婦，但是屋裡並沒有擺放看似丈夫的照片。或許是離婚了吧。老櫥櫃上則擺著一張照片，裡頭是可愛的少年。那是她兒子五歲時拍的照片，據說現在已經長大成人，正在從事語言學研究。他有著一頭金色鬈髮，圓滾滾的雙頰，眼瞳裡的碧青色飽和得像要溢出來似的。

後來我拜訪過妮爾森夫人的住處好幾次。按下門鈴，推開重重的大門，爬樓梯到三樓，在這過程中，有好幾種香水味竄進我的鼻孔裡，不過站在妮爾森夫人家的門前，就只剩下一種香水味。我自行推開厚重的門，進到房內，關上身後的門，走向最裡面的客廳。妮爾森夫人緊緊貼靠著窗簾站在窗邊，微低著頭，用陰鬱的側臉看向我。「您好。」我在房間的門檻外出聲，她便迅速轉過身來，將我的樣子看個清楚，表情也隨之綻放喜悅的花朵。那瞬間，擺飾在老櫥櫃上的鮮花束的橙黃色彩也會突然躍入我的眼中，實在不可思議。

「你想在大學攻讀醫科嗎？」妮爾森夫人在我數次造訪之後這樣問，我立刻點了點頭。等到下次拜訪，我們一起喝茶時，剛好電話響了起來，從聊天的語氣判斷，對方應該是她相當親近的人。妮爾森夫人和他說了「這孩子說要讀醫科」之類的話。我想說這下不好了，於是在夫人掛上電話後，我小心翼翼地說：「我現在只是在上語言的課程，還沒有決定要攻讀什麼。而且就算我希望能讀醫科，也不一定會成真。」但夫人只是微笑著回答：「只要是你所希望的事情，什麼都會實現喲。」

老實說，我一點也不想要讀醫科。倒是漸漸開始對環境生物學之類的領域產生興趣。我會知道有這一門學問存在，是託喬治的福。喬治是我在語言學校裡認識的美國人，某天課程結束後，他主動向我搭話。「你是從格陵蘭來的嗎？」他這樣問。我點了頭後，他便一臉開心地說：「我們來當朋友吧。」喬治生長在美國西岸，我問他為什麼要來丹麥，他的回答是：「我討厭大國主義[3]，所以想要住在小國裡。」這樣啊，原來美國人認為自己的國家是大國。他人的腦袋裡裝滿猜都猜不透的想法。當我想要透過對話來引出那些想法的時候，才大吃一驚。

格陵蘭的面積大約是丹麥本土的五十倍，然而，來到哥本哈根的我卻一點也沒有湧現

「來到了一個小國」的實際感受。說到底，我的腦海裡本來就還沒有很明確的「國」的架構，所以起初有人問我從哪裡來，而我回答「北極圈」的時候，對方都會給我一臉怪表情。

喬治告訴我許多事。我第一次聽到「後殖民主義」這個詞也是從他口中說出來的。之後喬治也跟我說了以下這些——有許多人認為「愛斯基摩人」是歧視性的稱呼，於是單純將它改成「因紐特人」並以此滿足，然而在嚴格的意義上，並不是所有的愛斯基摩人都是因紐特人。就跟並非所有吉普賽人都是羅姆人一樣。

曾經有一派強勢的學說認為，「愛斯基摩」的詞源是指「吃生魚肉的人」，於是在那個年代裡，很多人就認為這個詞是一種蔑稱。但之後不知道過了多久，另一派認為「愛斯基摩」原意是「繫雪鞋的人」的學說漸漸占了優勢。「繫雪鞋的人」這種說法帶有一種詩意。在亞洲，大概很難想像雪鞋是用馴鹿皮做成的，據說有些人就把這個詞解釋成「用麥桿編織雪靴的人」，還因此自我感覺親近。殊不知，在我們住的地方，根本沒有什麼麥桿。

即使如此，我也無法理解為何「吃生魚肉的人」這種說法是種貶義。比起生吃新鮮的魚和肉，把食材煮過頭煮到爛呼呼再吃下肚，才更不文明吧。

我曾經和喬治有過一次激烈的爭吵。吵架的契機，是喬治說：「因為地球暖化的緣故，威脅到了愛斯基摩的狩獵文化。」我突然彷彿老媽的靈魂上身，說道：「但是託暖化之福，我們採得到野菜了。沒必要執著於從前的生活啊。」喬治有些吃驚，反駁道：「可是狩獵文化不是你們生活文化的中心嗎？狩獵文化的衰退，不就是因為地球暖化還有動物保護團體施加的壓力嗎？」這次我變成老爸上身，回答：「愛斯基摩人本來就不喜歡打獵啊，我們只是為了滿足最基本的需求才殺動物，保存牠們的肉珍惜著吃，然後拿牠們的皮來做自己的衣服和鞋子。是因為被那些從外國來的毛皮商人欺騙、威脅，所以之後的時代我們才大量宰殺那些毛皮能賣出高價的海獺。是近期沒有了獵物，我們才會遠征更遙遠的土地。過去是我們不想回憶起噩夢般的時代。那個時代結束了，我們才鬆了一口氣。」老爸當初講的時候，我還覺得真是煩人，任憑這些話左耳進右耳出，沒想到如今那一字一句都清清楚楚地復活過來，真是不可思議。而且，還是用「我們」這種好像很了不起、能代表大家的方式來說。喬治被我的話嚇到，只能投降：「知道了、知道了。你的意見還真是深刻呀。」

喬治很崇拜愛斯基摩文化。他說，再沒有其他文化能夠像愛斯基摩文化一樣遼闊，橫跨加拿大、阿拉斯加、俄羅斯、格陵蘭的國境。這種文明的樣貌完全由雪與冰所形塑，無須刻意捏造愛國情懷，也就沒有必要把那些具有批判精神的人當成非國民，以此團結國家。相形之下，據說喬治的國家是個人人貪得無厭的競爭社會，放任不管的話會整個分崩離析。因此，政治人物都得磨練話術和領袖魅力，設法使全國團結一致。

我和喬治不同，我完全沒有那種批判大海另一端未知國家的動機，也不曾對身為愛斯基摩人感覺到驕傲或懷有浪漫情懷，相對地，也沒有自卑感就是了。只是，在哥本哈根生活的這段時間，我漸漸被逼進了名為「民族」的死胡同。看到我的人會立刻將我劃入某個分類裡。如果要替那個分類取名的話，既非「亞洲人」亦非「伊斯蘭教徒」、既不會是「有色人種」也不會是「移民」；而是毫無疑問地，就是「愛斯基摩人」。我向攤販買熱狗堡，接過零錢時，對方的眼中閃過小小的驚嚇，彷彿在說：「你們愛斯基摩人也會吃這種熱狗堡嗎？」去剪頭髮時，我指著型錄上的照片說：「請幫我剪成這樣。」理髮師的剪刀似乎在嘀咕著：「沒想到你們也喜歡這種動畫主角般的髮型。」在俱樂部點飲料，酒保的眼中則寫著：「你們愛斯基摩人的肝裡沒有解酒酵素吧。喝這種東西會醉倒喔。」如果光明正大地說出：「唷，愛斯基摩先生。」也沒什麼關係，但沒有人會這樣講。就算這樣講不會被當成壞人，但大家似乎覺得不要隨意扯上關係比較聰明，於是也不會和我對上眼。就好像我的身體外包裹著一層寫著愛斯基摩人的膜，從外面投射過來的視線只停留在膜的表層，誰也無法往裡頭更進一步似的。

喬治在語言學校的課沒有上到最後，就回美國去了。「丹麥語的發音太難了，怎麼學都學不好。這樣努力下去沒什麼意思。」他說。可是，如果全世界學英語的人覺得英語發音太難，因而輕易放棄，那麼英語就不會這麼普及了吧。喬治要是能再努力一下就好了。

喬治不在了之後，也就沒有人和我說話了。我好想要朋友。雖然我在都市裡經常被人搭訕，可惜對方往往是女孩子，她們會用越橘果一般鮮紅的嘴唇靠近我，朝我的臉吐出甜膩的氣息一邊說話。我似乎很受歡迎。被周遭視線所愛撫著的我，外貌也逐漸改變了。頭髮長到遮住了耳朵，鬍子和眉毛則精心修剪。我的睫毛為了眼睛防寒長得十分濃密。丹麥男人很在意自己膚色偏白，所以有些人會每週一次，脫個精光躺在烤麵包機般的機器上把自己曬黑，但我的皮膚本來就已經是金色、茶色、粉紅色混在一起的顏色了。每天早上，我會站在鏡子前，露出像是以前我喜歡的動畫主角的表情。

受女孩子歡迎令人愉悅，但我害怕社交。之前曾聽說，在丹麥，女性出社會後每個人幾乎都有工作和穩定的收入。無論男女，貧富差距都很小，也沒有誰握有巨大的影響力或是權力。所以女性在選擇要和哪個男性交往時，不是那麼在意對方的經濟能力和地位。想要出人頭地、過分想要賺大錢的男性，還有愛逞威風的男性，反而會被討厭。聽說有很多女性會鎖定比較溫柔、喜歡小孩的男性，然後想要盡可能早點懷孕。如果我的戀愛對象懷孕，使我無法回到故鄉，這比任何事都令我恐懼。

後來我終於交到了同性別的朋友，他叫做約恩，是名學生，正在讀人類學，但他說未來想要當電影導演。我和約恩可以聊任何事情，當我和他說我害怕與女孩子交際，約恩只是笑著說：「現在已經沒有女人會懷了孕就要逼你結婚啦。還有人說單親媽媽是這個無階級社會裡唯一倖存的上流階級咧。雖然在十幾年前單親媽媽還是過得很辛苦。」「可是，我討厭把自己的孩子跟孩子的媽留在這裡，一個人回去格陵蘭。我想和全家人一起在格陵蘭生活。說起來，我其實在煩惱的是有沒有丹麥女性願意跟我一起去格陵蘭。」約恩一臉驚訝地說：「有必要在同個地方生活嗎？我幼稚園的時候，媽媽在洛杉磯開公司，父親在香港工作，但兩人沒有離婚，我也每兩個星期一次，搭飛機來來去去。後來讀大學，我不是選洛杉磯也不是選香港，而是選哥本哈根。即便我爸媽都是瑞典人，但現在住在北歐的也只有我一個。他們兩人忙歸忙，但到現在，每年聖誕節他們還是一定會來哥本哈根找我。格陵蘭不是很近嗎？每個星期都可以去吧。」

聽著他說這些話，我腦海中的世界地圖漸漸變形。原來是這樣啊，本來以為很遠的地方，也會隨著想法改變而不再那麼遙遠。而且，每當我想起故鄉，想到的都是那座小小的漁村，但是，其實我也可以把格陵蘭和整個斯堪地那維亞半島都想成是故鄉。

我雖然不眷戀故鄉，偶爾會突然眷戀起某種味道。那是海的味道，活在海裡生物的味道。在老家雖然經常吃的是罐頭香腸還有火腿，但每個月老媽會從冷凍庫拿出海豹肉，我和老爸則會解凍來吃。偶爾可以釣魚的時候，我們也會釣來吃，也經常在網路上訂購養殖鮭魚。也不曉得是不是女性比較能夠適應時代的變化，老媽早就幾乎不吃肉了，而是自己闢田，不僅種植高麗菜、馬鈴薯，還有番茄跟萵苣，都可以做成一道沙拉了。

在語言學校，懷念著海之味的我認識了一名印度女生，阿妮拉，她告訴我有間店叫做「SAMURAI」，可以吃到生的魚肉。她說那間店的午餐比較便宜，所以我大概在下午一點半左右去一探究竟。店裡客滿，還有許多人站在入口處近等待順位，我也等了十分鐘左右，才被帶到一張兩人桌的席位。我點了「午間套餐No. 5」之後就在放空等待送餐，這時有名身穿全套西裝卻一臉學生樣的女子靠了過來，問我可不可以坐在我對面。我最怕和別人面對面吃飯了，可是想到如果是我在客滿的餐廳被對方拒絕同坐，一定會很失望，便無法拒絕。

我的套餐來了，但那名女子卻毫不避諱地從正前方盯著進食中的我仔細觀察，每次對到眼還會微微露出笑容。幸好我筷子已經用得很熟了，不過如果其他有什麼用餐的規矩禮儀，那肯定是我有哪裡做錯了。過了一會，那人用發音有點奇怪的丹麥語問我：「要把魚做成刺身的時候，切的方向很重要吧。」她的語氣彷彿相信我理所當然會知道答案。可是「ㄕㄡˋ ㄙ」是什麼東西？我以為我現在吃的這個東西叫做「ㄘˋ ㄕㄣ」才對，但似乎不是這樣。我是看著菜單上的照片然後照號碼點的，所以記不太清楚了。幸好，那個時候我想起了爺爺以前經常說：「如果你記得魚刀正確的下刀角度，要剖鮭魚的時候就很容易了。」過去我一直是吃養殖的鮭魚切片，所以這份記憶深埋在厚厚的冰層之下，可此時冰層卻莫名融解，鮭魚乘勢一鼓作氣地躍出水面，在半空中扭動著魚身。我於是充滿自信地回答：

「沒錯。如果魚刀的下刀角度不正確，魚就無法切得漂亮。再來就是施力的方式。」

「魚刀要把水分完全去除後，再用漂布捲起來平放吧。」

「ㄆㄧㄠˇ ㄅㄨˋ？」

「我也好想生在有傳統文化的國家。」

她的雙親都是丹麥人，很年輕的時候就移居美國了。她自己則是出生在德州，現在來歐洲旅行。她會以為我來自壽司之國，大概是因為沒有見過愛斯基摩人的緣故吧。但就算是誤解，她對我如此關心，也問了我很多事情，這我倒覺得不壞。比起身為愛斯基摩人卻被他人無關痛癢地無視，不如像這樣被當成一個具有異國情調的人類，更來得開心。這也是印度人阿妮拉曾說過的話。她會來到哥本哈根，也是因為對倫敦感到厭煩了。倫敦從以前就住著許多印度裔的居民，因此在路上看見像阿妮拉那樣的女性，也沒有人會在意。那麼，這就意味著她被單純當作女性看待嗎？話也不是這麼說。對方的眼中會亮起一盞「噢，印度人」的燈，然後分類就結束了，彷彿是覺得，因為和印度已經有長達四百年以上的交流，所以什麼都不需多問了。實際上，大多數人幾乎對印度文化無甚理解，只是事到如今已經不再覺得那會是好奇的對象。阿妮拉覺得，自己雖然沒有被歧視，卻像是被當成二等公民，好像不存在那裡似的。相較之下，在哥本哈根，印度人比較稀奇，也會被問到很多關於印度的事情。丹麥並沒有殖民過印度，沒了那令人愧疚的過去，罪惡感也就不會替新鮮的好奇心踩煞車。雖然也有人說，只因為對方是印度人，就刨根究底去追問印度的事情，這是一種歧視，不過阿妮拉笑著說，如果是這樣子的歧視，那一點問題也沒有。

我悄悄地觀察在「SAMURAI」裡工作人員的臉。有個年輕人端來了茶。看他的長相，說他是我的同鄉也不奇怪。在櫃檯敲收銀機的那個年輕人，如果他把眼鏡拿掉的話，長得就很像我兒時玩伴。

隔天上午，我又去了同一間餐廳。這次桌席有很多空位，但我選了吧檯的位置。我聽見在裡頭捏壽司的職人和後方裝味噌湯的男人正用英語對話，我也試著用英語問：「為什麼你們不用自己的語言講話呢？」壽司職人笑著回答：「我是美國人，那傢伙是越南人。」我再問：「那麼這間餐廳也會雇用愛斯基摩人囉？」「當然。現在剛好人手不足，老闆聽到會很開心喔。」他回答後，我很快地就談妥了工作。於是在我學語言的空檔，便會來這間「SAMURAI」打工。或者該說，是我趁著打工的空檔學習語言，這樣或許更恰當。

託爸媽基因之福，語言是我擅長的科目，即使蹺課，我的丹麥語能力還是逐步提升，且不只是日常對話，在報紙、專業書籍裡頭出現的生難字詞我也漸漸都能記住，甚至用在自己的表達中。跟店裡同事交流時所使用的英語，也能變換腔調，比如扮演成從香港來的年輕商人，或是從加州來的音樂家學徒。

我對妮爾森夫人一直隱瞞著打工一事。我不認為做了什麼壞事，卻也不想讓她多心。要是她知道我對餐廳經營和料理多麼有興趣，一定會擔心我是否因此放棄往大學升學這條路。

打工的工作內容一開始只是端端碗盤，非常無聊，但是和那些相信我來自壽司之國的客人搭話倒是很有樂趣。當被問到是來自哪個城市的時候，最初我只知道「東京」和「京都」，於是便輪流扮演東京人和京都人，不過很快就覺得膩了，於是我稍微做了點功課，開始會回答「下關」、「旭川」之類的地方，享受著這種變化性。後來有客人從手提包裡拿出筷架問我：「這個叫什麼？」讓我冷汗直流，從那以後我去買了本字典，開始學習各種物品的名稱。我也分別去上了德語跟法語的密集課程，姑且算是能開口說，可是無論學了多少歐洲語言，也不會有人認為我是歐洲人吧。若能在習得語言的同時獲得第二認同，那將比什麼都快樂。當然在母語人士聽來，或許講「ㄎㄨㄞˋ ㄐㄧˋㄚ」這一單詞帶有口音，會讓我露餡，但應該已經足以騙過周遭的人了。

一想到能夠透過學習語言來獲得第二認同，就快樂得不得了。其實，「認同」(identity)

這個長長的單字，也是喬治留給我的臨別贈禮。雖然我一點也不以身為愛斯基摩人為恥，但如果一生只有一個認同，那也太過平淡無奇了。

ㄎㄨㄞˋ ㄐㄧㄚˋ，ㄑㄧ ㄕㄨˋ，ㄨㄟˋ ㄗㄥ ㄊㄤ，ㄏㄞˇ ㄉㄞˋ ㄧㄚˊ，ㄎㄨㄣ ㄅㄨˋ，ㄘㄨㄥ[4]。淨是些不可思議的聲響。明明是從很遙遠的地方傳來的聲響，卻莫名讓我感到熟悉。一旦念出這些字，我幾乎就要回憶起長久以來被遺忘的兒時情景。然而，那段情景在將要與畫面結合的前一刻就驀地消散了。

工作漸漸上手之後，店裡也讓我進廚房洗鍋子，或是預先準備之後要用的食材。有位來自福建省的張師傅學問淵博，也很健談。他總是和我搭話，所以我也就不必擔心妨礙到他的工作，也能夠盡情提問，像是味噌湯的高湯該怎麼煮才好喝？海藻有哪些種類？每種魚的特色？該怎麼處理？等等這些問題，我想到就問，然後晚上睡前再記在筆記本上。不管怎樣的問題，張師傅都將知識毫無保留地與我分享。

有一天，我問張師傅這些捏壽司的手法、味噌湯美味高湯的煮法、炸豆腐的作法，都是向誰學的，他回答說是在巴黎的一間飯店工作時向法國人學的。我大吃一驚，他又吐出一段謎樣的話語：「原創滅亡以後，除了找最頂級的模仿之外，就沒有其他辦法了。」這聽起來有些可怕，讓我難再追問到底是什麼意思。

來店裡的客人中，也有不少人會問我佛教相關的事情。丹麥的女性好像多半都會在家或是辦公室放個佛像幸運物當作裝飾，她們會把手指彎曲成複雜的形狀，問我：「這個手印是什麼意思？」也有很多人會打座，甚至有人問我：「我沒辦法結跏趺座，有點傷腦筋。請問半跏趺座也能夠開悟嗎？」我上網查資料，拓寬了自己的知識，不知不覺間，已經能夠流利地回答絕大部分的問題了。但有件事情讓我覺得奇怪，那就是一些我曾打開的網站在幾天之後都會消失。我不禁想，該不會是因為我造訪過，那些網站才被人刻意刪除了。因此只要查到重要的事情，我一定會抄寫在筆記本上。

據說愛斯基摩人的基因其實和壽司之國人民的基因相當接近，所以長相相似也沒什麼好奇怪的。只是這份類似，已被隱蔽在遙遠歷史的深雪之下。因為我們的肌膚曝露於酷寒，只能以魚和肉為主食，這樣的一張臉，和那些以米飯、蔬菜為主食，並且在房間中讀書、工作的壽司之國居民的臉，看起來當然會相當不同。不過，我們房內的暖氣設備已逐漸完善，也吃起了蔬菜，更重要的是我們開始面對電腦生活，於是那份類似，毫無疑問地會浮現到臉的表面。而且像我這樣，刻意以動畫主角的風格長相為目標來打理自己的面容，會愈來愈像，也並非毫無道理。

語言學校的課程太過簡單，我逐漸感到無聊，於是便和老師商量，最後決定提早接受考試。距離大學新學期開學還有三個月，我想趁這段時間出外旅行，增廣見聞。我向妮爾森夫人提到這個想法，夫人不僅欣然理解，還說願意幫我出旅費。她不是給現金，而是基因支付[5]。有了這個，我到國外旅行的時候，只要去銀行給他們一根頭髮，確認是我的基因，那麼就可以從妮爾森夫人的帳戶中提款。

一開始我本來想先在丹麥境內到處看看，但很快地就跨過了丹麥和德國之間的國境。要是沒有狗，我應該不會注意到那就是國境，只會以為那是廢棄的平交道還是什麼之類的，然後繼續前進。當我一跨越畫在路上的線，突然有三隻牧羊犬從樹叢中跳出向我襲來。幸好從小到大我跟狗就像兄弟一樣親，所以理解狗的語言完全沒有問題。我立刻感覺到，牠們並非想要攻擊我，於是我抱抱牠們的脖子、摸摸牠們的頭，對牠們說道：「你們很無聊嗎？想要玩耍嗎？」牠們的尾巴搖到快斷掉似的，用長長的舌頭把我的雙頰舔得濕濕的。原來，這些狗從前被警察雇為警犬，如今失業，出於無聊所以才玩起國境抓人的遊戲。

在德國北部，我大概輾轉流連了三個城市。我會先找壽司店，拜託他們讓我短暫幫忙，換得睡覺的地方和三餐。德語的發音比丹麥語還要硬，但因此反而更好聽懂。成篇話語彷彿化作電車，舒適地行走在業已在腦內鋪設好的文法鐵軌之上。如果別人問起名字，我就一定會回答「典座」。

我不曉得典座這個名字實際上是否存在，至今也未曾碰到能夠給出答案的人。典座其實是在禪寺裡負責廚房的職稱。比起壽司，其實我更感興趣用海藻做的蔬食菜單。只要能從海藻當中提取出鮮味，即使不吃魚也能獲得吃魚時的滿足感。未來當魚類滅亡時，如何從海中生長的植物熬煮出關於魚類的記憶，這將會是板前師傅的一大課題吧。我把這稱為「高湯的研究」。回首愛斯基摩人浩瀚漫長的文化史，我恐怕也是研究高湯的第一人吧。

到現在我還忘不了的，是在胡蘇姆的壽司店聽到的故事。那間店的老闆是位叫做海諾·費許的德國人，他是企業家沃爾夫·費許的孫子。老沃爾夫年輕的時候，曾在德國的基爾大學學習造船，因此和幾位留學生結為好友。其中有位從ㄈㄨˊ ㄐㄧㄥˇ來的名叫Ｓｕｓａｎｏｏ的學生，就是因為它，老沃爾夫才首次知道有壽司這種食物。ㄈㄨˊ ㄐㄧㄥˇ的ㄈㄨˊ是Glück（幸福）的意思，據說其他還有很多地名裡頭都有這個ㄈㄨˊ字，這代表這些地方都深受大自然的恩賜。

德國也有一個叫做格呂克施塔特（Glückstadt）——幸福之城——的小城鎮。很久以前，距離那裡十公里左右的地方要建造核能發電廠，因而引發了大規模的反對運動。在那之後，只要聽到「幸福之城」，大家想到的都是核電廠。

Ｓｕｓａｎｏｏ的故鄉，從前是以海產聞名的。平坦的魚，尖銳的魚，有甲殼的生物，長了十隻腳的軟體動物，滿身直條紋的虛張聲勢鬼，赤色革命家，長了鬍子在海底爬的傢伙。

居民從海底撈上各式各樣的生命食用，據說也曾大量出貨到皇城之都。然而，那條海岸線竟在不知不覺間走向了不幸的發展，被稱為「銀座」，漁業也逐漸衰退。

Ｓｕｓａｎｏｏ的老家是個製造醫療用機器人的小型町工廠，自從他們一手接下了要放在故鄉ＰＲ中心展示的機器人製造工作之後，收入就像工廠排水一般汩汩流入。因此大幅拓展工廠空間，還雇用了新的作業員。在故鄉ＰＲ中心裡，機器人會向池子撒網，或是示範單竿的「一本釣」，藉此向小朋友說明過去都有些什麼樣的魚，是怎樣捕撈的。因為如果沒有這樣的展示，那麼在漁業已經消失的當下，小朋友將無法想像故鄉的歷史。而且不只是漁業，就連農業也都幾乎消失了，所以也有製作一些會操作種田機、割稻機的機器人。這些產業過去都曾經榮耀了故鄉，如今也都已消失；故鄉ＰＲ中心則透過機器人重現這些產業，吸引許多觀光客的到來。

Ｓｕｓａｎｏｏ上了高中之後，逐漸對故鄉ＰＲ中心感到疑惑。疑惑的契機，是那新製造的身穿白衣、看起來很真誠的科學家機器人。機器人會對小朋友說明：「漁業與農業的消失，是為了人類的文明發展，這是沒辦法的結果。」為什麼是機器人，而不是真正的科學家來回答問題呢？為什麼是科學家機器人，而不是政治人物呢？莫非，是讓這個位於倫理規範之外的機器人說謊，藉此逃避責任嗎？Ｓｕｓａｎｏｏ對於繼承家業、製造說謊機器人的工作起了反感，所以想要改為製作大型客船，促進海外交流的繁榮。所以他才會去那間以造船學聞名的基爾大學當留學生，也因此與沃爾夫成為好友，他們一起釣魚、搭遊艇、徒步旅行，不知不覺間，也愈來愈討厭機械。大學畢業後，他沒有回去故鄉，而是與沃爾夫合夥，在胡蘇姆開了餐廳。反正都是要做新事業，出於冒險心與好奇心，他們便開始經營壽司店。雖然說是叫壽司店，但在當初開幕的時候，只說是「也會有壽司」，但仍是以豬肉料理為主。他們用輕鬆的心情開店，沒想到人氣卻水漲船高，成為一間口碑極好的店，每晚都高朋滿座。

穩定忙碌的時期持續了短暫的一陣子，某天，Ｓｕｓａｎｏｏ突然就去了南法。落單的沃爾夫強忍住悲傷，繼續煎烤豬肉，繼續照他教的方式捏壽司，最後也結了婚，生了三個小孩，後來是最小的孩子繼承了家業，一直到孫輩的世代，也就是今天。沃爾夫在一年前去世了。雖然他們很長時間都沒有和Ｓｕｓａｎｏｏ聯絡，但或許他還活著也說不定。「Ｓｕｓａｎｏｏ為什麼會突然跑到南法去呢？」我問，沃爾夫的孫子聳了聳肩這麼回答：「他是被亞爾的姑娘[6]誘惑，最後才跑掉的。話雖如此，你和Ｓｕｓａｎｏｏ都滿可憐的，出生長大的國家都滅亡了。你們這些在海外倖存的同鄉人有沒有彼此聯繫、組織一個人際網絡呢？」

我驚訝得止住了呼吸。

我根本就沒有去過那國家，也沒有認識任何那裡的朋友，所以聽到「滅亡」並不是特別地悲傷，可是，那個國家、那個我特地選擇的第二故鄉，竟然就這樣滅亡了。而且，此前和我聊過天的人原來都知道這件事，但他們在我的面前卻都閉上了嘴，只是一邊聽著我說話，一邊暗自同情我。

當然，「滅亡」也可能不過是個謠言。或許只是出於某種政治上的理由，那個國家才被世界孤立，斷絕了交流罷了。我想見見那個叫做Ｓｕｓａｎｏｏ的傢伙一面，把事情問個清楚。亞爾離這個地方相當遙遠，但我本就一度南下才到了這裡，如今更止不住想再往南方的心情。沒錯，我就是要去亞爾。

「南」這個字，曾經在我晚上睡覺時，在腦海裡繁殖。一種名為南的雜草從土中源源冒出，無論怎麼割都割不完。雜草的高度已將房間團團包圍，圍得連門都打不開。我無法外出，室內每個角落的溫度也都不斷上升，又濕又熱，牆壁在流汗，頭腦昏沉沉，毛孔流出的汗在不知不覺間聞起來像是精液的味道。哇——哇——，四方傳來嬰兒的哭聲。每個都是我的孩子。

在胡蘇姆時，工作結束後我也曾到夜晚的港口散步。船的燈光被水面反射，看起來像一道道光柱。我望著這景色良久。北德的城鎮各有各的特色，也都很漂亮，可是習慣了之後又覺得每個城鎮都好相像。不只如此，我也覺得丹麥和北德似乎沒有那麼大的不同。我所幻想的，完全是異質的世界。

有一次，客人忘了一本小說在椅子上。那平裝書的封面已經彎曲翹起，被陽光曬過的紙頁則變得像布一樣柔軟。我本來打算等那位客人下次來的時候再還給他，於是先將書放在櫃檯旁邊，有空的時候，我會隨意翻閱那本書，揀起任意一段就往下讀，漸漸地也成了它的俘虜。那是一本以羅馬帝國為背景的歷史戀愛小說，裡頭有這麼一段。「異民族的女孩奪走了尤利烏斯的心，戀愛無邊無際地膨脹，同樣的，羅馬帝國也彷彿不知有國境，無止無休地膨脹著。此國之領土被灰色地帶所包圍，何者從屬於羅馬、何者又處於外部，實則曖昧。曖昧依舊，灰色地帶持續擴張。即使來自遙遠土地的人，也會在不知不覺間進入羅馬的核心，一步步爬到頂點，出人頭地。」如果存在這樣的共同體，那我還真想去看一看。雖然這故事裡的時代早已遠逝，但是曾經存在過的事物不可能完全消失殆盡。只要努力尋找，羅馬帝國一定還存在於現在歐洲的某個角落。

當晚，暴風帶來不吉利的聲響，響徹整座城鎮，雖然店門口掛著「開店中」的牌子，卻一個客人也沒有。不久後，下起斜斜的如注大雨。大約過了一個小時，一位穿著濕亮黑色大衣的客人慌慌張張地進到店內，他氣喘吁吁，彷彿像是在逃離追捕似的。他正是那位把書忘在店裡的客人。他脫下大衣掛上衣架，坐進了店內最深處的位置，點了酒和加州卷。他的表情一臉陰鬱。不過當我將酒瓶酒杯連同那本書一起送去交給他時，客人的臉瞬間明亮了起來，還親切地和我搭了話：「你在這間店工作很久了吧。其實蝦子、貝類、烏賊、鮭魚卵，我都不太敢吃。我最喜歡的壽司料是酪梨，再來是煎蛋，魚的話喜歡的是鮭魚。在你看來，我應該是個不及格的壽司客人吧。但我就是喜歡這間店。」我也不忙，便陪他聊了起來。

男人名為法比安，三十歲，來自一座叫做特里爾的小城，因為某些緣故才來北德工作。我本以為人要過五十歲才會誇耀自己的故鄉，但法比安不知道是怎麼了，竟熱切地向我聊起特里爾，宛若在聊一個分手卻難以忘懷的戀人。說不定是他這天碰到了什麼討厭的事情，才會突然懷念起特里爾吧。

特里爾有種叫做巴西利卡的建築。法比安說，光是站在那建築前，就彷彿身處羅馬帝國之中，有種扎扎實實「正在生活著」的感受。反倒是現在居住的胡蘇姆，無法帶給他這種「正在生活著」的感受，那不過是工作結束後會在公寓裡的其中一個房間睡覺罷了。但是一想到巴西利卡，腳底就能感受到鋪路石，手掌就能感受到石牆。還有空氣中土與鐵混雜的氣味、赤裸裸的陽光、濃綠的葉、烤焦的肉味、紅酒慵懶的香氣、刺鼻的醋、女性的體臭……這些種種，就這樣圍繞在身邊。在特里爾，不只是巴西利卡，還有好幾個遺跡都像這樣，光是站在面前就能把人帶往異世界。我聽著聽著，也變得好想去特里爾這座城鎮看看。

我告別胡蘇姆，搭便車一路輾轉抵達特里爾。有位沉穩的卡車司機願意載我到福達（Fulda），但之後就沒能順利攔到順路的車，只能曲折前行。而且最後搭的那輛奧迪，司機居然開到一片廣闊的牧草地正中央後忽然停下了車，對我說：「我突然想順路去找我年邁的母親。她就住在這條小徑往下走的地方。我本來打算路過不停的，但突然改變主意了。不好意思，你在這邊下車。」那時太陽準備下山，也不太會有車經過，我於是央求他帶我一起去，那男人卻冷淡地拒絕了。我想，他肯定不是想要見母親，而是去見哪個丈夫外出不在的已婚婦女吧。

我一邊期待著哪裡會不會有可供我借宿的溫暖穀倉，一邊步履蹣跚地走在路邊，忽然，前方有團小汽車的光朝我靠近。我慌張地跑到馬路的正中間，雙手像雨刷般拚命揮舞，示意他停下來。汽車發出一陣刺耳的緊急煞車聲後停了下來。駕駛是個男性，留著平頭金髮，身穿西裝，像是位商務人士。「可以讓我搭車嗎？」我幾乎要哭出來地問。「你要去哪裡？」他問。我老實地回答：「特里爾。」男人原本僵硬的表情一扭，浮現了淺淺的微笑。「真是巧合啊。上車吧。」他說。

「巧合」這句話，我只能理解成他也是要往特里爾的方向去。我心中感謝著命運便搭上了那輛車。

男人除了自報姓名叫尤利烏斯之外，就不再說任何關於自己的事情，也完全沒問「要去特里爾幹麼？」或是「你是從哪個國家來的？」那種誰都會問的問題。左右兩旁各是一片遼闊無盡的漆黑草原之海，這令我感到不適：原來沒有雪的世界是這樣黑暗。車燈照著眼前單調的道路，冷不防有小動物的黑影竄出，又在千鈞一髮之際逃開。在那黑影裡我似乎看見了自己的模樣。不久，我的眼皮愈來愈重，不知不覺間就陷入深深熟睡。睜開眼時，車子已靜止不動，駕駛則不見蹤影。四周全然黑暗，也無人家燈火，只能隱約看見樹木的影子。我以為他大概是下車去解手，但是又等了一會，還是沒有回來。他叫尤利烏斯嗎？一股難以言喻的不安攫獲了我，我打開眼前的抽屜，但裡頭沒有地圖或文件，只有大量灰塵，有整整一個量杯那麼多。我難以呼吸，只好關上抽屜下了車。冷颼颼的空氣裡混著燒東西的煙味。我不經意地轉頭，透過車窗玻璃往裡頭看，原本放在後座的背包不見了。他沒道理偷了那東西卻把車子丟下自己逃走。我的背包裡只有換洗衣物和書而已。就在這時，我想起從前讀過的推理小說，不禁心頭一顫。該不會是尤利烏斯偷了東西，本打算獨占贓物而逃，卻被同伴追上，將他從車中拖了出來，如今正流著血倒在草原的某處？尤利烏斯的同伴誤以為贓物在我的背包裡，所以才拿了逃跑？我想不出這個以外的劇情了。

我沒把車門關好，就那樣走掉了。地平線上隱約浮現微弱的燈光，除此之外沒有任何像是目標的東西。黑暗重重壓在我的肩上，不安使膝蓋的關節變得生硬，我已經什麼都不去想，只是腳步踉蹌地走在筆直的道路上。

天空終於開始泛著光，這時我終於看見寫著「特里爾」城市名的道路號誌了。房屋一棟一棟出現，車子的引擎聲傳來，鳥囀刺入腦中使我頭痛。一名騎著腳踏車的女性從我身旁經過，她稍微超越我之後在前方以單腳著地的方式停下腳踏車，回頭問我：「你還好嗎？」我執拗地露出勉強的微笑，回答道：「我在酒吧裡待太久了，真是後悔。我家就在旁邊。」我好想要躺下，但既沒有長椅，也看不到飯店的招牌。

就在這時，眼前出現了古代羅馬帝國公眾浴場的牆壁。我以為在作夢，於是就像被它吸進去一樣走進了裡頭。裡頭有綻放著古代光輝的石階。走下石階就是公眾浴場了，那裡會有一群披著白衣的男人一邊喝著葡萄酒，一邊對政治高談闊論吧。水滴以一定的間隔落在石頭上，發出聲響。這個時候，我眼前一陣朦朧，早已無力的腳踝喀啦一聲扭傷，我隨之彎身倒下，從樓梯上摔了下來。雖然階梯並不太長，但我摔到了最底下，想要站起來的時候腳踝有如火燒一般，我不禁發出像狗一樣的低吼。而且也彷彿有人用湯匙翻攪著我的腦漿。我拖著扭到的腳繼續往深處前進，不久氣力盡失，沒了意識。

後來我才知道，那裡就是名為凱薩浴場的公眾浴場，而且確實是羅馬留下來的遺跡。那個時候偶然發現了我、給予幫助的女人名叫娜拉，她和我先前遇過的所有女性都不一樣。她有著讓周圍所有事物全都遵照她意志的力量。娜拉的手拿起毛毯，毛毯就成為娜拉的僕從開始工作，努力暖和我的身體。娜拉喚它叫「繃帶」，繃帶才變得像繃帶。娜拉一進來房間，娜拉的身體就化作我所處的空間，家具和窗戶就像是不起眼的插畫一般退居背景。我被她所壓制。之前那些輕輕鬆鬆就能使用的「可愛」、「溫柔」、「美女」等關於女孩子的裝飾詞句顯得微不足道，全都在此灰飛湮滅。

我隨意將一隻手放在桌子上，而娜拉將她的手放在我的手上，桌子就這麼懷孕並從內側發出光芒，摩澤爾河從翻倒的杯子中流出。河水中無數的光的孩子正跳著舞。他們全都是我的家人。

正當完全沉浸在快樂之河裡的同時，我也成為了娜拉策動的小型羅馬帝國的一部分。我對此感到不安。不管我做什麼，都已經無法區別那究竟是我自己的意志，還是娜拉的計畫。唯一一個我能保有自我的領域，就只有來到哥本哈根以前的記憶了。娜拉擅自認定我是壽司之國的居民，沒能知曉我是愛斯基摩人。

兩人合而為一，令我深深恐懼。光是看著娜拉喝一口咖啡，我的嘴裡就有咖啡的味道在擴散。娜拉睜眼醒來，我也隨之睜眼醒來。娜拉覺得肚子空空的，我的胃也咕嚕咕嚕叫。我們兩個人根本是一個人。所以光是有娜拉那份合適的工作就足夠了，我卻找不到工作。這種事還是第一次遇到。我開始焦慮。要買一根香蕉也得向娜拉要錢才能買。雖然可以從妮爾森夫人的帳戶領錢，但約定要回哥本哈根的日期早就過了，如果就這樣去領錢，會淪為獎學金詐欺。把我當成人質的，是娜拉，還是羅馬帝國呢？我必須掙脫束縛，盡早回到北歐。

娜拉注意到我因為找不到工作而消沉，便提議說：「來辦鮮味節吧。」我有自信能把鮮味這個主題談得讓人興味盎然，而且也不打算一直這樣廢人似的當娜拉的食客，所以也就贊成了。但有一件事情令我不安。那就是，如果這活動真的有壽司之國的居民前來，那我該怎麼應對？我的真面目會因此曝光吧。娜拉要是發現我是個大說謊家，一定會向我提分手。不可思議的是，我想逃離娜拉的心情，和我對與娜拉分手的恐懼，兩者竟然成正比地膨脹到難以忍受的地步。

我夜不成眠，被逼入死路，絞盡腦汁思考該如何逃走，最後，我告訴娜拉我必須要去奧斯陸。如此一來，既不用澈底分手，也暫時能夠拉開彼此的距離。我在網路上查到，奧斯陸實際上有間名叫「Nise Fuji」的餐廳，要舉辦廚藝競賽。如果是逃到哥本哈根，那麼她追來時，我的身分就有暴露的危險，而且如果要去亞爾，首先得要搭開往巴黎的火車，如果帶娜拉一起去車站，她也很可能硬要和我一起搭車。話雖這麼說，我也沒有錢可以逃往孟買或香港，而且我也並不想要去那麼遙遠的地方。這樣一來，挪威的距離剛剛好。

要到很久以後，我才意識到自己選擇挪威真正的理由，其實都不是上述這些。真正的理由是，「NORWAY」開頭的No，和我那份「No」的心情完完全全重疊在了一起。

注釋

1 譯註：原文「スシヅメ」字面上的意思就是塞壽司。將壽司放到餐盒裡的時候，為了避免米飯鬆散，所以會塞得很緊，而後此詞專指「非常擁擠」、「擠得像沙丁魚罐頭」之意。

2 譯註：Tandem原為雙人自行車的意思，也有一個學習語言的App以此為名，可以提供學習語言的人與該語言的母語者交流。與此段末所提到的內容相關。

3 譯註：大國主義，又稱「大國沙文主義」，即強國只重視本國利益而輕蔑弱小國家，甚至干涉其領土、內政與外交。

4 譯注：此段分別是：筷架，漆樹，味噌湯，海帶芽，昆布，蔥。原文為片假名拼音，因此刻意以注音呈現。

5 譯註：原文為「遺伝子マネー」。此為作者虛構的支付方式，有刻意諧音「電子マネー」（電子支付）的意思，因「遺伝子」（いでんし）與「電子」（でんし）音近。

6 譯註：亞爾（Arles），法國東南部的城市。另外，此處原文為「アルルの女」，除了意指在亞爾這座城市的女人，也雙關了《阿萊城姑娘》（*L'Arlésienne*），「阿萊城」即為「亞爾」，因今日後者較為通用，故內文選用後者。《阿萊城姑娘》是法國作曲家喬治·比才的替阿爾封斯·都德的同名劇作所寫的組曲，後來組曲較戲劇更為成功。原故事為一愛情悲劇。

第六章　Hiruko說（二）

抬頭望向天空，天空的湛藍令我的胸口內側感到一陣空虛。那棟五層樓高的雪色建築物上，開著好幾扇像是機器人水靈靈大眼的四角形窗戶，窗戶的玻璃映照著青空，裡頭應該住著誰吧，但他們是我不認識的人，而且應該一輩子都不可能認識。隔壁棟建築雖然一樣高，氛圍卻完全不同，胭脂色的外牆上，透明的露天陽臺整齊排列，刻出有規律的節奏。在那陽臺上，不可能有我親近的人，我們不會拿出小小的桌子，裝作聽不見街上的車聲然後一起靜靜地喝茶；但我還是來到這座城市了，這座不管是哪個角度、哪條線，都不受激情所動搖並經過冷靜地計算，巧妙地避開醜惡的城市。

路上行人一臉若無其事地走著，步調有一點點快。內部黑暗的店家，鐵門拉下的店家。有個男人停下車從中觀察外界，用他銳利的眼神。

在抵達奧斯陸機場的時候，我已經注意到狀況不太對了。走在航廈裡，到處都站著警察，寫著「國境」的窗口前則排滿長長的隊伍。在北歐各國移動，有入境審查並不尋常。

「這個護照已經過期了喔。」

「更新不可能。」

「理由是？」

「國家消滅。我持有丹麥居住許可。」

我把所有的文件都交給審查員過目。如果說話的對象是公務人員，泛斯堪語聽起來會顯得很不可靠。這種語言就像工藝品，將細線一條一條攏聚，在極限狀態下才好不容易得以將意思傳達過去，它的美，似乎一下子就會被那種目中無人、只看拳頭大的語言給踐踏蹂躪。

「工作是？」

「童話中心。」

「辦公室的工作嗎？」

「在紙上畫動物。跟移民的孩子講童話。」

公務人員不知是不是嫌我再說明下去太煩人，於是移開目光，用力「砰」的一聲蓋下了印章。

通道的每個角落都部署了穿制服、拿手槍的男人。那制服看起來不是警察，恐怕是軍隊。

我微低著頭，不多看他們一眼地走過。有某種緊繃感在我的雙腳覆上了一層看不見的石膏。

我在劇場前下了電車，走到外頭，剛好有間小書報攤。隔著一堆色彩繽紛的口香糖和報紙照片，店員就在另一邊，她的樣貌清秀，臉上星座似的雀斑更加烘托出青春魅力。我向女子詢問「Nise Fuji」的地點，她便幫我查尋，還印了張地圖給我。

「謝謝。挪威人親切。」我說。她的臉卻複雜地扭曲了一下。

「也是有殺人犯的。Take care！」她吐出一句令人驚訝的話。

在這陸地與水相競的城市一角，建造了一座用紅棕色木材搭建巨大露天平臺，上面有棟鑲嵌玻璃的建築物，宛如少女拉開了裙襬乘坐其上。那是棟被玻璃牆所包圍的八角形建築物，屋頂看起來則像男人穿和服時繫在腰上的角帶。「角帶」這個詞已經被我遺忘很久了。大概是，一想到接下來會遇到典座、要和他說話，腦海便劇烈翻攪，先前深深沉在海底的單字就這樣浮上了水面。

走近之後，一塊只寫著「餐廳」的招牌映入眼簾，但似乎沒有營業。我透著玻璃看見店裡一群穿著黑色衣服的年輕男女正在角落組裝一個低矮的舞臺。後頭有吧檯座位，吧檯的對面掛著一個紺色的暖簾，上頭寫著「鮨」。「暖簾」這個詞我也好久沒有使用了。暖簾的後方有廚房，裡面有位綁著印花頭巾的男人正站著工作。我想要分辨那是不是典座，又將臉靠近了看，鼻尖幾乎都要貼到玻璃上了，但沒多久，他的身影就消失了。

玻璃上映出一位警官朝我的背後走來。我明明沒有做什麼虧心事，卻像是要逃離追捕似的進入了店裡。正在移動桌子的青年望向我，我便問他：「典座，在這裡？」

典座這個名字，我還特別緩慢而仔細地發音。

青年面無表情地搖搖頭。

「今晚，這裡活動？怎樣的活動？」

對方聳了聳肩，沒有回答。我只好放棄，走了出去。已經沒看到那些穿著軍服的男人了。我鬆了一口氣，坐在長椅上，隨手拿起被丟在椅子上的報紙打開來看。頭版刊了一張穿著橘色工作服的人們在整理灰色瓦礫的照片。好像是發生了爆炸案件。我把報紙放回去，像是尋求避難所般，再次進入餐廳。兩個青年正在排椅子。我心不在焉地看著他們排完椅子，便挑了最後一排的椅子坐下。我就這樣一直等，但既沒有看見典座的身影，克努德或娜拉也沒來。外頭的天色漸暗，我決定要先去找今晚住宿的地方。

有名年輕人在吧檯邊喝咖啡休息，我向他搭話，詢問有沒有便宜的住宿，他立刻拿了鉛筆，很熟練地畫了一張地圖給我。能像這樣地圖畫得這麼流暢的人，我已經很久沒有碰到了。

很可能是立志成為建築師的學生吧。每條線都正確，寫在每條路上的名字也都很易讀。照著這樣的地圖走根本不會迷路。立於左右兩旁的建築物，每棟都是體面的優等生，絕非暴發戶，縱使金錢上有餘裕，卻仍節制而洗練。

但我走著走著，不經意地看見一棟房子，就只有那棟像是貧窮父母生下的孩子一樣，既不是用磚頭，也不是用水泥，而是木造的平房。密密排列著的木板上的胭脂紅已經褪色，窗框白漆也已剝落，留下令人痛苦的倒刺般的皸裂。那小小的窗戶在這個競相將玻璃面積盡可能加大的時代裡顯得異樣，而且窗玻璃還都模糊黯淡。我靠近向內窺探，在那天花板低矮的房間深處，坐著一名留山羊鬍的男人。我繞到房子的側邊，入口就在那裡，上頭用白粉筆寫著「HOTEL」，那五個字母像是小朋友塗鴉似的跳著舞。

我拿出勇氣想要按門鈴，但居然沒有門鈴，只好敲了敲門。裡頭傳出了回應，我聽不懂那是什麼語言，不過應該沒有人聽到敲門聲會回答「別進來」，所以我擅自將那回應解釋成「請進」的意思，便推了門進去。進了門之後我才想起，其實也有人會不耐煩地回應敲門聲說：「沒有人喔。」但想回頭卻為時已晚了。

那男人的皮膚光滑，透著紅潤血色，下巴留著像冰柱一樣垂下的鬍鬚，他正專心地望著那本攤在橡木桌上的素描本，即使我靠近了他也沒有要抬起視線的意思。果然還是不應該進門嗎？可入夜之前我必須找到住宿的地方，在這個完全沒有人可以依靠的城市。這股焦急使我鼓起了勇氣。

「這裡，旅社？」我問。男人點了點頭。「三號房。」他回答，並用下巴指向裡頭的那扇門。原來是寡言的人。

我推開裡頭的那扇門，卻覺得天花板變得更低了。左右兩邊各有一排更小的門，仔細一看，才發現上頭附有郵票大小的號碼牌，不過數字的排列方式卻不規則，一、九、二、六，我第一時間找不到三在哪裡。

三號房在最深處，鑰匙就插在鑰匙孔上。房間的窗戶很小，貌似採光不太好，但也許是木材散發著溫暖的光，整體印象並不昏暗。

我把行李放在椅子上，回到入口處，那男人已經闔上了素描本，素描本的封面上放著一張明信片。我想瞄得更清楚，卻和那男人對上了眼，於是我慌張地移開視線，男人卻主動將明信片交給了我。

那上頭畫著冬天的風景。雪泛著甜美的淡黃色，像是斷裂的梯子的物件上頭停著一隻喜鵲。喜鵲腹部緊貼著坐在上面，所以看不見牠的腳。我雙眼直勾勾地盯著那藏著腳的蓬鬆羽毛。

「妳在看什麼呢？」

我抬起頭，撞見男人充滿好奇心的眼神。泛斯堪忽然就從我的嘴裡流洩而出。

「這隻鳥沒有腳。畫家沒有畫腳。我也沒畫鳥的腳。那原本是鶴。同事說，那是鴨子。我畫了腳。同事，才理解那是鶴。讓人認識到那是鶴，並非藝術。我搞錯了。」

男人看著我的臉，眼神很驚訝，像是第一次發現這裡有人似的伸出了右手，報上名字：

「克勞德。」我握了握他的手，也報上名字：「Ｈｉｒｕｋｏ。」男人說的挪威語很容易聽懂。

「我的祖先是從南法來到奧斯陸的。這裡的光很美。地中海的光的確也很美，既沉穩又遲緩，給人安全而模糊的感覺。斯堪地那維亞的光就不同了。這裡的光不但透明，且時時刻刻都在變化。」

「為何奧斯陸？」

「因為這裡有富士山。」

我的心跳突然停了一拍。富士山不可能在奧斯陸。可是，富士山也不一定只有一座。這麼說來，娜拉也把「Shinise Fuji（老店富士）」搞錯說成「Nise Fuji」。本尊在某處，在這裡的是仿冒品，若是這樣就說得通了。可是，假如，富士山只在這裡呢？要把「為什麼富士山會在奧斯陸？」這個問題給問出口，實在有些可怕，我於是只說：

「現在，出門。見朋友。」說完便逃到了戶外。見朋友並非謊言。我想著克努德可能已經到了，便不自覺地加快了腳步。餐廳的入口處，有警察和身穿西裝的男子正面對面交談著。兩人都皺著眉頭，還戴著手套，一臉好像在處理什麼危險物品的表情。警察點了點頭離開，而身穿西裝的男子很快地轉過身，背對我進了餐廳。我站在入口處，正遲疑著要不要進去，這時，有人從背後啪地一聲重重拍了我的肩膀，我嚇了一跳，回過頭看，娜拉正站在那裡。

娜拉比我高出一個頭，體格也很結實。她說英語的氣勢，讓人感受得到她的肺活量之大，也有一份可靠的感覺。我覺得，自己不是孤零零一個，我還有同伴。但真的有「零零」這種說法嗎？我忽然又沒了自信。

「哈囉，Hiruko，妳什麼時候到的？等很久了嗎？其他人呢？」

「克努德好像還沒來。」

「典座呢？」

「大概不在。我還沒見過他，也不知道他長什麼樣子。」

「我們到裡面去吧，天黑之後氣溫會變低。」

進到裡面之後，娜拉毫不遲疑地朝擺在那裡的椅子坐了下去。我坐到了她旁邊的椅子，但當娜拉興奮地聊起天來，我覺得距離太過靠近了，便稍稍將椅子往後挪了一下。

「典座的出走讓我好震驚。我完全沒有預料到。但是回過頭想想，或許在心理某處早就有所預感了。典座和我的距離急遽變得非常靠近。可能太過急遽了也說不定。所以，也能想像他想要從中逃離。」

我不是很能夠跟上娜拉一波又一波的話語，稍稍一分心，我的心思就已經跑到其他事情上了。這座城市或許發生過恐攻事件、旅社老闆和富士山的事、還有在意克努德什麼時候會來的自己，等等。起初占據內心大部分的，是典座，這一點也不奇怪。因為如果典座出現了，我就可以說已經好幾年沒有說的語言了。因為這才是這趟旅行的目的。那些伸手也無法觸及、逐漸遠離的過去。曾經，那個語言是隨空氣一起從我的口中進入充盈肺腑，和味醂與醬油混和的甜鹹味一起從食道落下滲透腸胃，再鑽入血管內源源不絕地送進腦中；而能理解那語言的人，終於就快要出現在我的眼前了。

我只要和典座交談幾分鐘，只要交談幾分鐘就好，這樣一來就會很清楚知道我們早已被無數絲線連結在一起。那是語言的絲線。

那麼典座和隨著荷爾蒙潮起潮落的娜拉，兩人又會怎樣的重逢呢。娜拉一臉苦悶，叨叨絮絮地說著典座來典座去的，聽著愈來愈煩人，於是我將椅子挪到更後面，遠離娜拉的身體。這時，露天平臺的棕色木板與天空明亮的藍色之間就出現了一條細長帶狀的水。

水的顏色，從暗色的藍變成帶有綠色的藍，又變成接近灰色的青，時時刻刻都在變化著。因為雲不停地移動著，映著雲的水也逐漸改變顏色。人的臉，有辦法像水的表面那樣纖細地變換著不同的表情嗎？

娜拉注意到我沒有在聽她說話。

「妳在想什麼？在擔心什麼嗎？」

她問。到剛才她的聲音都還很黏膩，此刻卻很清亮。

「人類會在某個瞬間悲傷，又在下一個瞬間開心，心情不斷地變化。就像這個城市的天空。天空一改變，映照著天空的水色也會改變。」

我明明是用英語在說話，卻變成了類似於泛斯堪的語體。注意到了這件事，我卻沒有想要修正的意思。雖然我並不擅長英語，但仍落入了習慣的說話方式裡。相對於此，泛斯堪是只屬於我的作品，是我的一決勝負，甚至就是我本身，在泛斯堪裡頭，有著如同筆尖一次次觸碰到畫布時無法讓渡予他人的東西存在。如果從近處看，畫筆殘留的痕跡也許只不過是不規則又無意義的髒汙。但是如果拉開一點距離遠望整張畫布，就會浮現一座盛放著睡蓮的池塘。

「妳知道吧，莫內的《睡蓮》那些畫。人的感情，會顯現在池塘的表面更勝於臉上。但是只有水不行。光是必要的。」

我雙腳踏入了心中的畫廊，一張張地鑑賞著掛在那裡的畫。若是映照著天空的藍，綠就益發閃耀著綠的光輝。所以說藍色和綠色應該是比鄰且十分相襯的，但仍在某處潛藏著衝突，看起來就像兩個顏色互相衝突。池塘倒映著的天空和漂浮在池塘上的睡蓮葉，兩者在畫布上有一個接觸點，但其實並沒有觸碰到彼此。這是只存在於畫布上的畫才能夠表現出來的畫面，相當不可思議。

娜拉滿腦子離不開典座，即使聽到蓮花，也不是聯想到莫內，而是聯想到了佛教。

「佛陀是坐在睡蓮的花上的對吧。那是為什麼？」

她突然這麼問，嚇了我一跳。

「睡蓮開在沼澤。佛陀腳下的世界是俗世的泥沼。」

我這麼回答。這個解釋是我從前在某個地方無意間聽到的。娜拉滿臉透露著感動，深深地點著頭，但是浮現在我心目中的那個莫內的睡蓮池塘，裡頭的水很清澈，完全不像泥沼。我說了聲要去洗手間，就從娜拉的身邊離開了。

鏡子不是池塘。我一邊洗著手一邊望向鏡子的瞬間，在裡頭看見了池塘，我凝視著池塘的深度，時間忽然急速地落下，等回過神，我已經身在沒有任何認識的人的未來了。好像有個這樣的童話故事。關於一個青年救了被小孩欺負的烏龜的故事。我想不起名字了。龜太郎？龍宮王子？那青年到龍宮一遊後回到原本的世界，景況已變得全然不同了。有時候，當你從廁所回到原位，留在桌邊的人之間也會發生難以說明的氣氛變化。

我一回到原位，留在那裡的娜拉的狀況已經完全不同。有個年輕人和娜拉正面對面站著。娜拉側著頭，一邊溫柔地說著話一邊伸手想觸摸他的手臂，但年輕人總是很快地閃身後退。兩人身高差不多，但娜拉看起來更高一些。他們是用德語在交談的，所以我聽得懂的只有「鮮味」這個單字。我一直偷聽，不禁感到愧疚，於是我清了清喉嚨走近他們。娜拉注意到我，喜悅之情溢於言表。

「我來介紹一下吧。這位是典座。這位是Ｈｉｒｕｋｏ。你們都來自同一個國家喲。」

她來回看著我們的臉，用鼓勵的語氣以英語說道。「來自同一個國家」這句話空洞地迴盪著。年輕人像是警戒的山貓般探查著我的表情。

「典座，你終於能夠講自己的語言了。你就當我不在這裡沒關係，盡情去和Ｈｉｒｕｋｏ聊天吧。」

娜拉用英語勸道。只有她一個人興高采烈。

「初次見面。」

典座說，露出尷尬的微笑。他的發音真是僵硬。「初次見面」的「初」變成了觸碰到敏感話題的「觸」，「次」像是「赤」，「見」又被過分強調，抑揚頓挫成為一座傾斜的山丘。[1] 我想起了「外國人」這個令人懷念的單字。雖然這個單字大概已經成為了死語。典座原來是外國人嗎？但這也不一定。我想起了從前在中學，有男孩子在和女生講話的時候，因為太緊張，發音變成異國風，於是我說：

「你就是典座吧。聽說你要在這間餐廳參加板前師傅們的本領較量對吧。」

說出口之後，我才想到「本領較量」這個詞，總感覺很像狸貓與狐狸的「變身較勁」，有點太過老派了。可是一起切磋料理的本領這種活動該怎麼說才好呢。或許，多數人都是擅自借用英語的「competition」來敷衍了事也說不一定。因此我雖然不太喜歡，卻還是說：

「是高湯的 competition 嗎？」

這麼一說，典座的表情像是安了心地鬆懈下來。

「是的。我會加油。」他說。

我從很久以前就聽說過「加油」這個詞早就變成了死語，但典座是因為長年居住在海外，所以仍會使用嗎？

典座的發音有很重的口音，而且是我從未聽過的口音類型。那和會讓我想起祖父母的北越[2]腔毫無相似之處，也不是我小學低年級時最要好的小富[3]講話時的大阪節奏。典座會是來自哪裡的呢？我想著。

「你的籍貫在哪呢？」[4]我問。

「ㄐㄧˊ ㄍㄨㄢˋ？籍貫？沒有。」他回答。

原來如此，既沒有了國家，對典座而言也沒有特別足以稱為自己籍貫的縣也說不一定。在我還很小的時候，曾經很羨慕那樣子的人。就是那些父母是銀行職員、養蜂人、法官、巡迴藝人等職業而經常外派，混合了各地方的聲腔，說著一種交織融合的特殊語言的人。

這時，娜拉像是鼓勵似的將手放在典座的肩膀上，說了幾句德語。大概是類似「怎麼了？典座，你在害羞嗎？多開口講一講呀」那樣的話吧。

典座以像學生看著面試官的認真眼神看著我。我也變得很難自然而然地對開口。如果我以前和典座就是朋友，只要努力回到當時的心境就可以了。但我們是初次見面，而且所謂自然而然的說話方式，在這種場合之下到底該是怎樣的說話方式，我一點頭緒也沒有。此外，典座緊緊盯著我，不想漏掉我說出口的一字一句的那種緊張感，也傳遞到我身上，讓我難以開口。

「competition，幾點開始？」

我不知不覺變成了對語言初學者講話的方式了。將單詞一個一個區分開來清楚地發音，不添加任何修飾。典座鬆了口氣似的回答：

「幾點是從明天的上——午十點。」

有一種文法是問「誰？」的話要回答「誰是鈴木」、問「哪裡？」的話要回答「哪裡是東京」，這種文法我曾在哪裡碰過。雖然我記不起來是在哪裡碰到的，但那並不是方言，而是受到外國語言的影響才產生的說話方式。因為「上午」的「上」比較難發音而拉長變成「上——午」的這種講法，我好像也曾在某次聽北歐學生這麼講過。這樣啊，原來對典座來說「上午」是外國的語言啊。他不是從小就會講，卻因為某種理由不願讓娜拉察覺這件事。

「有下榻處嗎？」

問出口之後，我想他有可能不知道「下榻處」這個單字，所以又問：「Hotel？」

這個娜拉也聽得懂。

「得要找間飯店才行。其實我也還沒有訂飯店呢。」

娜拉說，還回頭看了看她的大皮箱。我用英文說了自己找到的旅社還有那位不可思議的法國人後代。

「聽起來是間有趣的民宿吔。我也想要住那邊，但是典座住哪裡呢？」

娜拉用英語問道，典座用下巴指向餐廳的後方。接著兩人又用德語說了幾句。娜拉表明她也想要一起住，典座則回答不可能，我擅作主張地想像他們兩人的對話。娜拉面向我，她的臉泛起不悅的波瀾。

「我自己先去那家民宿，辦完入住之後就回來。麻煩妳告訴我地點。」她說。

我從口袋拿出一看，那張好心人畫給我的地圖已經變成哭臉般地皺成了一團。娜拉刻意地挺起了胸，像牽家犬似的提起大皮箱，大步地邁出了餐廳。

留在她身後的我和典座面面相覷。

「你在娜拉面前演戲對吧。」

「ㄒㄧˋ？」

「易卜生，史特林堡，莎士比亞。」

「啊，戲。娜拉誤會。我說謊沒有。」

「也就是說你被誤會了，但沒有解開誤會。但是為什麼？想成高湯大師的話這樣對你比較有利？」

「ㄧㄡˇ ㄌㄧˋ？指的是百合，英語的lily嗎？」[5]

「你是廚師沒錯吧？」

「在德國的壽司店工作。但是我比起壽司，覺得高湯更有趣。」

「你為什麼要騙娜拉？一直演戲，到底是為什麼？」

「第二認同非常便利。非常幸福。」

我忽然覺得，我的泛斯堪聽在斯堪地那維亞半島的人的耳中，或許就如同現在典座的說話方式那樣。

「典座是真的名字？」

「不。」

「告訴我吧。你真正的名字是？」

「在下南努克。小人不成材，望您今後多多指教。」

「你用的語言課本也太舊了吧？不過，南努克是個好名字呢。你是格陵蘭的人嗎？」

「格陵蘭的風景非常地美麗。有機會請一定要來玩。」

「那也是課本上面的例句吧。你是自學的嗎？不過，我還真想去格陵蘭看看。小時候，我有過一本繪本，裡面有個愛斯基摩的少年。那本繪本我讀了好多好多遍，最後書被翻得破破爛爛的。裡面的那個少年可以跟海獺說話。他的臉就跟我家隔壁的小孩長得一模一樣。真是不可思議。一想起小時候的事情，真實存在的人物跟繪本裡頭出現的人物，讓我感覺同樣真實。繪本裡面還有好多不同國家的人。不只是人類，還有好多動物。或許繪本才是我的祖國。」

南努克一臉茫然，摸不著頭緒。語言的洪水不管對方理解與否，仍舊快意地持續宣洩。

「不過呀，能夠遇見你真是太好了。這些全部，就算你都不理解也沒關係。我這樣訴說著的話語，不再是一串沒有意義的聲音，而是確確實實的語言，這件事情對我來說愈來愈真實了。這也是托你的福。南努克，你的事情，我可以跟娜拉說嗎？」

聽到了娜拉的名字，南努克低下頭思考了一會，才終於開口：

「說謊不行。跟娜拉說真的。我自己。」

他說，孱弱地微笑著。

「是啊。最好是自己說。我去講的話可能一不小心會變成告密。但你也打起精神吧。說謊不一定都是不好的。戲劇也算是說謊吧，但戲劇是藝術。你創造的典座也是藝術。在這層意義上，那也是貨真價實的。」

南努克的臉上恢復了隱隱約約的光彩。即使不明白那一字一句的意義，但我順著話語流洩出了自己的心情，他應該能從中體察到許多真意。我沒有用英語說，真是太好了。

這時，一條鮮紅色的絲綢像蝴蝶一般翩翩飛入店裡。那是穿著紗麗的阿卡西。

「阿卡西，怎麼了？你不是說不能來奧斯陸？」

阿卡西在紊亂的呼吸裡尋找間隙插入隻字片語，努力縫成一句完整的話。

「克努德聯絡我說他沒辦法過來，拜託我代替他來奧斯陸。克努德還幫我付了機票錢。」

得知克努德不能來的那個剎那，我的肺突然變得好沉重。我的心，雖然還不能稱之為春天，但番紅花那生機盎然的白色與黃色已經破冬土而出。雖然還不能稱之為戀情，但也已經回不去冬天了。阿卡西與南努克兩人都一臉不可思議地注視著彼此。

「阿卡西，這個人就是高湯大師典座喲。不過他的本名是南努克，來自格陵蘭。他在德國很多間不同的壽司店工作過，真的是位有經驗的壽司職人。他對高湯很有興趣並且在研究。」

阿卡西瞪著南努克，突然用德語說了幾句話。南努克似乎是想裝裝樣子，故意低聲回答。但阿卡西聽了他的話，眉頭如阿修羅般皺起，開始咄咄逼問，還往前踏進腳步，南努克則聳了聳肩，淡淡一笑。見他如此，滿臉通紅的阿卡西突然從紅色絲綢的紗麗中伸出他纖細的小麥色手臂，一把揪住了南努克的衣領。我立即鑽到他們兩人之間。

「怎麼了？你們在說什麼？翻譯一下。」

我用英文說。兩人一聽到「翻譯」這個字，吵架的怒火瞬間失去氣勢。沒有什麼事情比一邊翻譯一邊吵架還要來得讓人尷尬了。阿卡西用英語向我說明。

「都是因為典座的謊言，我們大家才會來到這麼遙遠的奧斯陸。所以我說要他負起責任。」

南努克出言辯駁。

「我是對娜拉說了謊。但我沒有對你們說謊。」

我嘆了口氣說道：

「重新想想我們來奧斯陸到底有什麼意義吧。我是想要見到跟我說同樣語言的人。克努德是語言學者，他說要一起來。這是語言學方面的興趣。娜拉則是來和她的戀人見面。不過阿卡西，你是為什麼而來呢？」

阿卡西露出害羞的表情，輕聲細語地回答：

「是為了和克努德當朋友。」

「但克努德不是不能來嗎。既然如此，你又為什麼要來呢？」

「因為克努德拜託我，我沒辦法說不。」

「也就是說，你是想要接受克努德的請託，那麼，這個目的已經達成了。這樣的話，何必那麼生氣呢？倒是克努德，他為什麼不來呢？」

「他媽媽生病了。聽說是她有一個養子還是誰離家出走下落不明，她因為過度擔心結果就病了。她打給克努德，希望他趕快過去。克努德本來拒絕，說他接下來就要去奧斯陸了。結果他母親明明生著病，卻說她也要去，還擅自買了飛往奧斯陸的機票。所以克努德才會這麼匆忙取消奧斯陸的行程。他很生氣呢。咦，娜拉已經到了嗎？」

「她先去飯店辦理入住。你今晚，有住宿的地方嗎，阿卡西？」

「我住朋友的朋友家。那個人也是從浦那來的。」

「好厲害，在全世界都有人際網絡。哎，我自己一個，連同鄉的人都碰不到。」

可我一想起娜拉快要回來了，心情就變得沉重。我和阿卡西比娜拉還要早知道典座其實是南努克。娜拉要是知道，會不會在暴怒之下轉身就回特里爾呢。我們這個奇妙的小團體若是失去了目的，或許就會解散了。

「可以再跟我好好說明一次你們團體旅行的目的嗎？」

南努克以英語說道。

「我啊，是來自那個大家都說已經消失不見的國家，對吧？所以我想要找出住在歐洲的同鄉，這樣我就可以講已經很久沒有講的自己的語言。只是這樣而已。」

「這樣的話，我知道一個人。」

南努克忽然大聲地說道。他好像發現自己在意想不到之處能幫上忙而興奮了起來，雙眼睜得大大的。

「那是我在胡蘇姆的壽司店工作時聽到的故事。那個人，現在應該住在亞爾。」

「他叫什麼名字？」

南努克瞅著天花板思考了一會，才終於想起來。

「好像叫Susanoo？大概吧。」

他不太有自信地說道。

「那個人不是格陵蘭的人吧。」

「不是，他來自一個叫ㄈㄨˊㄐㄧㄥˇ之類的城市。」

「福井不是城市，是縣級的行政區劃，像是一個省或一個州。不過他居然是叫Susanoo，跟典座一樣都是脫離現實的名字。」

「應該是很老的名字吧。如果他還活著，年紀應該相當大了。」

「如果從名字來判斷的話，可能已經兩千六百多歲了呢。」[6]

「什麼？」

「開玩笑的。知道他住在哪裡嗎？」

「可以問問在胡蘇姆開壽司店的海諾・費許。」

這個時候，娜拉從民宿回到這裡，笑嘻嘻地靠了過來。

「哈囉，阿卡西，你之前說不能來奧斯陸，結果還是來了呢。真開心。就只差克努德了。」

「克努德不會來。」

「為什麼？」

「他媽媽病了。」

我抓起娜拉的手。

「先別管那個了。典座有很重要的話要跟妳說。你們兩個人好好講吧。我跟阿卡西在外面等。」

說完，娜拉一臉疑惑，但我沒有多解釋，拉著阿卡西的手就趕緊往外走。

「那兩個人會變怎樣呢。」

「嗯……如果堅信戀人是挪威人並且深愛著，然後某天才突然發現那是個謊言，其實他是丹麥人，這樣的話，會沒辦法繼續愛下去嗎？」

阿卡西目光炯炯，像個調皮鬼一樣地說著，我也因此稍微輕鬆了些。

「克努德不能來，真是難過。」

「嗯。如果克努德在的話就好了。」

「好希望克努德在這裡。」

「對啊。只是在這裡就夠了。」

我和阿卡西輪流說著克努德的名字，光是這樣，就好像得到了某種安慰。

過了二十分鐘左右，南努克和娜拉走到了外頭來。南努克完全不提和娜拉談了什麼，只是面無表情地對我們說道：「明天上午十點開始到傍晚五點，會有很多廚師來這邊競賽，如果你們有時間的話歡迎過來。」

阿卡西的表情看起來是還想對南努克說些什麼，但是娜拉一把抓住我的手將我拉走。阿卡西也無可奈何，不得不離開。

「再見。明天十點在這裡見吧。」

道別之後，他也加緊腳步離去。娜拉語氣堅定地對著我說：「待在這裡也沒什麼事了，我們趕快回民宿去吧。」

說完，她就像軍隊一樣踏出步伐，我則差一點跌倒，只好努力跟上她那充滿氣勢的步調。

在天色已暗的街角，站著持槍的制服男子。

「恐攻的事情，你知道些什麼嗎？」

我不方便開口問南努克的事，只好問跟恐攻有關的話題。

「恐攻？沒錯，有種族主義者發動了這起慘烈的恐怖活動。」

「長得像外國人的人走在外面的話會不會危險呢。」

「應該，一點也不危險吧。犯人是白人種族主義者，但實際上他們殺的也全都是白人。先是炸掉政府的建築，接著用槍殺害跟自己同樣的挪威年輕人。這是我去民宿的路上，有個看了報紙的人跟我說的。」

「明天會是怎樣的一天呢。」

「誰知道。」

「妳一定會跟我們一起去看吧。看南努克的勝利。」

娜拉聽到這話，表情複雜，短暫地沉默了一會。我感到窒息，於是把先前阿卡西說的那個比喻又說了一遍：「如果堅信戀人是挪威人並且深愛著，然後某天才突然發現那是個謊言，其實他是丹麥人，這樣的話，會沒辦法繼續愛下去。」意外地，娜拉爽朗地笑了。

「我覺得可以繼續愛下去啊，但是被騙還是會受傷。而且從此之後，我滿腦子都是以前從未想過的格陵蘭。在腦海中的世界地圖整個偏離了，頭好痛。」

她說。我鬆了一口氣。

「真的很期待明天的活動。只要高湯本身的味道好，不管他來自哪裡都沒關係啊。」

我說。

回到民宿，克勞德似乎已經睡了，沒看到他的身影。我們也就回到各自的房間，鑽進了被窩。

夢裡有豆子的焦香。氣味真好聞。鼻尖宛若追逐著蝴蝶一樣地在半空中徘徊，吸入香氣，從鼻子深處靜靜地滲入腦髓之中。那是咖啡的香氣。克勞德跟娜拉已經坐在桌邊面對面地吃著早餐。

「早安。我已經好久沒有聞到這麼香的咖啡味了。」

「香氣馬上就會消失。跟光一樣。光更容易消失。一瞬間就消失了。因此我的祖先才會並排架立好幾張畫布，去捕捉同樣的風景是如何因為光的變化而漸漸成為另一種風景。下午一點的風景，下午一點半的風景，下午兩點的風景。他並不是完成一張油畫之後才去畫下一張，而是每天在同樣的時間回到同樣的那張畫前面。」

然而，卻無法保證隔天下午一點的自己，跟前一天下午一點的自己是同一個畫家。我這樣想，但沒有說出口。

昨天穿著蓬鬆白毛衣的娜拉，今天穿上了紺色的絲綢立領罩衫，還化了全妝。我不像娜拉那樣有心情打扮，只想套著一個老舊麻布袋走在街上。我只想被舒服的布溫暖地包裹著，緩慢地、慵懶地走著。我好不容易才在丹麥找到了平穩的生活，以為這樣生活下去也很好，卻不知不覺間又踏上了旅程，而且像滾雪球般把其他人一一捲入，同行的人數愈來愈多。如果克努德也在這裡，那麼至少這趟失去意義的移動還能有個重心、還能心安，但卻只有他脫了隊。我早已放棄了去思考未來會變成怎樣。能夠精心設計未來的時代已經結束了。今天不管南努克獲勝與否，娜拉和阿卡西都將一同見識到他的本領，最後大家會聚在一起吃飯，就這樣度過快樂的一天吧。我能勉強預期到的，只有這樣的事了。

可是，就連這種看似一定會發生的微小預測，都澈底遭到了背叛。我和娜拉一抵達「Shinise Fuji」前，南努克和阿卡西就像已等候多時似的走了出來。他們稍稍低著頭，也沒有問早道好，就逕自朝水邊走去。

「怎麼了？不是快開始了嗎？」

比起南努克，我覺得向阿卡西搭話更容易，於是追上了他這樣子問。他這個人的優點就是不管失望或生氣，都像一間開著燈的房間，你總是可以輕易地進入。

「活動取消了。」

「為什麼？」

「有點複雜，在這裡不好說。大家一起去喝杯咖啡吧。」

我一回頭，看見娜拉頻頻向南努克搭話，想從他口中問出些什麼，但南努克身子微彎，脖子像垂到了底，什麼話也沒說。

我們走進附近一家咖啡廳，南努克整個人垮了下來，吐不出任何話語，阿卡西於是用明亮的聲音代替他向我們說明事情經過。

活動的主辦人是一位叫做布雷維克的挪威人，他很罕見地是一位性格乖僻、容易激動的人。他接到了一通電話，是活動於國際間的自然保育團體打來的，電話中說：「再這樣下去，繼太平洋黑鮪魚之後，黃鰭鮪魚也將絕種。所以在活動裡不應該使用。」沒想到他卻因此生氣，態度變得非常挑釁，從活動的一開始他就強烈呼籲，只要是鮪魚，不管是怎樣的鮪魚都可以當作食材，不僅如此，他更強調吃鯨魚才是挪威的傳統。布雷維克是極端民族主義者，但要說明挪威的價值觀和其他歐洲國家的價值觀有何不同，卻頗為困難。唯一的不同，就是他們面對鯨魚的態度。

或是因為這樣，所以布雷維克才會想要宣傳鯨魚料理是挪威的傳統，藉此激怒自然保育團體吧。然而，在這個節骨眼上他卻找不到會做鯨魚料理的廚師。典座是唯一說自己會做幾道鯨魚料理的參賽者，因此昨天便敲定要讓他在活動的開幕式上發表演說。一個訴說著「食用鯨魚之喜悅」的挑釁廣告便在昨天晚間乘著電流散布在整座城市之中。

然而到了今天早上，卻輪到警察打電話來，說在海岸邊發現一頭鯨魚的屍體，希望布雷維克能到警局出面說明，接受調查。「和我們沒有關係。」布雷維克斷然否認，然而警察再問：「但你是那個要宣傳鯨魚料理的活動的負責人吧？」他則回答：「活動時會使用的肉是在好幾個月前就買好收在冷凍庫的，也有購買證明。」布雷維克還反駁道：「怎麼可能會有人計畫昨晚殺鯨魚今天來料理呢？」然而那只是逞口舌之快，他內心卻怕警察怕得要死，於是不只是鯨魚料理，就連整個活動都取消了。他也無法無視警察要他到案說明的要求，所以已經在前往警察局的路上了。南努克在今天中午之前也必須出面回答幾個問題。

「我們也一起去。」

我意識到的時候，早已吐出了像是在語言課本上出現也不奇怪的句子。當中的意思應該確實傳達到了，南努克原先僵硬的表情也緩和了些。我一邊交互看著阿卡西和娜拉的臉，一邊用英語說：

「大家一起去找警察吧。關於鯨魚的死，南努克的確沒有責任，但是對移民者來說，心裡總還是有股不安縈繞著，害怕自己可能被莫名奇妙的理由所逮捕。所以有朋友在身邊的話比較好。」

「我當然會一起去呀。」

阿卡西說道，露出少女般的微笑。娜拉也一臉「我當然會一起去」的表情點了點頭。南努克原本像枯萎了的植物的上半身，此刻挺直了腰桿。用英語商議著的我們四人，就像是一張桌子的四腳，再也不會傾倒。

沉默到訪的時候，我心想，我們四個人此刻各自想的事大概完全不一樣吧。娜拉應該還有些話，但不是對南努克，而是想對典座說。而且那肯定是關忽於他們兩人那份被性所滲透的關係，所以她絕不想在現在這個場合說。阿卡西或許是想單獨和我兩個人一起聊聊克努德。雖然這麼說，但我也好，阿卡西也好，我們幾乎都沒有和克努德一起生活過，所以那只是將這未知的憧憬賦予一個名字，然後在作夢幻想吧。至於我自己則有種心情，想要單獨和南努克兩人一起，繼續嘗試那結巴不順的對話。然後我先前也沒預料到的是，或許當初和我對話的是南努克而非典座，已經是最好的結果也說不定。

我一邊想著這些，一邊將焦糖般棕色的山羊乳起司塗在一片很像硬仙貝的脆餅上，然後送進嘴裡。娜拉和阿卡西點了沙拉，南努克什麼也沒吃，只是又添了一杯水。

「妳吃的那個到底是什麼？」阿卡西問。

「傑托斯特起司（Gjetost）[7]。」

我答道，看見大家都露出一副不可思議的表情，才想起來雖然只有很短的時間，但在這個國家生活過的，只有我一人而已。我好想對那個極端民族主義者布雷維克說，在這群人之中，我是最挪威人的那一個。

南努克打開一紙從警察那裡收到的通知，不安地望著裡頭附上的地圖。娜拉頻頻用英語對他說「有什麼擔心的就跟我們講」、「只要能幫得上忙的我就會幫」之類的話，但那對南努克而言毋寧是變成了負擔。

我們來到警察廳前，那裡聚集了大約十五名的年輕人，他們拿著旗幟與看板，看板上畫著醜醜的鯨魚。我的紙芝居都畫得比他們好。如果是插畫，那麼只要單純地用清楚的線條描繪出來就好了，可是不曉得他們是不是憧憬孟克，故意扭曲了線條。除此之外，那種想要傳達某種訊息的焦慮，反將鯨魚貶低成平凡無奇的比喻。畫裡頭的鯨魚像被電波擊中般，驚恐地睜大了眼睛、張大了嘴巴，而那電波是由一疊鈔票所發出的。

那群年輕的男男女女上上下下舞動著看板，有節奏地重複著抗議口號。他們都留著一頭長長的金髮，一臉天真無邪的模樣。其中一人蹲了下來重新綁鞋帶，我於是靠了過去，問他發生了什麼事，他也立刻告訴了我。

被海浪拍打上岸的鯨魚屍體沒有外傷。警方認定是自然死亡，但是實際上，鯨魚是被那些搜索海底油田的船隻所發送的雷射光線擊中才死亡的。這種方法應該早就被禁止了，但由於國際市場上石油價格大幅下跌，政府焦急，對石油公司的違規視而不見。他用一臉毫無陰霾、充滿年輕活力的表情說道。

南努克逐漸消失在莊嚴又厚重的建築物當中，只能隱隱約約看到一絲背影。在挪威這個國家裡，捕鯨是被允許的，然而卻受到國際上強烈的批判，所以他們該不會將殺鯨的罪名嫁禍給南努克、怪罪給格陵蘭？然而，如果說成作為全球化經濟犧牲者的愛斯基摩人，一時不小心回到他們從前的狩獵習慣，那麼罪刑應該會輕一些吧？可是，如果南努克偽造國籍的行為弄巧成拙，大家反而不相信他是愛斯基摩人，這該怎麼辦？如果南努克被誤會成那個國家的一員，那個以海洋研究為藉口，捕殺哺乳類直至瀕臨絕種，再將牠的肉和金針菇、水菜一併放入鍋中，或裹上麵衣油炸，或把牠的舌頭稱為「囀」並做成刺身，或做成壽司、天婦羅、牛排來吃，且除了吃以外對其他毫無興趣的那個國家，害南努克被判處終身徒刑，那該怎麼辦？若是真的走到那一步，那麼我將被沉重的罪惡感所擊潰，但我也會接下任何工作，在這個地方咬牙撐住，然後每天到監獄裡探監。我的思緒往失控的方向奔馳而去，可是一想起實際上南努克根本就沒有殺鯨魚，便又破涕為笑。

娜拉不用說了，就連阿卡西也是鐵青著一張臉，在人行道上走來走去。我則是起身又坐下，坐沒多久又站了起來。雖然天氣並不冷，但是肩頭卻有一股寒氣，額頭不管怎麼擦、擦了又擦，依舊被汗沁得濕濕的。雲朵像拖著白色長袍，緩慢地在天空中移動而去。

正好一小時過後，南努克從警察廳那棟建築裡走了出來。他面無表情。我們三人從三個不同的方向跑向他身邊，南努克則突然把雙手高高舉向天空。

「無罪！」

他大喊，露出海豚般的笑容，燦爛地笑了。

注釋

1 譯註：原文是用日語呈現，這裡為便於讀者理解而轉譯成中文。依照原文直翻的內容如下：「初次見面（はじめまして，ha ji me ma shi te）」最初的「は（ha）」變成了破壞空氣的「破」（按：漢字「破」在日文中讀「は」；又，「破壞空氣（空気を破る）」是「破壞氣氛」的意思），「じ（ji）」像是「ジュ（jyu）」，「ま（ma）」又被過分強調，從那之後的抑揚頓挫成為一座傾斜的山丘。」

2 譯註：北越為日本地理的區域名，於今日的內新潟縣北部。該地有北越方言。

3 譯註：「小富」原文為トミちゃん。「トミ」對應的漢字通常為「富」，但此處刻意不使用漢字，是有讓讀者聯想到英文名Tommy的意圖，因兩者發音極為相近。

4 譯註：此處原文Ｈｉｒｕｋｏ的問句是「おくにはどちら？」而「おくに」一詞在日文中，既有「國家」之意，也有「地區／地方」之意（類似於英文的country一詞）。

5 譯註：依照原文直譯如下：「ㄧㄡˇ ㄌㄧˋ，百合是，lily？」（按：「有利」（ゆうり）一詞在日文中和「百合」（ゆり）音相近。」

6 譯註：Susanoo是日本神話裡神明名的發音，通常漢字寫作「須佐之男」或「素盞嗚尊」。

7 譯註：傑托斯特起司（Gjetost），即山羊乳起司、棕起司。為挪威獨有之食品。

第七章　克努德說（二）

與Hiruko相遇之後，替我那春日裡打盹般的人生打上了句號。在句號之後，接續著的應該會是我從來未曾見過的文章，或者，那也許是不能稱之為文章的某個東西。因為不管走到哪裡，都不會再有句號到來。肯定有某種不存在句號的語言。沒有終點的旅程。沒有主詞的旅程。一場不知由誰開始、由誰延續的旅程。遙遠的國度。我想去看看那個形容詞有過去式、前置詞被放在後頭的遙遠國度。

首先在飛到特里爾為止的階段都還算順利。接下來是奧斯陸，我也很期待。總有一天我也想要去拜訪羅馬。我放任意識之鳥興奮地遨翔在海洋、機場、山頂，但突然間天空就變暗，還打了雷。回過神來，那不是雷而是電話。

「今天晚上一起吃飯吧？」

老媽從電話的彼端發出邀約。這讓我心有不安，難以拒絕。優柔寡斷的自己才是這場仗的敵人。我對腦門施加壓力，低語出聲。

「今晚無法。我明天早上要搭六點十五分的飛機去奧斯陸。」

我這樣說，對方卻完全不在意我已經壓低了聲音，像是在對還沒有變聲的小孩窮追不捨般逼問：

「你要去奧斯陸做什麼？」

我壓抑住心中的波瀾，用更低聲回答：

「研究調查。」

「什麼研究？」

「改天再跟妳說。我很忙，先掛電話了。下星期再打給妳。」

眼看電話就快要掛上，老媽才開口直說。

「等等，其實我生病了。」

這讓我沒辦法直接掛電話。我想應該是跟以往一樣，不是什麼新的病，所以並沒有那麼擔心，不過那個「以往的病」沒有名字，所以每次只能請她從頭詳細說明症狀。

老媽說，她沒辦法出門，所以不能出去買東西，也不能外食，所以已經三天沒有吃任何東西了。

「為什麼沒辦法出門？」

我拋出了最短距離的問題，但老媽避而不答。

「我也是很討厭一直講不開心的事，但是每天都在下雨，心情實在好不起來。」

她聊了起來，就像一場下不停的雨。

「但我想，丹麥會下雨不是今天才開始的啊。」

我若無其事地回應，卻似乎觸怒了老媽，她說話突然變得尖酸。

「怎麼，你從以前就是丹麥的王子嗎？」

被指責這種我從來就沒有經驗過的事情，讓我惱羞成怒。

「妳可以把煩惱講得具體一點嗎？因為下雨所以無法出門？根本不可能吧。還是妳臉上長痘痘所以不想被別人看到？」

我這樣回嘴，老媽才乖乖地安靜下來。

沉默有分潮濕的沉默跟乾燥的沉默。我曾想過什麼時候也來研究一下沉默的濕度和溫度，不過沉默究竟能不能成為語言學的研究對象呢？老媽的沉默散發著濕氣，徐徐地朝我逼近。我終於受不了。

「那我找找看有什麼店開比較晚，幫妳買點食物，今晚送過去。」

我終於受不了，於是做了這種言不由衷的提案。買東西我不覺得苦，苦的是買好的東西送過去時可能會被留住，這讓我不安。

明天我無論如何都要飛去奧斯陸。Ｈｉｒｕｋｏ能久違地說母語的時候，我想在場。人們常說語言學者都很長壽，但即使活到長命百歲，這種機會一輩子也不會發生幾次。

今天晚上我本來想把老媽拋在腦後，獨自一個人好好思考明天。

「你要幫我買東西來啊？謝謝。」

聽見老媽的聲音裡正燃起了喜悅之火，我這下騎虎難下了。

北海鮭魚塊、跟人頭一樣又大又重的高麗菜、小顆的薄皮馬鈴薯、閃耀著黃色的南國檸檬，我卸下裝滿這些東西的布袋，然後拿出備用鑰匙開了門，老媽便從裡頭走了出來。她臉上沒長什麼東西，皮膚有光澤，氣色也很好，還一臉彷彿被誰稱讚的表情。

「妳皮膚沒什麼問題，好像也沒變瘦吔。」

我諷刺意圖十足地問道。

「你先坐吧。」

老媽說。我把購物袋砰的一聲一股腦放在廚房後，就將身子沉入客廳的沙發裡。和那個生了我的人面對面，實在非常無法冷靜下來。母體好像還生不夠似的。我真想立刻起身回家，但如果現在逃跑，我的妄想會追趕上來吧。

老媽說，她最近完全沒有力氣外出，也沒有食欲。她吃飯的時候都會開電視看，但上週她打開電源，螢幕上座談會播放了幾秒之後，就發出像布被撕裂的嗶哩嗶哩聲，接著畫面全黑，那之後就一直陷入沉默。電視如果不陪她說話，她就沒辦法一個人吃飯。

「打電話叫尤瑟夫來修理就好啦。」

「我不想要跟不認識的人說話。」

「尤瑟夫不是已經認識二十年以上了嗎？他幫忙修了換氣扇、洗衣機，而且只要打給他，就算一顆燈泡他也會跑來幫妳換。他根本就是我們的家人之一吧。」

「家人只有你啊。」

被這樣說，我心頭一緊。

「而且我晚上都睡不著。在上床之前我會先冥想、泡澡，或在沙發上聽音樂，但是頭腦好卻愈發清醒，就算關了燈，腦海裡就像有一盞水晶吊燈亮著一樣。」

「讀點書如何？」

「我每天都讀啊。但是愈讀愈清醒。」

我正困擾著要不要勸她去看醫生，或是該怎麼辦，但老媽搶先說道：

「如果我沒有理由地精神不振，那可能是生病，我就會去看醫生。但我確確實實有個理由。」

老媽一直在資助外國留學生生活費，是一種慈善事業。她現在資助的學生很有語言天分，比預期還要早就把語言課程上完了。那學生說，距離大學新學期開始還有時間，想在歐洲各地旅遊，於是她就出了旅費。

老媽說話時，並沒有在跳針，也沒有亂用各種形容詞。然而，為什麼我會覺得如此冗長呢？我耐著性子聽，中途吞了好幾次口水。之前我一直想，我就是不要跟老爸一樣，都不聽老媽的話，然而如今，老爸的蕁麻已成為我的蕁麻，逐漸遍布在神經的原野上。

老媽的話不只是冗長而已，其中還有硬要亂扯出去的部分，令聽者呼吸困難。尤其，老媽鋪陳那位她替他出學費的青年是多麼優秀的伏筆的方式實在是很煩。她說「我想說他會讀醫科呢」的時候，聲音還有點上揚。老媽似乎是覺得醫生比起語言學者要偉大得多。

然而那名優秀青年踏上旅途之後，竟然行蹤不明了。在那之前，他都還會定期聯絡，但之後就突然啪嚓一聲斷了音訊。就算打手機，也只會聽見「這個門號已解約」的語音訊息。她去找警察幫忙，然而他已經不是小孩，而且老媽跟那位青年也不是血親。再加上警察說，就連他在不在丹麥國內都無法確定，所以無法立案搜查。

「他只是在旅途中跟很多新認識的人成為朋友，或許還談了戀愛，所以才會忙到忘了聯絡啦。」

「但是，那孩子是那麼地純粹，有可能是在哪裡被騙了呀。」

「純粹？只要是愛斯基摩人就很純粹嗎？妳要這樣說也是一種歧視喲。並不是妳資助了格陵蘭，巨大的丹麥王國就會回來喔。就算丹麥這麼小也沒關係。只要地球夠大就好了。」

一如既往的爭論好像就要愈演愈烈，我趕忙噤聲。老媽垂頭喪氣，我等了又等，束手無策，只好到廚房開始洗蔬菜。本來打算把買來的食材送到就回家的，但我竟把自己逼到這種不能拋下老媽不管的狀況。

從小，我和朋友吵架就沒有輸過，也沒有吵一吵最後打起來。我會用言語的力量來控制對方，不給對方的憤怒有爆發的機會，然後將言語嘩啦拉地灑在對方身上，直到他疲憊無力為止。我也不曾因為無法拒絕朋友或老師的請託，而去做自己不想做的事情。拒絕的時候，我會委婉溫柔，卻清楚明確地拒絕，安靜而確實地關上門。對話會結束，也總是我想讓對話結束的。然而，只有和老媽的互動像是蒙住眼睛下棋，毫無勝算。

終於結束了晚餐，老媽叫我把一罐越橘果醬帶回家，結果我們又吵了一架，但再吵下去回家若太晚就糟了，我於是放棄爭吵，收下那大罐裝的果醬放進布袋，在小雨中騎著腳踏車奔馳返家。好不容易鬆了口氣，正躺在沙發上抱著靠枕發呆的時候，電話又響了。老媽打來的。她說買到了明早同一班飛機的票，可以一起去奧斯陸。我抑止住想把電話砸到地上的衝動。

「妳去奧斯陸有什麼事？」

我冷淡地問。

「我有個老朋友住在那邊，想去拜訪一下。好幾年前就約好要去那裡玩，但一直沒機會去。我不會妨礙你的研究啦。不過晚上我們一起吃飯喔。」

「真是糟糕，我大概抽不出時間跟妳晚餐。有件事其實我還沒跟妳講，我是要跟戀愛對象一起去奧斯陸。當然晚餐也都跟她約好了。抱歉。」

我抱著攻防戰的打算撒下這個謊，本來期待這可以給予對方一點打擊，但老媽卻文風不動，反倒很開心。

「那，就替我介紹一下你的新女友吧。我再跟你聯絡。」

說完她就掛了電話。我從水龍頭裝了杯水，一口氣喝下，然後調整呼吸。明天她一定還會打來好幾次，問我現在在哪裡、要不要一起喝杯咖啡三十分鐘就好，之類的。事到如今，只能取消這趟飛往奧斯陸的航班了。雖然不能和Ｈｉｒｕｋｏ他們見面實在遺憾，但和這些新伙伴在一起的時候要是老媽出現了，那可真是荒謬的演出失誤了。

和典座面對面的Hiruko會露出拘謹的神情，堆疊一個個的單字來對話嗎？還是說，會像和家人朋友聊天那樣，用「不說你也會懂吧」的語調以短語句來應對呢？是會如同與許久未見的人重逢時那樣，立刻說起自己的故事嗎？還是會因為一直都沒使用某種語言，所以就連想用那種語言來聊的內容都枯竭了呢？會使用怎樣的形容詞？會用過去式還是現在式來說嗎？我想知道的事情堆積如山。即使我不理解其中意義，但只要待在現場觀察，就能感知到許多，而且在他們說完話之後，我立刻訪問Hiruko跟一個月過後再聽她聊，兩者完全不一樣。

好遺憾。好想去奧斯陸。至少拜託阿卡西代替我去吧？阿卡西雖然和娜拉一樣都是剛認識的人，但我覺得他會是很優秀的傳達者。娜拉滿腦子都是她自己的戀愛，應該沒辦法成為我的替身，去傾聽Hiruko和典座的會話吧。

我傳給阿卡西這樣的訊息：「我母親生病了，所以我不能去奧斯陸了。我真的非常想去，卻只能對命運發怒，而束手無策。你能夠代替我去嗎？我會送你機票。」我以文字送出而非聲音，是因為不想再說明更多了。馬上就傳來了回答：「你不能來嗎？可惜。」那一瞬間，我想到了一個好辦法，於是撒了一個謊：「我的航班可以改成你的名字喔。你如果能代替我去，我會很開心。」反正不管怎樣我的機票都會失效，那麼就算我提議說想再花錢送你一張新的機票，應該會遭到拒絕，所以我才撒了這個謊。果不其然，他傳來回覆：「如果是這樣，那我就代替你飛去奧斯陸吧。謝謝你。我再跟你報告那邊發生的事情。」

隔天早上，我還迷迷糊糊躺在床上，老媽就打了通手機電話給我。

「你現在在機場的哪裡？該不會睡過頭了吧？」

我流利地說出昨晚早就想好的謊言。

「其實我航班有變動，提前了一班，現在已經到奧斯陸了。」

「哎唷，這樣啊。那你在奧斯陸的機場等我。」

「不可能。沒時間。我有研究工作要做。」

「你打算住哪間飯店？」

「Siri Hotel。」

我甚至沒有空確認實際上有沒有飯店取這個名字。但世界上有那麼多飯店的名字都是意味著勝利的「維多利亞」，那麼在北歐會有飯店叫做「Siri」也沒什麼好稀奇的。Siri正是象徵著勝利與美的女神之名。

雖然去了奧斯陸，不過我們擦肩而過——這種故事我能編得很好。如果我說的謊是「因為得了流行感冒所以不去奧斯陸了」之類的理由，老媽肯定會取消航班來探望我吧。本來並沒打算連飯店的名稱都捏造，但既然被問到了，若沒有立刻回答的話會讓她起疑，而且萬一弄錯，不小心說出「Shinise Fuji」的名字就糟了，所以沒想太多。

「收訊不好，我聽不到聲音，先掛電話囉。」

我說，總之是先切斷了電波的臍帶。

我將身子沉在沙發裡，打開了電視，電視上正播著美術節目。解說者以法語說著：或許莫內是看到了北齋的一幅魚在池中游泳的作品，所以才會想要畫池子也說不定。莫內畫的那個漂著睡蓮的池子和字幕重疊，看起來就像是孑孓在游動似的。我被那個池子給吸了進去。就算有孑孓漂浮著、就算畫面上下方的外框比畫布還要來得長，這些全都沒有讓我太在意。我這個連美術館都不敢去的懶鬼竟然從電視上接收到莫內的靈感。實在太過匪夷所思，愈想愈滑稽。

據說莫內收藏了兩百多張的浮世繪作品。雖然這件事情和我完全沒有關係，但在腦內某個角落的竹藪當中，傳來了「有關係呀，有關係呀」的呢喃。

下一張畫不是池子，而是海洋。一片海岸，有深青色攻入了白色的沙灘。遠方有岬角突出。海洋真是好啊。我聽見浪的聲音。粗糙的風，讓眼皮變重的濃濃日光。天空，岬角，海水，沙，其實都不是單一顏色，而是混合了太陽光所帶有的色彩。該如何用語言表現這無數的顏色呢？如果我排列出所有顏色的名字，應該沒有人跟得上吧。可是莫內卻能在每一筆都改變顏色的情況下，讓風景整體浮現在畫面上。然而莫內似乎還不滿足。

「這樣不對。不是這片海。」

他喃喃自語。

「但是，布維爾（Pourville）的海就是您一直憧憬的那片海呀。」

站在旁邊的年輕男人以關心的語氣說道。年輕男人穿著藍色牛仔褲。那不是十九世紀末法國人的服裝，所以是現代人滑進莫內的時代，成為了敘事者吧。原先投影在背景的海，變換成了莫內筆下所畫的海。

場景移到室內，莫內正在眺望一幅浮世繪。天空的明亮之所以讓人感受到孤寂，是因為那份明亮讓人類看起來成了毫不必要的存在。

「歐洲有這一種美嗎？若有的話，那也只會在北歐吧。」莫內喃喃自語道。

他那樣說，我心裡也有個底。高中的暑假，我一個人去看了地中海。美歸美，但盡是些彷彿在美術館裡看過的風景。是先有了畫，風景才模仿畫而成的嗎？我差點就要被囚禁在這份「某人所製造出的美」當中了。於是我逃也似的回到北歐，下一個暑假，我則去了羅弗敦群島[1]旅行。那裡的岩山高聳入雲，彷彿嘲笑著人類審美的基準。軟弱的Homo Sapiens[2]呀，你們所認為的美，即那些平緩的小丘、青綠的原野、溫和的氣候、能夠捕魚的平靜內海與湖泊，都是些你們賴以生存的場所，這些風景也就只有這種價值罷了。你們卻大張旗鼓地把這些稱作是美，還因此洋洋得意。大自然根本完全不在意你們的存在啊。我感到一陣寒冷，卻又覺得身體變得輕盈透明了起來。

我發著呆，跟隨腦中的思緒跑來跑去，電視中的風景則在我沒有察覺的時候突然轉變，只見莫內獨自佇立在一座淒涼的車站旁，困惑地環顧四周。「莫內終於來到了克里斯蒂安尼亞。」我聽著旁白的話語，不自覺地扭動著身體站了起來，卻失去平衡差點從沙發上摔下來。「克里斯蒂安尼亞」是丹麥人取的名字，用來稱呼當時的奧斯陸。

我終於也來到了Ｈｉｒｕｋｏ他們所在的奧斯陸——以躺在自家沙發上的姿勢，被莫內帶來了。

抵達挪威的莫內嘆了一口氣。沉重得讓人喘不過氣的雪覆滿了整片風景。「我承認自己是期待著下雪而來的。但是，這雪多得過分了。我想畫的是殘雪，而不是這樣的雪景啊。」莫內自言自語著。聽在不同人的耳裡，這或許會是相當任性的發言吧。所謂的雪，本來就不會隨著我們的心意，降下得宜的量。

下一個場景裡，莫內冷得搓著雙手，描繪山的輪廓。立在雪中的畫架微微傾斜著。畫布上覆蓋著比雪更偏黃的白雪，山則像是從蟾蜍背後看過去的形狀。左側的山丘看起來像隻小青蛙。是帶著小孩的蟾蜍嗎？雖然姿態並不優雅，卻也不讓人討厭。或許是因為變得更寒冷了，莫內像是被追趕似的收拾好畫具，回到了小木屋。在室內，莫內將畫布置於畫架上，重新拿起了畫筆。這時，一名肩上圍著披肩，頭髮往後梳成包包頭的女性，從背後靠近莫內。

「你今天畫的是柯爾薩斯山[3]呀。」

她出聲問道。莫內一臉不高興的樣子。

「不是柯爾薩斯山。是富士。」他回答。

女性露出疑惑的表情。

「ㄈㄨˋ ㄕˋ？」她反問。

莫內閉上了眼，北齋的富士遂浮現在面前。雪覆蓋著。雪並不是覆蓋包裹了一整座山，山下方一片漆黑反倒變得醒目，看起來甚至宛如文字一般。即使畫面感覺不到縱深與重量，但卻傳來了空氣的濕度，既冰冷，卻也帶有些許溫暖。

富士山和柯爾薩斯山的形狀完全不一樣啊，我這樣想。就像是芬蘭語和丹麥語。不過，兩張畫中的山，都會讓人想起面對著那座山的人類。不過，卻也不是在山的姿態裡看見自己。而是山的巨大，大得彷彿讓自己都消失了。也因為與山面對面，會感受到內在沉重與黑暗的部分。那是在春日原野中發呆時不曾看見的自己。

電話響了。是老媽打來的。我做好了被痛罵的覺悟接起電話，那聲音卻很開朗。

「我現在在飯店大廳喔。這間飯店還不錯呢。你還沒有check in對吧。你現在在城裡的哪邊？研究的進度如何？」

「什麼？哦，沒、還可以。」

「你今晚要好好介紹你女朋友喔。」

手機總是不斷對那些不想說謊的人低語，告訴他們：「說謊沒關係唷。」老媽完完全全沒有想到我正躺在自家沙發上看電視。好在真的有一間名叫Siri的飯店，讓我得以緩刑，可我還是想盡快掛斷電話。

「那我先去找朋友了，之後再打電話給你。」

「好啊。我現在很忙，晚點再說。」

我小心著別讓聲音露出任何破綻。掛上電話以後，我注意到阿卡西傳來了新的語音訊息。

「克努德你好嗎？你母親的病還好嗎？你沒辦法來奧斯陸真的很可惜。因為你不在，大家都非常寂寞。我找到了那間叫Shinise Fuji的餐廳，也成功見到Hｉｒｕｋｏ跟娜拉了。然後我們也找到了典座。不過他其實是愛斯基摩人，名字叫南努克。他並沒有謊稱自己出生的國家，是周圍的人，包括娜拉在內，都擅自誤解了他。他的確是壽司職人，在研究高湯也是事實。所以說典座也不算是假名，如果想成是販售料理時所使用的藝名就不會那麼生氣了。他很有語言的天分，學會了好幾種語言。因此，他也能和Hｉｒｕｋｏ用那個消失國家的語言來交談。她知道典座是南努克以後也沒有生氣。反而說，『母語人士』這種概念滿幼稚的。這方面應該是你會感興趣的部分吧。」

我漸漸心癢難耐。真想立刻飛到大家的身邊。典座居然是愛斯基摩人，實在是愈來愈有趣了。還有，Hｉｒｕｋｏ對母語人士與非母語人士的區分開始抱持質疑，這也很有趣。

其實，對於「母語人士」（native speaker）的native這個字，從很久以前就相當介懷。有些人相信，所謂的native是指靈魂及語言完全重合的存在。也有些人相信，母語是從出生就埋藏在大腦之中的。這些當然都是赤裸裸的迷信，它們連科學這件隱形斗蓬都沒有披上。然後，還有些人認為，native所講的話在文法上一定是正確的，然而，那僅僅表示「這忠實於大多數人的講話方式」，並不一定就意味著正確。此外，也有人認為native的詞彙量一定很多。然而，被忙碌日常所追趕而整天只會說慣常老套語言的native，和不斷下功夫在翻譯另一種語言並經常從中找尋新詞彙的非native，兩者相比，到底誰才真正是詞彙量多的一方呢？

真想和Ｈｉｒｕｋｏ當面聊這些話。真想現在立刻就聽到那個語言、那個聲音。打個電話過去吧。但這樣東想西想卻碰了壁——我根本就沒有她的電話號碼。

我回到電視機前，到剛才為止都還板著一張臉的莫內，現在卻穿著西裝開心地笑著。他顯然身處在一間劇場的大廳裡，也恢復了精神，就像是被帶到沙漠裡去的青蛙回到了濕地一樣。

「能看到易卜生的戲，我跑到這麼遠的地方來就值得了。」

什麼？身為風景畫家，居然覺得在劇場看戲的比在外頭畫畫更開心？但我也沒有批評莫內的資格。我連劇場都不會去，只會在電視前說些跟藝術和語言有關的大話。

莫內的節目結束了，突然出現的卻是那位政治新聞記者熟悉的臉孔特寫，他報導著奧斯陸發生恐怖攻擊事件的新聞。我有點懷疑自己的耳朵。原來奧斯陸真的發生了恐怖攻擊嗎？鏡頭在劇烈的搖晃之後照出了城市的一角。無人的鬧區散落著建築物爆炸後的碎片，在畫面前方還不時有警察快速橫越而過。運送重傷者的擔架。一名女性的嘴張開成扭曲的橢圓形。我這裡聽不到任何叫喊和啜泣。「犯人還沒有被逮捕。」新聞記者用一種異樣平靜的聲音報導。我很擔心，於是立刻打電話給阿卡西，但轉到了電話留言。「好像有恐怖攻擊，你們大家都沒事吧？」我留下了簡短的訊息後回到沙發，卻突然覺得我不該再繼續待在沙發上了。

我像是尋求什麼似的進了城。躍入我視野裡的，是擺放在花店前新鮮的蘭花與玫瑰。和莫內所描繪的花不同，那些花的色彩退居深處，如果沒有人將色彩從中取出的話，它就不會在人前閃耀。我走進一間咖啡廳，點了歐姆蛋和咖啡。店的窗邊擺放著兔子和佛陀的小裝飾品，兩者感情很好的樣子。為什麼莫內喜歡蓮花呢？是因為對亞洲的宗教有所憧憬嗎？佛教的神明不管怎麼看都比耶穌還要胖，可是體重似乎很輕，所以坐在蓮花上也不會沉到水池裡。

閉上雙眼，我看見了莫內畫的那個池塘，水面上漂浮著滿滿的濃豔深綠色的蓮葉。同一片水面上還倒映著背後的樹木。兩者都停留在同個平面上，但它們到底有沒有相遇呢？還有天空。天空是一片接近紫色的青藍，那是遙遠還是深邃？花朵爭相綻放在草叢中與橋墩邊，彷彿在誇耀著色譜上由紫至粉紅的各種色彩。

我甚至沒注意到自己將手機忘在家裡。回到家中，手機正靜靜地躺在沙發底下。跟我想的一樣，裡頭有阿卡西的留言。

「有恐怖攻擊，但我們誰都沒有受到傷害。我今天晚上借住在認識的人家裡。南努克說他會睡在Shinise Fuji，娜拉和Ｈｉｒｕｋｏ住民宿。我們約好明天在Shinise Fuji集合之後就解散了。很期待明天的比賽。」

阿卡西似乎很享受這躺旅程。湊熱鬧的人愈來愈多，不知道Ｈｉｒｕｋｏ會怎麼想呢。我就是最早在湊熱鬧的人。找不到理由去旅行的男人，搭了另一個女人旅途的便車。第一次聽到Ｈｉｒｕｋｏ說話的時候，我彷彿看見自己那已經使用到單調扁平的母語破裂開來，而碎片在她的舌頭上閃閃發光。Ｈｉｒｕｋｏ所說的話就是莫內筆下的蓮花。色彩破碎紛飛，美麗而疼痛。

我想過，自己想和Ｈｉｒｕｋｏ兩人單獨繼續這趟旅行嗎？不，沒有這回事。我不曾覺得其他人打擾。甚至，我反倒覺得如果沒有其他人，這趟旅程好像會前途茫茫。本來，典座只不過是個名字，但是在特里爾聽到了他的故事，才讓我覺得他是活生生的人。這都多虧了娜拉。因為對她來說，典座不是母語的機器，而是以一副受傷肉體出現在她面前的戀人。說起來，讓我真的想要追到奧斯陸見上典座一面，仍是娜拉的功勞。但是，娜拉發現典座實際上是南努克時的心情，阿卡西卻什麼都沒有跟我說。或許是光從外表來看很難推論吧。不過至少我稍微理解了Ｈｉｒｕｋｏ的想法。最難懂的是阿卡西。他既不是無關緊要的人，當然也不是絆腳石。但也許，他會是核心的木棒，某天把我們像棉花糖一樣全都纏在一起。

電話響了。

「我晚上七點之後就有空了，想請你跟你女朋友吃頓晚餐。聽說在水邊有家魚類料理的餐廳很好吃。我也帶朋友一起去行嗎？」

老媽的聲音真起勁。我滔滔不絕地迅速說起早就想好的謊言。

「其實啊，我想到一件重要的事。我完全忘了自己的大學今天有個研討會。教授還打電話來，所以我匆匆忙忙跑到奧斯陸機場，現在才剛剛回到哥本哈根。雖然趕不上研討會，但晚上有餐敘，我還能出席。有學者是專程從美國來的呢，我都冒冷汗了。」

老媽大吃一驚，開口說道。

「那這樣，你已經不在奧斯陸了？已經回到哥本哈根了？」

「對啊沒錯。」

電話的那頭傳來嘆氣似的聲音，但似乎沒有懷疑我這些話。我沒有感受到罪惡的痛楚。那種認為可以任意跟上兒子的行程一起旅行的想法才比較詭異。而且，託這趟小旅行的福，老媽的心情也變好了吧。畢竟本來連到附近買個東西都不想的人，如今卻搭了飛機在空中遨翔。

掛上電話後，我回到沙發，再度想起了阿卡西說過的那些事，像是吃草的牛反芻了好幾次。那個叫作南努克的壽司職人靠著自學學會了Ｈｉｒｕｋｏ的母語。這不是誰都做得到的事。他能講到什麼程度呢？說不定，Ｈｉｒｕｋｏ的母語和愛斯基摩的語言極可能有相似之處。或許是表面上不像，但是隱藏在底層的結構卻有共通點，而南努克則有掌握這種共通點的能力。

如今我好後悔從前沒有去學一點愛斯基摩語。雖然不是毫無興趣，而是如果研究了愛斯基摩的語言，老媽會開心得不得了，所以我大概下意識地逃避了吧。

隔天早上睜開眼睛，刺眼的光芒滿溢到了天花板，有一瞬間我還以為自己來到了南法。實際上我只是睡在客廳的沙發，連睡衣都沒有換。這個房間跟寢室不一樣，寢室關上窗簾之後就很暗，但這個房間在早上就是這麼明亮。我不想看時鐘，也沒有沖澡，就用同樣的打扮出門了。

我到最近的麵包店買了麵包，點了咖啡，在站席喝著。回過神來，手機的燈閃爍著。阿卡西留下了訊息：

「Shinise Fuji的比賽取消了。因為發現鯨魚的屍體，所以南努克被逮捕了。幸好最後被判無罪釋放。另外還有件有趣的事情。南努克說，在法國的亞爾住著一個跟Ｈｉｒｕｋｏ說同樣語言的人。下次我們再一起去亞爾吧。」

發現鯨魚的屍體，跟南努克被逮捕，跟比賽取消，這之間到底有什麼關係？我毫無頭緒，不過既然南努克已經被無罪釋放了，或許就沒必要再糾結了。但最讓我開心的，是這趟旅程並沒有在奧斯陸結束，而得以在亞爾繼續。僅僅憑靠典座實際上是南努克的這個理由，我就不會輕易接受這輛好不容易才出現在我人生裡的交通工具停止運轉。

想到從奧斯陸回到哥本哈根的老媽可能會立刻打電話來，所以我連昨天研討會的內容還有美國學者的名字都想好了，但電話卻沒有響。

我忽然想起有一本莫內的畫冊，於是從書架的最下層找了起來。那層裡面放的都是各種展覽圖錄和寫真集等大開本的書。睡了一晚之後，才覺得我應該之前就看過莫內畫的柯爾薩斯山。我並沒有看過莫內畫展的記憶，他也不是我有興趣到會買他畫冊的畫家。可是我總覺得之前就曾經聽過莫內在畫柯爾薩斯山的時候想著富士山的故事。昨天我還沒這種感覺。這有點像是學習新單字的時候，睡了一晚之後隔天醒來，記憶會分成兩半，彷彿很久之前就已經與那個單字相遇了似的。

真正初次相遇的單字非常稀少，絕大多數的情況都是在某個地方已經看過一眼，且當時在腦中留下細微的傷痕。而那傷痕會在第二次遇到那個單字的時後被活化。我曾經讀過這種奇妙的理論。因此，在學習語言時，不要以為我們在學習全新的事物。而是要這樣想：我們只是在回憶起過去曾經說過的語言而已。

雖然找不到莫內的畫冊，但我的目光停在了積在書架前的雜誌堆上。那些全是我提不起勁去翻閱，卻也捨不得丟棄的雜誌。最上方的那本是健康保險公司發行的雜誌，平常我都是不閱讀直接拿去丟掉的，但因為那本雜誌的專題是語言與健康的關係，所以才保留了下來。封面上是這樣的標題：「就算年紀大了，只要繼續學習外語，罹癌的機率會降低至五分之一。」

再下面，是老媽每次來我這裡都會帶來的自然保護團體月刊的過刊。我說我不需要，她卻說：「這裡面有登一篇跟海豚的語言有關的報導，很有趣。」便硬放在我桌上。「海豚語言的研究在以前某個時期曾經流行過，但在那之後就沒什麼進展了。我覺得根本不會有什麼新東西。」我發著牢騷，但因為說不出口叫她帶回去，於是就讀也沒讀地堆在了這裡。

「海豚與鯨魚的語言生活遭到破壞。也造成死亡案例。」這標題忽然映入眼簾。我迅速翻閱著報導。在美國加州還有挪威等地，他們往海底發送爆炸聲，並經由聲波的反彈來探測油田。這種方式被堂而皇之地使用，但爆炸聲不僅給海豚和鯨魚帶來難以忍受的痛苦，更因為這一天二十四小時內，每十秒就發送一次的爆炸聲，使得牠們的聽覺遭受到破壞，至今已有十萬頭以上的生命受害。牠們的生存是靠著聲音互相告知食物所在，一旦無法溝通，也就無法再生存下去。

此外，「鯨」與「海豚」的分類方式從生物學來看沒有太大的意義，但是從文化上來看，說到鯨魚跟說到海豚時，所聯想到的印象大不相同，所以兩者要並列使用的時候，還特地加入了註解。

說到這個，阿卡西留下的訊息裡就提到，因為發現鯨魚的屍體所以南努克才被逮捕。這裡頭是否有什麼關聯呢。是因為，如果不做做樣子搜查一下殺害鯨魚的犯人，就會惹來自然保護團體的抗議，所以才先逮捕了南努克，是這樣嗎？是愛斯基摩人就應該會捕鯨、是壽司直人就應該會做鯨魚的刺身，是因為這樣所以南努克才被逮捕的嗎？但警察並不能光靠刻板印象來拘留無罪的人。不對，的確也有過幾個前例。

突然想和Ｈｉｒｕｋｏ說話的心情湧現，就像是平穩的海面忽然隆起，出現了一頭巨大的鯨魚，牠的背脊正閃耀著黑色光輝一般。因為沒有問Ｈｉｒｕｋｏ的電話號碼，所以我打給了阿卡西，這次他本人很快接起了電話。

「啊，我是克努德。謝謝你跟我報告這麼多，阿卡西。」

「你不在真是寂寞。接下來我們大家決定要去亞爾了。我們說好是這個月最後一個週末過去，你的行程如何？」

「我也可以去。當然要去。對了，現在Ｈｉｒｕｋｏ在你旁邊嗎？」

「不在吔。她已經回歐登賽了。」

「那你們怎麼聯絡？」

「我問了她工作地點的電話。要告訴你嗎？」

「嗯，都可以，方便的話就跟我說吧。」

說「都可以」是騙人的。我用鉛筆在便條紙上寫下電話號碼。那一刻，我忽然有種Ｈｉｒｕｋｏ已經告訴過我電話的感覺。但我不可能遺失那麼重要的東西。雖然我一般把手機設定成會立刻消除所有通聯紀錄的模式，當然不會留下任何痕跡，這是第一次在便條紙上寫下這個號碼。

我立刻撥打了阿卡西告訴我的號碼，但Ｈｉｒｕｋｏ今天休假不在。對方補充，她曾說過傍晚可能會繞道去辦公室做些明天的準備，稍後也許就會來。

雖然一再打電話過去讓人有點難為情，但我決不想漏掉任何對話的機會，只好強忍著羞恥，每四十分鐘就撥打一次。第三次打過去的時候，終於是Ｈｉｒｕｋｏ本人接起了電話。對於我的來電，她的聲音絲毫沒有表現出任何驚訝的波動。Ｈｉｒｕｋｏ平靜地問：

「克努德，媽媽，更好的健康？」

「她的病好了。不說那個了，奧斯陸那邊如何？」

「典座是南努克。說母語的人不是母國的人。Native是日常，非native是烏托邦。」

「真想聽聽妳跟南努克的對話。但之後南努克也會一起去亞爾吧。那個時候我就能聽到了吧。」

「特里爾與亞爾，哪個才是羅馬本尊？」

「咦？這個嘛，嗯。古羅馬帝國或許有那種能讓每個城市都變成羅馬的力量喔。但沒親自去一趟是不會知道的。之後我也想去一趟真正的羅馬。不是有句話說『條條大路通羅馬』嗎。我們就是在北歐與古羅馬帝國之間蛇行往返的旅行團啊。妳覺得去這趟奧斯陸完全沒有收穫嗎？」

「奧斯陸的旅行是我的寶藏。奧斯陸有富士山。」

「嘿，ㄈㄨˋ ㄕˋ 山流亡到挪威去了啊。」

「不對。富士山有兩個。也許有三個。也許有更多，也說不定。」

注釋

1 譯註：即 Lofoten，挪威北部的群島，位於北極圈內。

2 譯註：生物學上人類的學名。智人之意。

3 譯註：即莫內的柯爾薩斯山（Mount Kolsaas）系列畫作。一八九五年初，莫內至挪威進行繪畫之旅，並於三月中旬前完成了這一系列的畫作。

第八章　Ｓｕｓａｎｏｏ說

是從什麼時候開始的呢？從什麼時候開始我不再老去。時間就像風似的從我的左右吹拂而過。時間與我曾被絲線牢牢綑綁，可那絲線卻啪地一聲斷裂了，或許，就是在我失去語言的那個剎那吧。我被戀人丟在亞爾，我是指，我被愛戀的人拋棄，又被那人的戀人一腳踢開，我還因此陷入一段疲憊喪志、與世隔絕的時期。在方圓一千公里之內，我沒有任何能稱得上是「朋友」的傢伙，法語裡我也只知道「綳住」和「關門打老虎」這些話而已[1]。

過了一陣子，傳入我耳中的法語逐漸孕育出意義，從我自己的口中也幾乎快要吐出感嘆詞和簡單的句子了，然而，只要喉嚨上的佛陀[2]一發力，唇舌就會慌張得不知所措。不知何故，我完全說不出任何語言了，怎麼會有如此無法理解的事情呢？我這樣想著，緊緊閉上了雙眼，眼前遂浮現出回憶中福井的朋友、基爾的朋友。「別來無恙？」我試著出聲搭話。無法。我張大了嘴，然而，無法。刺痛僅僅奔騰於胸口，卻無法化作聲音。

孩提時代的我，既健談又愛大放厥詞，大人經常說我「無大無細」。父親並非沒有嘴巴，卻總是閉口寡言，一個人在工廠繪製工程圖，切割金屬、折彎、焊接、拋光。我從學校回家後，常常立刻到工廠旁觀父親的工作。「這個是機器人的頭？眼睛咧，無？這心臟足奇怪吔。螺絲？這是。腳什麼時候做好？」我連連發問，中間一點喘息都沒有。父親只在喉嚨深處發出「嗯、嗯」的回答，但從來沒讓我覺得一絲冰冷。

母親經常不在家裡，所以我在工廠看夠了父親的工作，就會去報隊打棒球、踢足球。

父親不時會說：「糟糕，機械吱吱叫。」這話留在我的耳中。這是在說，雖然金屬仍在順暢運作，但溫度上升過頭了會出事，快降溫。當我喋喋不休，愈講愈無比亢奮的時候，父親就會用手指摸著我的頭轉來轉去，彷彿在鬆開螺絲似的，說著：「降溫，降溫。」父親把頭頂的髮旋叫作「嘰哩嘰哩」[3]，我原本還以為那是機器人工學的專門用語。機器人將要完成的時候，會在頭頂鎖上最後一根螺絲，那個時候，就會發出嘰哩嘰哩的聲音。還是說，就跟我的射門在球門前嘰哩嘰哩打轉、最後差點得分一樣，機器人也是因為會發出嘰哩嘰哩的聲音差一點而無法成為人類？真是可憐的傢伙。可憐這個字，父親都會說「無捨施」，我模仿他這樣講，卻被他念：「你之後要去東京，別說方言。」為什麼我非得去東京不可呢。

「那機器人（robot）這個字也是方言喔？」「不是，是捷克語。」[4]巧克語是跟巧克力一樣甜的語言嗎？如果用巧克力來做機器人的話，削下來的碎屑也都很好吃吧。「捷克是比京都還遠的地方？」「遠多了。」

父親一一組合機械各部分的零件，完成了一個只有骨架的太空站。齒輪轉動、轉動，然後隔壁的齒輪也跟著轉動、轉動。焊接在齒輪上的橫桿往上抬，橫桿頂住，也推動其他部分一起抬起來。能量不斷接棒下去的過程，我從最初到最後看得清清楚楚，因為實在太不可思議了，不管怎麼看都不會膩。

父親完成機關人偶之後，又用小小的金屬板包裹住整個人偶。於是機關人偶變不見了，取而代之的是人類的形狀。父親替那傢伙的皮膚塗上日曬過後的顏色，畫上毛毛蟲般粗濃的眉毛，裝上眼球，穿上灰色的工作服，套上老舊的橡膠雨鞋。「看，這是卡古桑。」父親一臉滿足地說道。

已經完全看不見它內部模樣的卡古桑會左右擺頭、點頭、把手舉高。先前還看得見裡頭機關的時候，我很佩服它的精巧，可現在一旦意識到那些動作是在模仿人類，卻只覺得看起來好幼稚。卡古桑是如此笨拙，實在悲哀。我趁父親去廁所方便的空檔，緊緊抱住了卡古桑，撫摸著它的臉頰。

父親告訴我，卡古桑是以實際存在過的人物為原型。那個人的本名叫原田核造[5]，是一個大船主家中的長男，他熱愛各種機械器材，像裝在漁船上的雷達探測器，若不是最新款的他就不會滿意。五十五歲的時候，他被拉進當地的電力公司，於是他收起了漁網、賣光了漁船，打起了海浪與魚鱗圖案的領帶。他在電力公司裡面做什麼事，這點父親也不知道。卡古桑拿到了很多收入，蓋起了大房子，但很快就罹患癌症去世了。這機器人就是以這位實際存在過的卡古桑為原型，並且將被放到新落成的博物館裡，向孩子講述故鄉的發展史。

父親稱呼人類的身體為「胴」。我的童心還以為，因為他是機器人技師，才把裡頭沒有任何零件的人類血肉之軀喚作空洞的洞。

除了卡古桑以外，父親也接連完成了其他做法簡單許多的機器人。站在船上把釣竿甩向海中的一本釣名人；在海邊把網拉上岸的漁民。它們都只會重複同樣的動作，不會說話。

某天，父親工廠的桌子上放了一本雜誌，我光看封面以為那是情色雜誌。我戰戰兢兢伸手拿來，偷偷翻看了幾頁。讓我驚訝的是，封面照片裡那個用妖豔眼神盯著我看的護士，竟然是機器人。雜誌上還登了其他照片，像是僧侶、警官、發電廠作業員等等，全都讓人誤以為是活生生的人類，而且那還不是最新型，而是很久以前就製造出來的機器人。有個叫僧侶五號的，能一邊誦著般若波羅蜜多心經一邊敲著木魚，誦經結束之後還會轉身朝向前來弔唁的客人行禮。雜誌上寫著，那時他雙眼的低垂模樣，令死者家屬銘感於心。

父親不知何時來到了我的身邊，高高在上地站著看我。我以為他要責備我偷看雜誌，但父親卻開心地說：「這樣啊，你也會讀專業雜誌了。」「為什麼要做這種機器人咧？」「這種機器人？」「像真人的機器人啊。」「像機器人的機器人才是最好的。開發那種分辨不出來是人還是機器人，是種過時的行為，而且很危險。我不想讓古錐的囡仔人把機器人說的話照單全收。」「什麼意思？」「機器人說的話不是話。是算式。」

我知道父親接到博物館的訂單委託，在製造機器人，但那博物館到底是為了什麼而成立、有什麼必要呢？這種無法理解的心情，就像是除法的餘數一直留在我的心底。施工現場的看板上寫著，博物館是為了讓故鄉值得誇耀的歷史能傳給下一代而建的。

我曾聽父親說過，這一帶還是小漁村的時候，能捕到其他海域裡罕見的高級魚，還會出貨給京都的高級料亭。值得誇耀的歷史，指的就是這個嗎？老師說，「福井」這個名字，寓意著無論怎麼汲取，幸福都取之不盡的水井。既然如此，那麼為何這幸福的水井會乾涸，漁村會消失？這實在不可思議。博物館會替我解開這道謎嗎？

博物館一開館，就成為小學校外教學造訪的地點。父親總是稱呼為「博物館」的這個地方，我實際去到那裡後，入口處卻寫著大大的「ＰＲ中心」。仔細一看，在那些字前面還加上小小的「故鄉」二字。換句話說，這應該是「故鄉ＰＲ中心」吧。我極度討厭ㄆㄧㄚㄦ這個詞，讓我有種受騙的感覺，心情變得很差。進入裡頭，正面是卡古桑坐在岩石上，背景則是一面映著海的巨大螢幕。我心裡癢癢，彷彿家人正被展示著似的，於是我拉了拉站在旁邊的源太袖子，帶點自豪地說道：「那是我爸做的。」源太點點頭，像在表示那種事情誰都知道。在這鄉下地方，只有我們家是做機器人的，所以知道也是理所當然的吧。

螢幕裡的海靜靜地晃動著，傳來了浪聲。原來是吊在天花板上的塑膠攝影鏡頭裡藏著一個小型的擴音器。雖然不可能有這種感覺，但我卻真切感受到海風吹撫過我的皮膚，還聞到了潮水的氣味。這個時候，卡古桑的頭突然動了起來，發出刺耳的喀噠聲，孩子的視線一起集中到了卡古桑的身上。設置在工作服口袋裡的小型擴音器放出皸裂似的粗啞低音。

「啊，你們來了呀。今天就來說說你們生活的這個城市是怎麼發展到今天的吧。從前，這附近的海能捕到很多魚。請看他們工作的樣子。」卡古桑的話說得結結巴巴又不清楚，「請看他們工作的樣子」的「請看」聽起來變成了「青鮒」。果然不能勉強學都會年輕人說話的方式。可是反過來講，就算那聲音若說得一口純正的漁民用語，也會太浮誇吧。會浮起來的，有魚鰾就夠了。

在後頭把漁網拋入水中，又把漁網拉上來的，也全都是機器人。卡古桑是船主。可如果是這樣，卡古桑為什麼會跟源太他爸穿一樣的灰色工作服呢？他爸明明是在發電廠工作的。

我忽然心頭一涼。該不會是父親搞錯了，讓機器人穿上那種衣服？

幸好那只是我在杞人憂天，卡古桑接著就自己解釋了。「魚有捕得到的時期，也有捕不到的時期。在山腳下當然也可以發展農業，可是這無法帶來大筆的現金收入。」卡古桑一指，旁邊的螢幕就映出了美麗的水稻梯田。從前我沒留意過，原來從照片上看來，梯田畫出的曲線會如此美麗。那些身高大概二十幾公分的種田人偶開始做出整齊畫一的種田動作後，現場首次響起了明亮歡快的笑聲。「我們在狹窄的土地上用心耕作，種出了好吃的米。」卡古桑身為漁民，卻使用第一人稱複數的「我們」，這讓我十分意外，也才想起了負責撰寫內文的人來過我們家裡討論，還曾經大聊好幾個小時，聊得很起勁，起勁到我還以為他在和父親吵架呢。

「終於，我國停滯已久的經濟開始復甦，但會不會只有我們這個鄉下地方將被拋下，這樣的焦慮油然而生。難道要像從前一樣跑到東京去才能夠賺錢嗎？但是，我不想和家庭分開生活。就在大家苦惱著不知道該如何是好的時候，長久以來被人遺忘的發電廠居然決定要重新啟用了。而且還不只一個發電廠。這塊地方在很久以前，甚至曾經有過『電力的銀座』之稱。這對我們來說，是多麼開心的一件事啊。」在卡古桑演說結束的同時，也響起了貝多芬第九號交響曲〈快樂頌〉的音樂。

回到家後，我又立刻跑到工廠。「爸，今天，我們全班去了博物館，聽了卡古桑的故事。大家都很感動。」我這樣報告。「感動」的部分是我自創的，實際上是尷尬的氣氛不斷在擴散，而且比起其他人，我自己看著卡古桑，就不斷冒出冷汗。父親什麼也沒有回應，只是繼續磨著金屬棒。

中學一年級的春天，母親只帶著一把傘便離家出走。雖然在此之前，母親也經常不在家，我幾乎是每天晚上，都下廚煮父親和我自己要吃的飯，煮魚，煮香菇和竹筍，甚至還會自己醃一些漬物。可是當我聽到母親再也不會回來，彷彿身體裡的血液被抽乾一樣，全身的肌肉變得冰冷而僵硬。但我沒有流淚。

母親最拿手的就是玩文字遊戲，偶爾傍晚的時候，她在家且心情又好的話，就會陪我一起玩。她離家時帶走的洋傘，在這個地方被稱做「袂澹」，我於是想起母親在我低落的時候，就會對我說：「別認輸啊，袂輸喔」或者是：「別哭啊，袂哭喔」。我最喜歡的，就是聽母親說她在店裡工作的事情。那間店備有大概三十種左右不同的酒，還會將高級魚做成下酒菜。每天晚上都有好多人來玩，像是據說會戴著太陽眼鏡直接泡進浴缸的政治人物、推理小說的影子寫手、體格大到無法進入店裡狹窄廁所的雄壯相撲力士，還有會刻意給狗穿衣服，而且是替母貴賓狗穿上男裝還帶到店裡來的大公司社長。聽說也有不少東京跟京都的名人會逃來這個鄉下地方玩。母親就成為這些人的談話對象，時而安慰，時而奉承，時而玩笑，僅僅憑著語言之力，就能讓剛把公司搞到破產的人都笑出來。換句話說，母親的職業是在操縱語言、操縱人心。但是正因如此，她也學會了簡單使用三言兩語就能傷害人的技能。我內心總是提心吊膽，害怕母親會說出什麼過分的話。母親貌美又優雅，我還有同學會說著「足欣羨、足欣羨」表達出羨慕之情，但是，我才欣羨別人家的母親。比如源太的母親，就像是一頭穩重的母河馬，會緊緊靠在孩子的身邊，不時看看孩子有沒有好好吃飯，大概就是這種程度，也不會過度誇張地稱讚或責罵。然而如果有盜獵者持槍靠近，她就以龐大的身軀當作盾牌守護孩子，完全不會有任何戲劇化的行為，像是揮灑華麗的語言來炒熱氣氛啦，把孩子推到一旁啦，放聲大哭來向小孩討安慰啦等等。沒錯，我的母親如果能活在劇場的舞臺上就好了。因為她所做的一切全都是在演戲。

每當靠近放學時間我就會想著今天母親該不會在家，然後因為這份期待而讓胸口脹脹，難以呼吸。她若不在我會失望，她若在我又會擔心她是否心情不好。心情不好的話不如不在家更好。她似乎也想著同樣的事情。她應該覺得如果我不在就好了。她經常不小心吐露「如果沒有生下你的話」這句臺詞。

可就算是那樣的母親，只要一想到她再也不會回來，我的心情就會變得悽慘。悽慘會顯露在臉上嗎？我像是被拋棄的小狗一樣開始被人欺負。以前從來沒有被不良少年盯上，可放學時卻在學校附近的小路被三個高年級的纏住，他們對我亂吼亂叫。「你是社會上的垃圾！」「穿那麼醜的鞋子還敢來學校！」「毛長齊了沒呀？」這種事情碰過一次後，類似的事件就會重複出現。大概是前三次左右吧，幸好瘀青都是在側腹和胸部這些其他人看不到的地方，所以我對父親隱瞞了遭受暴力一事。

然而某日，我的臉被打，眼睛周圍腫了起來。「你以為自己很帥嗎？你根本是條狗！」對方罵完才打的，我心想，是喔，原來我的臉長得算帥，甚至還有點得意。回到家之後，我沒進工廠，而是繞到了更後方的廢棄物處理場，用冷水沾濕手帕，輕輕敷在眼睛上。

廢棄物處理場裡，擺著好幾個不需要的零部件還有半成品的機器人。其中一個機器人讓我很在意，因為它只有上半身，且臉上沒有畫任何東西，頭也是光溜溜的禿頭，但胸部卻稍微膨脹。我用手掌包裹那膨脹的部分安穩地撫摸著，機器人便發出唔的一聲悶哼。好快樂。我從包包裡拿出黑色麥克筆，替它畫上了眼珠，接著畫上又濃又長的睫毛，再看看這張臉，根本就是一個查某囡仔。我悄悄潛入母親失蹤後仍保留原樣的房間，從梳妝臺偷來了已經很短的口紅，非常仔細地塗在機器人還不存在的嘴唇上，接著又替它戴上了假髮。不知道是因為沒有耳朵，加上肩膀像小孩子般單薄，總覺得有種滑稽感。我想起母親，雖然她是個美人，但好像也有種不中用的感覺。這種不協調感擾亂了觀者的心。鮮紅色的口紅像是激動地對觀者雙眼提出控訴。

我中學成績很好，但考高中的時候卻落榜了。考試卷一擺到眼前，耳朵深處就嗡嗡響起落榜吧、落榜吧的聲音。因為我沒有報考其他能保底的學校，所以當了一年的重考生。我即使對父親說想要重考，他也沒有反對。自從母親消失以後，父親就愈發鑽進金屬的世界，變得沉默寡言。

那陣子，我感覺自己是不是有些異常。我一看到大腿內側很柔軟的女孩，就會有股強烈的憤怒奔騰。如果公車站旁站著一名較豐滿的女孩，我會無意識地下腳步。風吹動她短裙的下襬，大腿內側那塊沒有與骨頭緊連、幾乎不帶有肌肉的胖乎乎的部分正在震動。看到這種景象，心裡就會湧起一股殘酷的情緒。我在不知不覺間，竟沉迷於連自己都想把目光移開的妄想之中，還曾經差點被機車撞倒。

為了學習手工業的歷史，我們曾搭巴士到新潟縣的民藝博物館校外教學。在當地保留著一種型式老舊的織布機，操作的時候必須坐在地面，將絲線纏在身體上，一邊扭動腰部一邊進行編織。有一位八十幾歲的女性實際操作給我們看。本以為她是又老個子又小的老婆婆，沒想到隨著她扭動腰部，臉皮竟逐漸像狐狸一般緊繃，不知不覺間變成了年輕的女性。我站著從上往下俯視，雙眼正好能從和服領口窺見乳頭。她的身體在搖，乳房在搖，織布機也一點一點地傾斜，這樣真的沒問題嗎？這整個房間裡的機械好像都快要倒了。我害怕了起來，於是閉上眼睛。接著，卻看見了一個女人的腰部被無數的絲線所纏繞，動彈不得。啊——！啊——！女人硬擠出聲，音調逐漸提高，使空氣染上了華麗的鮮紅，每當她扭動身子，銳利的針尖就刺進大腿內側的肉裡。織布機裡頭分明沒有針啊，可織布機卻在不知不覺間化做了縫紉機。對了，母親的房間裡就擺著一架縫紉機。她曾替我縫製過能裝運動鞋的藍色袋子。僅此一次而已。那是剛上小學沒多久的時候。我因太高興而不知所措，也不曉得哪根筋不對，竟做了件過分的事。前一天我在路邊抓到一隻老鼠，便用廚房菜刀剝下了牠的皮，藏在院子裡。母親正在使用縫紉機，我於是將老鼠拿來放在她的手邊。母親尖叫，嚇得跳起身，在那瞬間，針刺進她的指甲裡，肉裂了開來。

在我去上補習班的時期，獲得了「須佐之男」的綽號。補習班講師為了讓課程變得稍稍有趣、更受歡迎，經常講一些《古事記》[6]裡頭的故事。最近，《古事記》的內容愈來愈常出現在大考當中了。講師說，從前國粹主義[7]興盛的時候，《古事記》可是必讀書目呢。然而，天照大御神這個最高位的神明是女性，她的弟弟須佐之男卻是個差勁的男人，這種女尊男卑的構圖，國粹主義者怎麼會喜歡？我無法理解，並向講師提出質疑，但坐我旁邊的壞朋友竟然評論道：「總之你很適合差勁的弟弟這個角色啦。算了吧。」不知為何，大家竟然都接受了。講師也笑了，還給我出了作業：「請將須佐之男闖過的禍全部寫下來」。考試真的會出這種問題嗎？我半信半疑地查了一下，卻驚人地發現居然記載著這樣的故事。曾經，天照大御神請託織女縫製要獻給眾神明的衣服，須佐之男卻將一匹剝了皮的馬放進織布機的小屋裡。織女嚇得彈開來，卻被織布機尖刺銳利的部分插進陰部而死。天照大御神知道了這件事情之後，對弟弟無比絕望，於是隱身於黑暗之中。太陽若隱沒，世間便被陰影籠罩。那意味著日蝕。這點意思我還能理解，但是，被織布機尖刺銳利的部分插進陰部，這可能發生嗎？難道不是性犯罪嗎？該不會，實際上被須佐之男以尖銳性器官插入的就是天照大御神自己，而她因為受到巨大的衝擊導致性格分裂，並將創傷的那一部分當作是織女？總而言之，我對須佐之男這個綽號敬謝不敏，但在補習班大家直到最後都還是這樣稱呼我。

因為對飛機抱持著一點憧憬，所以我去報考了某工業高中，據說他們有很多畢業生取得了機師資格。但我落榜了。後來考上的高中則致力於造船。整個世界迎來了資源危機的時代，除了軍機以外的飛機都不再飛行、世人重新評估船隻的時代也逐漸來到。船不只是運送物資，也開始流行搭乘大型客船繞世界一週的旅行。有些廉價客船僅僅在外觀上重現了從前戀愛電影裡出現過的豪華客船樣貌，曾有這樣的船隻沉沒到太平洋海底，但這並沒有造成人們的卻步，熱中船隻的風氣仍是一味地高漲。

在讀書方面，我就算不拚命努力似乎也不會被當。比起這個，我更擔心自己奇怪的性癖好，並小心翼翼地避免在生活中惹出什麼事端，但也漸漸感到疲憊。每當見到女性柔軟的肉，我就想弄痛她；相反地，只要見到機器人冰冷的皮膚，我就會鬆一口氣，感覺自己又變回了沉著理性的人類。我找了個藉口對父親說，因為選修科目選了美術，得要創作題材，於是便將製作失敗的機器人拿來自行改造一番，並偷偷地當成性愉悅的對象。唯一令我不滿的是，這個對象完全不會說話。

有一次，還是小學生的遠親來玩，拜託我帶他去PR中心看看。雖然正式的名稱是「故鄉PR中心」，但在我們當地都覺得這樣稱呼太羞恥，所以沒有人會加上「故鄉」二字。那是我下意識會想避開的場所，但卻也沒有理由拒絕。「哥哥、哥哥，帶我去嘛。」這個會自稱bot君又不惹人厭的小鬼這樣拜託我。他對於我父親在製造機器人感到非常自豪，還一直放話說將來也要成為機器人技師。

睽違已久地在PR中心聽到卡古桑從口中吐出來的臺詞，嚇了我一大跳。雖然卡古桑現在還是坐在同樣一塊岩石上，但從他口中吐出的臺詞卻與從前相當不一樣。想必是因為設置在機器人體內的音源經常會更新吧。「我們非常嚴格地檢查了發電廠的安全性，經過多次檢查，才重新啟動運轉。從此以後，我們生活的地區，經濟就安定了下來。」我正面瞪著卡古桑的臉問道：「真的安全嗎？」卡古桑沒有回答。「卡古桑啊，我可是從你還沒確定會變成人類還是機器人的階段就知道你了啊。」那名自稱bot君又不惹人厭的小鬼拉了拉我的手催促著：「好了好了，這個機器人看過了，我們去看那邊那個可愛的。」在後方深處，有個我不知道的新展覽，那不是機器人，而是用雷射光束投影出的立體形貌。一個穿著紅裝的少女正在跳舞。她的裙子很短，每當她的裙襬翻起露出清純的大腿，都會激怒我。「你好。我的名字是鈾，哥哥，希望你可以收到我的元氣，今天也要加油喔。」少女以直衝腦門的高亢聲音宣言完了以後，便唱起一首走調的歌叫〈為眾人幸福著想的你最棒〉。在旁邊，有行字寫著：「向鈾醬說話她會回答」，於是我問：「喂，妳這個鈾是從哪裡來的？」她停下歌聲回答：「初次見面，我是鈾。」「妳是從哪裡來的？」「我是從政局安定的國家，像是美國、加拿大、澳洲這些地方進口的資源。」「挖掘鈾的工作很危險吧？」「挖掘寶物大拍賣的資訊在這邊。」「採礦場裡暴露在空氣中的鈾會被風吹散，流進河裡，造成環境汙染，那些工人也會得癌症吧？」「您的問題太長了。請簡短一些。」「鈾是癌症的原因嗎？」「附近的內科醫師名單在這邊。」「妳就是癌。」「謝謝您多慮。」「妳有害。」「用輕鬆愉快的心情跟大家一起好好相處好好生活吧。」「妳是笨蛋。」「我會繼續努力提供更多優良資訊。」

自稱bot君又不惹人厭的小鬼似乎是對於我這麼亢奮地一直對著鈾大吼大叫感到不舒服，所以他用那小小的手掌大力地在我屁股上拍了好幾下。「這個是機械啦。看起來是在說話，可是那是說謊的說話啦。」他用自己的話向我說明。

可到底是為什麼，只要對方是機械，我才會認真地說話呢？面對活生生的人，我反而會變得沉默寡言。父親也一樣。我們是因為無法與人類交談，所以才轉去和機器人話話的嗎？

為了重啟發電廠，即使居民不安，但土壤重整的工作還是執行了。不知不覺間，發電廠就這樣重啟了。某個星期天，我經過市政府前面，有人高舉反對重啟的旗子在那邊靜坐抗議。我的班導師就坐在正中間，他看見我後便立刻舉起右手打招呼：「啊，嗨！」這個老師教的是化學，我們給他取了個綽號叫做松葉蟹。上課的時候，他完全不會講任何涉及政治的意見，只是淡然地聊著鈽跟鈀的半衰期。

我一想到卡古桑，胸口就像被勒住了一樣。雖然我喜歡機械，但將來我一點都不想和機器人還有發電機扯上關係。無論它們是投注多少心力製造出來的，還是會被當成欺騙人類、傷害人類的道具來使用。我不想再將更多的機器人送到這個世界上來。

只有船了。我會想到這個，是某個和朋友在海岸偷偷抽著菸的週日下午。「沒錯，我就要朝造船前進。」我這突如其來的話嚇到了朋友。「不要一邊抽菸一邊急著決定未來的路啊。」

他笑著說，「對了，你考哪裡的大學？」「北海道。」我才剛從叔叔那裡聽到母親可能住在北海道。

但比起北海道，我之所以更要想去基爾讀書。因為我遇見了一位德國女性。她的名字叫漢默，是來我們高中教英語會話的，只來了一學期。漢默小姐就來自基爾，從美國的大學畢業之後，才剛在大阪一家公司完成了一年的研修。我們英語會話的能力比中學生程度還要差。如果只是文法，那不管是假設語氣也好、過去完成式也好，我都能清楚說明，可如果要實際進行會話，一旦被問到興趣是什麼，我光是要回答釣魚就得費盡全力。漢默小姐一聽到釣魚，便露出擔心的表情，說了些意見。雖然我不知道她到底說了些什麼，但我聽出了nuclear（核能）這個單字，所以我猜她或許是擔心我在這片被汙染的海域釣魚也無所謂嗎。我開始享受這種只能理解一部分意思的會話。

儘管如此，這仍然十分不可思議。如果被女生問說：「你的興趣是什麼？」我便害怕自己無論怎麼回答都會受到輕蔑，於是就會一臉不耐煩地回答：「怎麼可能有什麼興趣？又不是老頭。」之類的話。可是如果談話對象是漢默小姐，我會先被自己英文能力之差給嚇愣，無暇思考其他的事情。總之只要從嘴巴裡說出能夠被當成答案的單字，光是這樣我就有很大的滿足感了。原來如此，即使是這麼單純的會話也能從中獲得喜悅啊。

接下來的課堂裡，我們被問到將來想做什麼，同學們都好像想不起來其他的單字似的，全都回答「想當工程師」、「想當商人」之類的，但我想更認真地回答，便試著說出：「making ship。」她不太能理解這個答案，我想這不只是因為我的發音很糟，也可能是ship聽起來太像單字的尾巴了[8]。像是friendship、skinship，有各式各樣的ship。我應該要把船這個名詞變成複數形，又或者是要加上冠詞才行。最後漢默小姐終於理解我說的是造船業，她的臉瞬間亮了起來，對我說她故鄉基爾大學的造船學非常有名。不知何故，從那瞬間，我漸漸理解她所說的話了。到了下一週的課，我已經可以用英語向漢默小姐傳達我父親在製造機器人，甚至是我不喜歡ＰＲ中心的這些事情了。

我起初很想告訴漢默小姐這個地方各種大大小小的事情，甚至連當地中學生在背英文either的時候口訣是「（不管哪個都）好喲」、neither的時候是「（不管哪個都）別喲」[9]，這種事情我也花了好大一番功夫說明。全班同學都一臉驚訝。最驚訝的是我自己。在這之前我從不覺得自己喜歡學語言，也不記得成績有好過。然而從這個時期開始，我的大腦逐漸產生了巨大的變化。從前，腦中的大馬路就像是堆滿垃圾的排水溝一樣，可大雨落下沖走了垃圾堆，從山谷湧出的潺潺清水就這樣流遍每個角落。

漢默小姐在笑的時候，臉不會像在地女性那樣笑得整張臉都起皺紋，而是像假人模特兒那樣繃著。可能是因為她的骨骼更結實吧。皮膚冷冷地緊貼在上頭，體溫看起來也很低。

大學考試的說明會上，我拿了份海外留學的小冊子，那時我的胸口噗通噗通地跳，腸胃咕嚕咕嚕地動，突然就想要大便。不曉得是不是漢默小姐和班導說了我的事情，所以沒過多久，家裡就寄來了基爾大學的文宣。而且上面還寫著有獲得獎學金的可能。我小心翼翼地向父親開啟這個話題，他開心地笑到臉上滿是皺紋。「那很好啊。」他說了這句話。「你爸選了一個對這世界沒有用的工作。你就別做機器人了。」「對這世界沒有用是什麼意思？」「你還記得ＰＲ中心的機器人吧。」「卡古桑？我當然記得。」「卡古桑對孩子說的那些事情啊，全都是騙人的。機器人才有辦法面不改色地說謊啊。」

從前的人要到海外去都是靠飛機，但對於已經澈底愛上船的我來說連一點羨慕的感覺都沒有。我搭上從新潟港出發的大型輪船，途經上海、香港、新加坡，等到了要在印度的港口停留三天的時候，因為已經許久沒有用鞋底感受大地，前一天晚上我還期待得睡不著覺，可是當船通過蘇伊士運河，駛進地中海，最後終於要抵達馬賽港的時候，我卻又因為要和船艙道別而難受得被淚水模糊了視野。母親離家出走的時候我明明沒有哭，卻在這種時候哭了，實在好奇怪。

我只記得一句法語：「請問車站在哪裡？」我重複問了好幾次才好不容易抵達車站，而後在巴黎和漢堡轉車，最後抵達基爾。當然沒有任何人來迎接我。我給路上行人看那張寫了地址的紙條，又好不容易才抵達了學生宿舍。書桌上放著大學校園地圖以及說明會的時程表等文件。

要確認哪間教室在哪裡，還得買齊必備的課本，光是這樣就無比累人，所以等一切準備妥當之後，我早已變成一個能夠以此為榮的坦率之人。我的人格設定在基爾被重新啟動了。從前那個總是冷嘲熱諷、容易受辱、愛鬧彆扭的年輕人已經消失得無影無蹤。

不久後，語言的密集課程開始了。我同時間也去旁聽專業課程。像是機械工學入門之類的課，只要看課本上的插畫，課程內容很好預測，倒是在語言的課堂上，那些從北歐和東歐來的留學生德語程度非常好，所以我只能在新語言之海中使勁全力泅泳，一點喘息的餘裕也沒有。就連回到家之後我也會拿出語言課本，拚命將裡頭的文章吞下肚，並反芻好幾次直到深夜。我曾聽說，嘴裡一直嚼著米的話就會變甜，還會發酵成酒，而語言也是一樣的。我沒有因消化不良而肚子痛，反而是以一種陶醉的狀態度過最初的一年。如果有人問我的名字，我就回答須佐之男。

有個名叫「狼」的男人跟我上同一堂課，某天，他向我搭了話。當然他的本名不是狼，是沃爾夫，但我在心裡總是稱呼他為狼。喜歡森林嗎？他問。喜歡。我回答，但老實說，我從未思考過我對森林的愛。他邀我騎自行車去森林，我說沒有自行車，於是他弄來了一輛二手的登山車來給我。在我的故鄉，沒有任何人會在週末騎自行車去享受大自然。如果是邀女生開車兜風，或是和朋友在山裡聽音樂抽菸喝啤酒，那還說得過去，但「享受大自然」這種想法壓根並不存在。

我和狼會一起騎著自行車在森林的蜿蜒道路上奔馳，或者是脫光全裸，邊大聲喊著邊嘩啦嘩啦地跳入冷到彷彿要劃破皮膚的波羅的海裡，又或者是在河邊假裝釣魚，但即使什麼都沒釣到也不生氣，回程就在附近農家買香腸，到狼的友人的院子裡烤來吃。不知不覺間，只要我開口，從嘴裡飛奔而出的就都已是德語了。

大學的課程都跟專業領域有關，所以男生比較多，女生比較少。我漸漸習慣之後，才仔細看他們每個人的臉。沒有人會穿裙子。有位個子較小、身形緊實的女孩叫作安可，她經常偷偷往我這裡看，於是我便試著向她開口。安可只和我短短聊了幾句，立刻就邀我去咖啡廳。接著又邀我去看電影，等我注意到的時候，她的嘴唇已經近在咫尺，連內衣都已經脫掉，於是不知不覺間，她就成了我的女朋友。

我在高中的時候曾經煩惱自己是不是個異常的人類，但是自從和安可相遇，我才漸漸感覺到自己和周圍的人完全沒兩樣。這或許也是多虧了性激素在我體內劇烈奔流的緣故吧。即使是機器人，如果其中不是電流而是液體在流竄，那麼我想這也會是機器人的一大進化。當我回過神來，我已經成為了喜歡大自然、喜歡與人說話、擅長語言、能毫不猶豫問女孩子「今晚要做嗎？」的年輕人了。

安可的老家在胡蘇姆，所以在基爾時她都一個人生活。某個週日，安可拜託我做味噌湯與餃子。安可將味噌湯含在嘴裡，慎重其事地吞下，接著閉上雙眼，鼻子朝向天花板，性感地說了聲：「感覺真好。」她大力地咬下餃子，卻因那意外柔嫩嫩的口感而有點失望，好像不知道該怎麼咬才好，但從餃子餡裡汩汩流出的湯汁滋味仍令她驚喜，不由得微笑了起來。對於茶碗蒸，她則說口感像布丁卻有魚的味道，因而有點困惑，但還是一鼓作氣地吃完，且只顧著吃，連紅蘿蔔與青椒的天婦羅都忘了稱讚。然而，讓安可自信滿滿斷定「這才是未來的滋味」的，則是壽司捲。安可開了一個壽司派對，招待她的女性友人來，並對我的廚藝感到驕傲。從前因為母親不在家，我經常做晚飯，但我並沒有喜歡料理的記憶。豈止如此，當時我還覺得別人家的母親都會做好吃的飯菜，為什麼我非得自己做不可，還有好幾次因此覺得自己有夠悲慘。晚飯我們叫做「下昏頓」，母親經常笑著說：「夜鷹哪會做下昏頓。」[10]

父親對我的料理不曾有任何褒貶。剛好，這跟我穿襪子方式、開窗戶的方式都沒有被稱讚過一樣，我也一直把料理之類的置於關心之外。然而交了女朋友後，我才理解到女人這種生物，只要做好吃的料理給她們吃，她們就會緊緊抱住你不放，父親從未教導我如此重要的事，想到這我愈發覺得氣憤。安可對我做的料理報以熱烈的掌聲，我則像獨奏樂手般鄭重地回禮道謝。

狼也喜歡我的料理，許多我做的壽司捲他都會邊吃邊坦率地嘖嘖稱讚：「真厲害，真厲害。」我與狼兩人對釣魚的熱愛不斷高漲，最後我們還拿到海釣執照，可以搭船到波羅的海上追逐耀眼的鱗片。我不再好幾個小時都盯著船的設計圖看，反而更享受搭船出海的樂趣。說不定我根本不適合大學也不適合造船。我在寫給父親的信裡面稍稍暗示了這件事，不過沒有任何回音。無論是寫便箋還是寫電子郵件，全都沒有回音。高中時期曾經一起揮灑汗水共享快樂時光的朋友們也音訊全無。他們肯定是已經把我給忘了吧。我在內心暗自覺悟：從此以後安可與狼就是我唯一的家人了。就像解除纜繩一樣把從前的人生澈底留在陸地上吧，我想要出航的念頭已經無比堅定。

安可曾經為了安慰我而對我說：「大家並沒有忘記你，是因是你的國家發生了大災難，所以才沒辦法和他們取得聯繫。」但我豈止沒有被安慰到，反而是被話多的安可給鏟起了心中不安，於是氣急敗壞地吼道：「別再跟我說這些！」

我還沒決心要休學，所以先提出了延長獎學金的申請，但是因為缺課太多而被回絕了。

寒假時我到搬家公司去幫忙發傳單，但光靠這點錢是無法將銀行帳戶從赤字的深淵裡打撈起來。如果找不到能賺更多錢的工作並繼續半工半讀的話，大學就沒辦法畢業了。狼從入學起就沒靠過父母的支援也沒有拿過獎學金，我於是找他商量。「打工的話我可以介紹好幾個給你，但我們何不兩個人一起打拚做事業，賺大錢？」他這樣提議，似乎從以前就開始暗中計畫了。「我要開壽司店。其實我在胡蘇姆開餐廳的叔叔過世了，我繼承了他的店面。」

安可立刻贊成我們搬去她老家所在的胡蘇姆。安可的父親也出資，於是那老舊的餐廳搖身一變，成為了時髦的壽司店。

「壽司店」這塊招牌令人耳目一新，實際上要輕鬆點些豬肉料理也行，於是我們的店立刻就順風順水地經營起來。在這段期間，我明確地放棄了往造船相關領域發展，並決定和懷孕的安可共組家庭，以及努力磨練自己的廚藝。我成為壽司師傅並非透過修業，而是只靠書本上獲得的知識來捏壽司，所以在專家的眼中肯定會有一些令人瞠目結舌的錯誤。然而，除了我捏的壽司之外沒吃過其他壽司的客人，卻不曾有過任何抱怨。我很快就習慣了在胡蘇姆的生活。

事情就是發生在那樣的日子裡的某一天，我從常客那裡聽到了傳聞，說鎮上將會有大規模的示威活動。我於是翻閱報紙，才看到上面寫著有位從安達盧西亞來的鬥牛士將在足球場舉辦鬥牛，所以自然保育團體計畫一場大規模示威活動，抗議虐待動物。據說還有好幾輛巴士會從漢堡將示威遊行參與者動員來這裡。

我不知為何忽然很想看鬥牛，於是立刻訂了狼和我自己的票。當天，城鎮從早就瀰漫著忐忑不安的氣氛，到了會場附近，道路都十分壅塞，難以前進。

一進入會場，我大概因為太興奮了，眼前景象看起來就像火花一閃一閃地散落，呼吸也加速，好幾次都必須把逐漸遠離的意識拉回來才行。狼在一旁，表情陰沉地嘟囔道：「我都不知道你居然喜歡鬥牛。是因為有牛我們才能吃到起司跟奶油欸。要把這麼重要的動物殺掉，還只是為了遊戲。我真不敢恭維啊。」狼所說的話，再正確不過了。我別過了自己那張因羞恥心而熱燙的臉。腦海中浮現的是牛低下頭直衝，將牛角插進鬥牛士大腿的畫面。對了，我今天是想來看鬥牛士被鬥牛殺死的情景啊。這樣的話，住在我體內的鬥牛士也會死去吧。只要他還活著，那就算結了婚，我也不曉得自己對會安可和即將出生的小孩做出怎樣可怕的事。

我滿腦子想著這件事，忽然一名女性從我眼前走過，她穿著鮮紅色的裙裝，姿勢端正，皮膚雪白，一頭及肩的黑色鬈髮。她不正是我少年時第一次為其注入生命的那尊機器人嗎？若我現在錯過，可能一輩子再也見不到她了。我騙狼說要去廁所，然後跟在那女人後面。她的裙襬很長，又穿著高跟鞋，但腳步卻驚人地快。我游泳似的將人海推開趕路，以免跟丟了那紅色絲綢與黑色鬈髮。女人看起來像在找人，但不一會，她冷不防地往出口走去。前方有人群哄然湧入，幾乎就要跟丟那女人的背影了，我跑了起來，莽撞地轉彎，可那一瞬間，我竟撞上了站在眼前的她本人，我們抱在一起倒在了地板上。

她似乎扭到了腳踝。我攙扶她坐上長椅，然後坐在身旁。她用英文告訴我，她是住在亞爾的舞者，上週每晚都在胡蘇姆的酒吧舞臺上表演，等下就要回家去了。她的藝名是卡門。我懇請她告訴我她的住處，她則報以濃稠的笑意口述給我聽。我沒帶任何可以拿來筆記的用具，所以拚了命地背誦著。結果最後，她的腳踝好像一點事也沒有。

從那天起，我像是得了熱病。安可愈看愈像一個遲鈍又無聊的女人。即使我想著孩子出生以後就當爸爸了，卻也只感到煩心，毫無喜悅之情。為什麼母親要拋棄我離家出走呢。只要無法解開這個疑問，那麼就算和安可結婚，生下自己的小孩，那也一點意義都沒有。與其如此，我更該去追求卡門。我要緊緊將卡門抱在懷裡。如果卡門是為我而造的機器人，她的身體肯定又硬又冷吧。我甚至希望她是如此。

我澈底被卡門這個幻想給攫獲了。每天早晨打開眼皮的第一件事，卡門的名字就會化為文字浮現在眼前。我想要洗把臉，擦去那名字，可是當打開水龍頭讓水嘩啦嘩啦地流，在那勢頭強勁的水柱裡，卻看見了卡門的臉，讓我很難洗自己的臉。在牙粉裡，在紅茶冒著的熱氣裡，在麵包上塗著的草莓果醬裡，卡門都在。這或許是一種病。我還曾因為想著這事想到出神，等打火機的火燒到袖子了才回過神慌慌張張地滅火。狼問我在煩惱些什麼，我難道要說自己想拋棄安可、移居亞爾？這怎麼能開口。

在那樣的日子裡，某個傍晚，我心不在焉地走在路上時，看見一輛法國車牌的大型卡車停在路邊。因為車頂上裝了兩個機器人的吉祥物，所以相當顯眼。司機在街角的小書報攤買菸。我鐵了心，用英文問：「如果你要去法國，能順路載我嗎？」對方爽快地點頭。我搭上車後才知道是為什麼：司機是個話癆，需要聽眾。他一開始說法語，我用英文說自己不懂法語，他便立刻切換成英語，然而他只是繼續如火花般揮灑著他所知的英文單字，串連著單字與單字的絲線則完全不存在。不知不覺間他又回頭說起法語。我不再請他說英語了。我不時點點頭，以為這樣就好了，然而並非如此，當司機剛講完某個戲劇性的故事，我的反應很淡，他便用力抓住我的手腕搖了又搖，嘴裡不斷重複著大概是這樣的話：「喂，怎樣，這個故事很驚人對吧。」我回了聲：「很驚人。」便帶著驚嚇地睡著了。

終於抵達巴黎的時候，司機已經將他法語的獨特韻律搓進了我腦中，就連下了卡車以後仍然持續嗡嗡鳴響，只有韻律，沒有內容。那男人講了一整晚的話。很可能就是這個夜晚，刻在我大腦底部的紋路，之後成了記憶法語的地盤也說不定。

靠著搭便車，我千辛萬苦來到亞爾，並把卡門告訴我的地址給路上行人看，雖然聽不懂他們的話，但每次我都朝著他們手指的方向前進，走著走著就來到了郊外，房屋稀疏，也已經無人可問。明明已是傍晚，但太陽還是毫不吝惜地灑下光芒，就連快要崩塌的白色牆壁看起來也變得美麗。牆上綠藤有如攀附著一條長長的綠蛇，周圍則是盛放的紅色玫瑰。我找到了跟卡門告訴我的一樣的號碼，於是潛入門內，直接進入庭院，裡頭有一個戴著黑帽的高大男人正坐在玄關的石頭上抽著菸。我在找卡門、我想見卡門——我想這麼說，但實際上只以一種奇妙又熱情的口音發出了「卡門」這個名字，剩下的話全被堵在喉嚨裡。男人猛烈地從鼻孔呼出菸氣後便站了起來，一把抓住我的領口把我拎了起來。我呻吟著，腳趾在半空中晃來晃去，男人又把我摔到了地上。這個時候，房子正面的門開了，卡門從裡面走了出來。她一看見我，鼻孔就撐得大大的，那兩片塗得鮮紅的嘴唇開始發出華麗的笑聲。卡門那張曾讓我以為是冰冷機器人的臉，竟有著發自羞恥、期待、驚訝、同情等種種人性造成的扭曲。我立刻對卡門大為反感。卡門像是把我當笨蛋似的臉上掛著笑，向那個男人解釋了些什麼。男人一聽，只見他的眉毛揚起，下一秒，鞋底就踩了下來，踩在我的胸上，肚子上，我的眼前一片漆黑。

等我醒來的時候人已經在醫院了。護士說的話聽起來就像樹葉沙沙作響。醫生則像是電影演員一般的美男子，他彷彿對自己的醫術過分自信，什麼也沒問我，只像是個修理機械的熟練工人，在身上東弄弄西弄弄地施加治療。出院的時候，沒人要我付治療費。可能是卡門偷偷替我付了吧。

出院後，重回到亞爾鎮上，我卻無處可去，但更無心回到胡蘇姆，於是就貿然進去第一家撞見的餐廳洽談，雖然用英文能溝通的有限，但靠著比手畫腳，事情也就談妥，他們同意讓我留下幹活。後來我才知道這間店賣的是巴爾幹料理，口碑不錯，但我做的事情都與料理無關，比如把好幾箱疊在一起的蕃茄木箱跟裝在黃色大網袋裡的洋蔥從卡車上卸下運到地下室，或者是洗碗，或者是刷亮湯鍋和平底鍋，或者是在打烊後擦地板，總之是盡讓我做些從其他大陸輸入的廉價勞力在做的事情。

我默默地一週上班七天，日復一日吃飯，睡覺，然後工作。過了幾個月之後的某一天，店長突然問我：「你會捏壽司嗎？」我沒有理由說謊，點了點頭，他便讓我搭車，載我去到城鎮另一頭的一家全新的店。那是店長的兒時玩伴向他提議入股的壽司店，才剛開幕，但開幕的三天前壽司師傅居然逃跑了。可是已經有很多客人預約，甚至還招待了媒體公關，所以無法在開幕當天臨時關門。他們匆匆忙忙找尋替代的壽司師傅，但也不是立刻就能找到。因為這樣的緣故，我才會如此倉促地被抓來。

這麼說，我才想起在應徵現在工作的這間巴爾幹料理餐廳的時候，他們說雖然只是雜工，但沒有護照、駕照或其他任何證件的話無法錄用，於是我就給他們看了我在胡蘇姆的壽司店工作時當地報紙的報導，那報導還附上照片。店長應該是記得這件事吧。

壽司店很快就流行了起來，老闆十分滿意，介紹我去的巴爾幹料理店長也頗為得意，最後我得到了相當不錯的薪酬。但即使我獲得了一疊乾巴巴的鈔票也毫無喜悅，只是隨隨便便放到塑膠袋裡，然後就塞到床墊底下去了。之所以憂鬱，應該是從我注意到自己無法開口說話開始的。我並非失去了語言。身邊的人講的話我能夠理解。送餐的學生把頭探進廚房叫道：「今天有烏賊刺身嗎？」「散壽司是不是還沒好？」「追加兩碗味噌湯。」這些我都能聽得懂。在巴爾幹餐廳，我也自然而然地記得了一些簡單的法語，能理解那些意思。然而，如果我想要模仿那些聲音說出話語，卻發不出聲音。至於我從前會說的德語，也同樣說不出來了。

我是如此沉默寡言，逐漸沒有人在意了。我不會在客人面前露臉，只會在廚房磨菜刀、洗米、剖魚、切黃瓜、捏壽司。我大概在傍晚五點左右進廚房，然後一路工作到深夜，中間沒有休息。回家之後，我會打開撿來的電視。電視的收訊太差，可就算畫面被整片雜訊的沙塵暴覆蓋也無所謂，我會放空看著畫面直到有睏意，然後逕自睡去，連房間電燈也不關。早上大概都是十點左右起床。咕嚕咕嚕灌完水後，然後什都不帶地在鎮上閒晃。也許因為我的工作是替他人做料理，所以我對自己的吃食毫不關心。租借的房間裡完全沒擺放任何食材，就連湯鍋和平底鍋也沒有。進入廚房以後，我會像小鳥一樣啄食黃瓜的尾端、海苔捲兩側的邊料，只靠這樣來滿足食欲。曾有個客人這樣說。在印度，有行者光靠吃空氣維生。自從聽了這話我就牢記在心，每次到鎮上去，都會盡可能吃下大口大口的空氣。

城鎮裡我最喜歡古羅馬的戶外圓形劇場遺跡。正式名稱叫作「amphitheatrum」，不過我都稱呼它為「寂靜的漩渦」。石造的觀眾席如漣漪似的著層層包圍圓形舞臺並朝向外側緩緩高昇。每當我看著那沒有任何人的舞臺都想著：太好了。沒有任何秀在上演，真是太好了。我一點也不想看一身結實肌肉的奴隸在裸體外覆上鎧甲與獅子戰鬥。如果我生在古羅馬，一定也是那些奴隸當中的一人吧。一定是的。還是，我會是個小氣的廚師，因太想看奴隸被獅子咬碎而蹺班偷偷溜進劇場呢？

我喜歡從最高的觀眾席向劇場外俯瞰那些並排的房子。那些以石塊堆砌而成的樸素家屋，即使表面已經快崩裂、剝落，但建造之初那股堅信「這就是家，幾百年後也會有人在其中生活」的想法，如今仍方方正正地遺留在此。

城鎮灰色的景色若從高處望去，才會看見屋頂偏紅的顏色，因此給人一種溫暖的感覺。這種暗橘色混著粉紅色的顏色有個精準的單字能夠指稱，我好像曾在哪裡聽過一次。鮭魚色，桃色，煉瓦色，明太子色，明太子叫 tarako，tarakotta，terracotta（赤陶色）[11]。這聲響真好。雖然我這麼想，單字卻並未化作聲音從我的口中發出。

我開始往下走，從坡度平緩的戶外圓形劇場遺跡高處一層層往舞臺前進。觀眾席、通道、舞臺，全都是灰色的石塊。縱使無法從灰色中逃脫，但若灰色能這樣溫柔明亮，那比白色要好太多了。

那天，我看見一名女性兀立在戶外圓形劇場的舞臺上。每靠進一步我的心臟就跳得愈快。我曾見過母親年輕時的照片。我記得那是她去羅馬旅行時在羅馬競技場拍的照片。側臉好像。女子沒有注意到我，逕自轉身向右，離開了那個地方。不只是側臉，後頸，擺動手腕的方式，腿部線條，這些全都好像母親。

莫非是拋棄了我的母親追到亞爾來了。母親的年紀應該已經相當大了，為何依舊那樣年輕？這麼說來，店長也曾對我說過。「你到底幾歲？跟從前的照片比起來完全沒有變老啊。難道是時間停止了嗎？」

那天傍晚，還沒開始營業，就有一名高個子的女客人闖進店裡。即使我指了指招牌，上面寫著六點開始營業，但她也沒有反應，只是一直盯著我的臉看。「有位Ｓｕｓａｎｏｏ先生在這裡工作嗎？還是您就是Ｓｕｓａｎｏｏ先生本人？」她忽然用德語這樣唐突地問道。

我從來沒被陌生人這樣當面問自己的事，因此有些不知所措，用了奇怪的方式點頭，像是脖子壞掉的機器人要把頭轉半圈那樣。的確，現在若有人問我名字，我還是會自稱須佐之男，但那在我心中都是用片假名寫的須佐之男（スサノオ）。然而此刻第一次，有個與片假名無關的人居然正在呼喚我的名字，我的名字已變貌為字母。

「抱歉自我介紹晚了。我叫娜拉。我是從南努克那邊聽到您的事情。這樣說您可能也不知道，不過，從前和您在胡蘇姆一起開壽司店的沃爾夫先生，您還記得吧。他的兒子，然後是孫子，繼承了那間店。叫南努克的那個人曾經在那間店工作過，他後來曾經待在我家一段時間。」一聽到沃爾夫，腦海裡就浮現了狼的笑容，我的胸口像是被螺絲起子插入般地疼痛。螺絲起子再這樣繼續轉動下去，螺絲就會鬆掉，厚重的鐵門將被開啟。

「您肯定還記得沃爾夫先生吧？我是從南努克那邊聽說您人在亞爾。至於我們來拜訪您的理由，就讓Ｈｉｒｕｋｏ直接跟您說吧。她好像還沒到，是吧？」睽違已久才又聽到的德語，咚咚咚地在外面一直敲打我的心門。我不知道怎麼打開。我在自己的家中迷了路，到不了門邊。儘管如此，母親為何要拋棄我離家出走呢？這位名叫娜拉的德國女性，面對一味不知所措而不出聲的我，竟毫無焦急之情，只說道：「我沒打算催您。我也知道現在還沒有開始營業。今晚，南努克跟Ｈｉｒｕｋｏ會來這間店。阿卡西和克努德應該也會來。就這樣，我先去飯店check in之後再過來。」不等我回答，她就走出店外。她所說的德語，我沒有任何不理解之處。我果然並沒有失去語言。只是無法出聲而已。

儘管如此，為什麼會有這麼多人要來拜訪我呢？而且淨是不認識的人。那個叫南努克的好像是狼的孫子的朋友，但那個娜拉是南努克的太太嗎？叫阿卡西和克努德的，是他們的小孩嗎？另外還有一個人，一個名字令人懷念的女人。她是叫什麼來著？不是塵蟎也不是跳蚤也不是蒼蠅，但是個害蟲的名字[12]。

我進入廚房，準備工作的時候，店門又響起激烈的敲門聲。起初我假裝沒聽見，但是來訪者並不放棄。沒辦法，我只好去應門，門前站著一名青年，他有張貌似印度人的臉孔。不知何故他穿著紅色紗麗，做女裝打扮。即使我指了指招牌，上面寫著六點開始營業，但青年眼睛眨都不眨一下地直直注視我的雙眼。「有位Susanoo先生在這裡工作嗎？還是您就是Susanoo先生本人？」他用德語問了和娜拉一樣的問題。我點點頭。「娜拉已經來過了嗎？」第二個問題我也點點頭。「娜拉現在在店裡嗎？」對此我搖了搖頭。「娜拉在哪？」被這樣一問，我用手指著馬路的對面，那青年忽然像是想到了什麼，輕快將他那又長又優雅的手指伸向我的腹部。「忘了打招呼。我叫阿卡西。」他歌唱般地說道。

注釋

1 譯註：此處為基本招呼用語的諧音。「綳住」諧音法語「bonjour（意為你好、日安）」；「關門打老虎」諧音「comment allez-vous（意為你好嗎）」。原文中是用「盆汁」、「胡麻んダレ」二字來表達諧音，此處翻譯直接改用中文裡的諧音詞。

2 譯註：在日文中「喉仏」是喉結的意思，但此處的日文原文寫成「喉の仏様」，刻意將單字拆解並強調了「仏様（佛陀）」，既是文學性修辭，也讓人聯想起前面故事中出現的佛陀意象。考量到作者用意，此處中文採直譯。

3 譯註：原文為「ぎりぎり（音girigiri）」，日語中「髮旋」一詞較古早、方言的說法。同時這個詞還有「勉勉強強、差一點」的意思；後文的原文中也是用這個詞，但為求同時表達原文的音與義，所以譯文中有加以調整、轉譯。

4 譯註：機器人的「robot」一詞源於捷克語「robata」，本意為受奴役、被強迫的工農。此詞最初出現於捷克科幻作家卡雷爾・恰佩克（Karel Čapek）於一九二〇年的劇作《羅梭的萬能工人》（*R. U. R.*）。

5 譯註：日文中「核」音為カク（kaku），即機器人卡古桑（カクさん／kaku-san）名之由來。另，福井縣亦有數座核能發電廠，可與後面的劇情相互參照。

6 譯註：《古事記》是日本現存最古老的歷史書籍，同時收錄有日本神話傳說，約完成於八世紀初。

7 譯註：國粹主義廣義而言，即民族主義（nationalism）的日譯語之一；狹義而言則更強調日本文化、傳統相較於西歐文明的獨特性，並強調擁護天皇。

8 譯註：這裡有玩弄諧音的用意在，原文刻意把「字根」寫成「單字的尾巴（言葉の尻尾）」，是因為「尾巴（しっぽ，shippo）」的發音接近於「ship（シップ，shippu）」的日文發音。

9 譯註：福井縣當地方言裡，表示同意的「好（いいよ）」的說法是「いいざ（あ）」，音近於either；表示否定的說法是「ねえざ（あ）」，音近於neither。

10 譯註：福井方言的晚飯為「よだがり」，與「夜鷹（よたか）」諧音。

11 譯註：這些顏色都是日文中實際存在的顏色稱呼。原文在此是表達先透過相近的顏色聯想，之後再由諧音想到答案（從明太子的日文たらこ／tarako聯想到terracotta，中間的tarakotta只是聯想的跳板，並非既存單字）。

12 譯註：Ｈｉｒｕｋｏ寫成日文假名為ヒルコ，即日本神話中的水蛭神。日文的水蛭也叫作ヒル（音hiru）。

第九章　Ｈｉｒｕｋｏ說（三）

「您」[1]這個字從我的嘴裡衝出。看見替我開店門的男人的臉的那一瞬間，我想不到其他的話。說出口之後，我才感覺到一種首次使用不熟悉的話的困惑。「您」到底是哪位？

男人眼睛睜得大大的，像是要盡他所能將突然造訪的我給全身上下看個仔細，然而似乎不是對「您」這個自本身的反應，而是更驚訝於我的臉孔。

「你」這個字接著從我的嘴裡跑出。這次對方的臉稍微有了點反應。「你」這個字好像觸碰到了男人心裡的某個地方。至少我是這樣以為的。

「你的臉，我在哪裡見過。好懷念。」

雖然是我自己說的話，但「懷念」這個字像是霧做的，在那片霧裡，我踏著不穩的步伐蹣跚徘徊著。我在說我自製的泛斯堪時，腳步則更為確切。如果是泛斯堪的話，我會用「逝去的時間很美味，好想吃」這種表現來代替「懷念」這個說法。那種表達方式更容易理解。

男人讓我進到店裡，但是一句「請」或「還在準備中」都沒有說。

「是Ｓｕｓａｎｏｏ先生，對吧？我是Ｈｉｒｕｋｏ。雖然初次與您見面，但總覺得像是從前認識的朋友似的。」

男人沒有回答，但也沒有離開的意思。

「為什麼都不說話呢？」

話一說出口我便立刻後悔了，這聽起來可能有點像是在責備。

「從前流行過一首歌叫〈想聽你的聲音〉，還記得嗎？」

我勉強說了些蠢話。他依舊毫無反應，於是尷尬再加深一層。

「你的聲音，我很想聽。我也想聽聽你的聲音呀。你的聲音，讓我聽一聽。聲音，我好想聽。好想聽，聲音。」

我加以變奏，但哪種說法感覺都不對。Ｓｕｓａｎｏｏ靜靜觀察著慌張搜索詞彙的我。此時我突然想起了身為愛斯基摩人的南努克。南努克的發音很新鮮。還記得他在說「初次見面」的時候，「初」劃破了空氣，「次」接近於「赤」而更帶有熱度，「見」之後留有停頓，最後的「面」像是畫了一個圓弧般滑順地溜進耳裡。南努克吐出的所有單字，聽在我耳裡都帶著一種前所未有且不可思議的聲響。即使知道南努克並沒有與我共享母語，我卻一點也不失望。我反而覺得母語怎樣都無所謂了，只要存在著南努克這個有獨特發音的生物，並且與我這個有獨特發音的生物相遇，這件事實才更為重要。

如果說愛斯基摩人南努克是假扮的同鄉人，那麼現在在我眼前的Ｓｕｓａｎｏｏ，就是同鄉人本尊了。然而這個本尊不僅沒有對我說我懷念的話，就連我不懷念的話也不對我說。既然如此，我只希望他能和我說話，說什麼語言都好。英文也好，蛇的語言也好，就算只是在口中發出嘶嘶嘶的聲音，也足以讓我覺得獲得了他的話語。抑或是像烏鴉那樣啊啊叫也很好。啊是ㄇㄚ媽的ㄚ。光是這樣意義也就會由此萌生。可是Ｓｕｓａｎｏｏ依舊像岩石，沒有成為動物。而我，則是撞上那岩石後破碎的浪。

「你不說話。你沉默。你是下定決心什麼也不說嗎？我不想要強迫你。我也不想批評你。如果你反過頭來問我人類為什麼非說話不可，我可能也回答不出來。但是，如果你的默不作聲一直這樣下去，不就跟死亡緊緊連在一起了嗎？想像一個有幾萬人生活的島，但大家彼此都不說話。有食物，有衣服，甚至有遊戲，有色情電影。但是一旦居民失去了語言，就會一個一個冷清地死去。」

說完這話，我激動地眨了眨眼。彷彿是希望這樣就會轉場，然後會有另個完全不同的Ｓｕｓａｎｏｏ出現。但在我眼前的仍舊是那個沉默的人。

Ｓｕｓａｎｏｏ究竟幾歲了呢？因為沒有話語引動著臉上的皺紋，所以他的皮膚光滑平坦，可是我記得據南努克所說，Ｓｕｓａｎｏｏ應該相當於雇用他的經營者的祖父才對。如果他是年輪已增生那麼多圈的人類，被我這樣的黃口小兒稱呼為「你」，肯定會被觸怒的。那種該使用敬語的感覺忽然重新浮現，我於是又換回了「您」。

「您與貴友在德國經營過壽司店，這是我從南努克那邊聽來的。」

即使聽到南努克的名字，對方的臉也完全沒有反應。仔細想想，Ｓｕｓａｎｏｏ不認識南努克也一點都不意外。換言之，我們之間甚至沒有共同認識的人。

「總之，先坐下來吧。」

聽到坐這個字，對方的身體才第一次有了微微顫動的反應，他將右手伸向椅背，彎下身子，屁股緩緩地降落。

我們面對面坐下，緊張也稍微緩解了些。久違用母語展開的對話應該要很棒才對，必須要很棒才行，我擅自這樣認定，而這種認定會變成壓力，反倒可能讓對話無法成功進行。我聳了聳肩，又左右轉動一下肩膀，告訴自己：放輕鬆，放輕鬆。俯拾即是的閒談，就像在牙醫候診室和旁人的聊天，我讓自己保持著這樣的心情。結果，這樣的臺詞便順暢無阻地從口中跑了出來。

「這也是我從南努克那邊聽到的，據說您是從福井來的是嗎？真好，福井。我的故鄉是新潟。不過沒有人會叫新潟，都稱呼為北越。因為大家都說縣名是個謊言。縣不過就是國的零件，零件壞了就只能丟掉，所以大家就放棄當縣人，想當一個真正的那個地區的人。應該是這樣吧。您的故鄉又是如何呢？還會叫福井嗎？話雖如此，可如果拋棄了有幸福的福字的縣名，那好像也會被幸福拋棄，這樣會很不安吧。福這個漢字的部首，聽說是一個置物臺的形狀，上面會擺獻給神的祭品。而旁邊的字形，則是酒桶。從前有習俗是會把酒獻給神。您還記得miki（神酒）這個字嗎？kimi（你）顛倒過來的miki（神酒）。獻給神的酒。話說回來，您這間是壽司店對吧，店裡也會賣酒嗎？」

沒錯沒錯，我記得念中學的時候，也會跟女生朋友這樣天南地北編織話題，好開心。一旦找到線頭，接下來就只要一直順著往下拉，線就會接連不斷跑出來。想講的話有好多好多，不是我要開口，而是只要說著說著，話語就會呼喚話語，一發不可收拾。在那段時光，就算不看電影、不玩電腦遊戲，光靠聊天就好開心。

Ｓｕｓａｎｏｏ什麼話都沒說，可看上去也沒有不快。說起來，以前班上也有個男生是這樣。那男生的臉蛋很漂亮，他雖然不說話，但是會待在一群聊天的女生外圍，默默傾聽著。或許Ｓｕｓａｎｏｏ以前也是這樣的男生吧。也或許他聽我說話會覺得很開心。這樣一想，我心情就輕鬆了些，還差點就得意忘形說出：對了，八代先生最近如何，過得好嗎。我根本就沒有認識任何一個叫八代先生的人，而且我和Ｓｕｓａｎｏｏ之間也根本就沒有共同認識的人。但是我忍不住就好想講「某某先生最近如何，過得好嗎」這句臺詞，而這句話的韻律感讓我覺得「八代先生」這名字恰好適合。嗯，他前陣子身體有點不舒服，但是我上個星期見到他的時候，看起來狀況還不錯──如果對方這樣回答、只要他這樣回答，我就會有一種安心感，覺得從前曾流經的時間現在仍然持續流動著，雖然不敢說會流動直到千秋萬代，但至少感覺能再持續個十年左右吧。所以啊，只要能用運動社團前輩啦、同學會啦、同事啦、婚禮啦等等這類單字來編造八代先生的傳聞就好了，但如果聊這個不存在的人聊到生氣的話，那反而會被空虛感淹沒吧。八代先生不存在，八國先生不存在，八谷先生也不存在，這樣羅列下去的話會排到哪裡去呢？這時候，我的腦中浮現了一個挺起了胸膛、腳修長、脖子細長的美麗姿態。我和Ｓｕｓａｎｏｏ之間確實有一個共同認識的人。是鶴。

「還記得嗎，有個掉進陷阱裡的鶴的故事。那位出手相助的青年真是個好人呀。他沒有錢，獨自生活，靠著幫人耕田獲得回報，人家會分給他一點點雜糧，他也會去撿柴、撿猴板栗，努力過活。我記得是這樣的。某天突然有個年輕貌美的女性來訪，說要當他的新娘，他嚇了一大跳。因為這貧窮的男人住在窮鄉僻壤，怎麼會突然有個年輕的女性來這裡呢，真令人不敢相信，不過他還是很開心地將她迎進家門，但這時候他怎麼樣也沒想到，那女人竟是鶴變身而成的。不只是狐狸跟狸貓會變身，鶴也會喔。在那樣的國度裡，沒有動物不會變身的。鶴躲在後面的房間織布。她告訴丈夫，在她工作的時候絕對不可以進房間。這是為什麼，您還記得原因嗎？因為鶴會變回原本的模樣，一根根地拔下自己身上的羽毛，然後在織布機上將那些羽毛織成美麗的布。」

我故事說到這裡，Ｓｕｓａｎｏｏ的肩膀忽然一震，眼中彷彿想要訴說些什麼。

「怎麼了？有什麼詞讓你很在意嗎？」

我以研究人員的冷靜態度提問，但Ｓｕｓａｎｏｏ沒有回答。我將可能是鑰匙的單字一一列舉。

「受傷，鶴，貧窮，青年，女性，結婚，織布機。」

聽到織布機，Ｓｕｓａｎｏｏ抽搐了一下。

「織布機，它讓您想起了什麼嗎？」

Ｓｕｓａｎｏｏ以懇求般的眼神看著我，但他看起來不像是在思索詞彙，而只是恐懼著。

「您對織布機有些回憶吧。」

織布機收集著Ｓｕｓａｎｏｏ的記憶絲線，開始喀噠、啪噠地織了起來。記得小時候社會課的校外教學，我看過古代的織布機跟用電發動的最新型織布機，但當時沒有說明那是怎麼運作的。對我來說，那完全是陌生的物件。

「鶴呢？鶴的話如何？」

對Ｓｕｓａｎｏｏ來說，「鶴」似乎不過是單純的音節而已，他毫無反應。ㄏㄜ。賀。喝。赫赫。赫赫有名的人吃東西也要有規矩。規。龜。這些單音節的單字實在太過微小，無法找回我遺落的漫長歲月與近乎幻想的家鄉。[2]但是如果話語是一張巨大的網、是一張比大西洋比太平洋都還要巨大的網的話，那麼只要抓住一處往上拉，剩下的部分也會全部被一併拉起來才對。就算抓住鶴無法做到，那麼也可以換手抓抓看龜。

「還記得烏龜的故事嗎？從前某個地方有個貧窮的年輕漁夫獨自生活著。某一天，這位青年在海邊發現小孩正在欺負一隻烏龜，於是就把牠救了下來。」

說起來，出現在民間故事裡的誠實的年輕人，全都貧窮又單身。在他們附近甚至沒有年輕女性生活的跡象。他們耕種貧瘠的土地，到深山裡撿拾柴薪，抑或駛著好像隨時都會沉沒的小船到沒什麼魚靠近的海域，用快要破爛的漁網捕魚，靠這些勉強維繫自己一人的性命。因為再這樣下去就會絕後，他們身上的探測功能開關就會自動打開，去探測與其他種生物交配的可能性。他們會覺得鶴啄理羽毛的姿態很性感、看到魟魚就聯想到裸身少女跳舞的身形，也都是因為這個原因吧。他們醉心於動物的性感，又因為肚子太餓而意識模糊，最後恍恍忽忽忘記了時間，就這樣悠悠地被帶到另一個次元。該不會Susanoo也是被女性的異種給誘惑才來到亞爾的吧？

「龜，龍宮城，浦島太郎，玉匣。」

Susanoo對這些詞彙都沒有反應，但相較於我吐出的這些詞彙，我這個人的存在感似乎在他眼中逐漸變得鮮明起來。

「我是因留學才來到歐洲的，但不覺得自己變老了。那大概是因為，我脫離了社會的時間框架的緣故吧。不是有很多人會以身邊的人為基準，來衡量自己的時間嗎？像是參加姊姊的婚禮之後會覺得接下來就輪到自己結婚了，或是生了小孩之後就覺得屬於媽媽的世代了，又或是在同學會上看見老同學的白頭髮，才驚覺自己也老了。像是這樣的事情全都消失了。您不也是如此嗎？在亞爾的生活，就跟在龍宮城的生活很像吧。有異國的女性跳著舞逐一出現在眼前、有不知名的花發出香氣令人陶醉、可以無所事事望著異國屋頂的磚瓦顏色而不覺得無聊，然而卻發現已在不知不覺間從每個時間之流中脫離，於是突然想要回家。」

我覺得Susanoo的臉上好像閃過微微的震顫。可能我的話語掠過了離他記憶非常靠近的地方。

「您有兄弟姊妹嗎？最近和他們聯繫過嗎？其實我也跟家人、朋友很久沒聯絡了，所以很擔心是不是發生了什麼不得了的大事。有個丹麥人跟我說列島已經沉了，叫我死心。可是，那種事情不可能發生的對吧。我出生的國家到底發生了什麼事情？至今我還沒有遇到任何人知道答案。或許不會有知道答案的人吧。就算無法立刻知曉全貌也無所謂。我只要找到能夠說話的對象就好了。我是因為這樣想才來拜訪您的。」

我現在正在說謊。來拜訪Ｓｕｓａｎｏｏ還有其他理由。至少我和克努德他們說的是其他理由。但是現在這個謊言聽起來就像真的一樣。

Ｓｕｓａｎｏｏ像是下巴掉了下來，脖子軸心斷了的人偶。他眨著眼，用令人可憐的眼神看著我的臉，彷彿要說些什麼似的。就是現在，Ｓｕｓａｎｏｏ，說呀，說呀，說呀。我已經將鏟子的尖端插進眼前的大石底下，然後撐起雙腳，腹部使勁，將大石抬了起來。要說了吧，Ｓｕｓａｎｏｏ，說！說！

然而到最後，石頭仍一動也沒動，Ｓｕｓａｎｏｏ又緩緩地被拉入沉默的土底。

克努德到底什麼時候才會來呢。和克努德在一起的時候，就算絲毫沒有共同的過往，也能展開對話。我只要扔出一個詞彙，就能丟進對方大腦的池中，確確實實激起漣漪，然後池水裡會跳出青蛙，噗通一聲躍入我的池裡。然後，池中的水草會劇烈晃動，原本躲起來的小魚會被嚇得到處亂竄。這個過程會同時浮現好幾件我想立刻說出口的事情，且實在是太混亂，會不曉得到底該從那件事先說起才好。在和克努德對話的時候，我用的是自製的、不完善的即興語言，然而話語會順著記憶狹窄的皺褶流動，沿途將微小的光點一個也不留地拾掇起來，帶到無法想像的遠方。泛斯堪是比母語還要優秀得多的交通工具。

Ｓｕｓａｎｏｏ是被怎麼養大的呢？可能他的父母也一樣沉默寡言，所以在成長過程裡他都不知道說話的喜悅吧。

「請問令尊在哪裡高就呢？」

我突然覺得使用敬語的自己不是自己了。這裡是龍宮城。少年模樣的Ｓｕｓａｎｏｏ，少女臉孔的我。沒有名字也沒有居所。沒有敬語的世界。窗外的光異常明亮。那是在斯堪地那維亞半島絕對見不到的、橙色的、酸酸甜甜的太陽光。我們站在神話的舞臺上。Ｓｕｓａｎｏｏ是個相當與眾不同的名字。兇狠、殘暴的青年須佐之男[3]，到處行使暴力令姊姊困擾，他剝了馬的皮披在身上，要脅織布的年輕女子，還用織布機尖銳的部分刺進女人的陰部殺死了她。與我同樣名叫蛭子的神明，是比須佐之男大好幾歲的姊姊。蛭子是伊邪那美和伊邪那岐之間最早生下的孩子，本該得到祝福的，但她卻不符合他們所期望的健康兒童標準，於是她就被放在葦船上漂流到大海。大家都認定她很快就會淹死在海裡，但是實際上她也可能漂流到大陸獲得幫助。至於為什麼會生下蛭子這樣的孩子，據說是因為女神伊邪那美先對男人伊邪那岐說了話語，誘惑他。但是身為女人的我如果不開口，那麼不管經過了多久，過去會被深深掩埋起來，而且從今以後的時間也渺茫無望。

這時，有某個人從廚房喊了Ｓｕｓａｎｏｏ的名字。然後有個少年從吧檯的對面探出頭來。他有一雙碧眼，頭髮像是被燒焦而蜷縮。他用法語說了些話。Ｓｕｓａｎｏｏ點點頭。他的日常或許就是像這個樣子度過，一點問題也沒有。工作必須的話語他全都能夠理解，能夠用舉止和行為來回應的話事情也就了結了。同事們大概也都認定Ｓｕｓａｎｏｏ因為法語講不好，所以沉默寡言。

這裡不是龍宮城。我才剛這麼想，微髒的鮮奶油色牆壁和廉價紅椅子閃耀的光澤就躍入眼簾。Ｓｕｓａｎｏｏ是壽司師傅，我是在開始營業前闖進店裡還講了一堆莫名其妙的話來找碴的奇怪客人。

「在開始營業前最忙碌的時候還來占用您寶貴的時間，實在是十二萬分的抱歉。可是，我們是來自同一個列島的對吧？光是這點，我想我們就有聊聊的必要。」

Ｓｕｓａｎｏｏ完全沒有反應。因此，我又一次地回到了先前的問題。

「請問令尊在哪裡高就呢？」

也許「令尊」這個疏遠冷淡的詞彙完全無法打中對方的記憶。Susanoo會怎麼稱呼他的父親呢？我想到什麼就說什麼。

「說到這個，從前稱呼令尊也有各式各樣的詞彙呢。爸，爸爸，阿爸，多桑，爹，老爸，父親大人，阿爹。您慣用的是哪個呢？」

Susanoo完全沒有反應。如果是這樣，那我還不如去跟路邊的地藏菩薩練習英文會話。我一直期待著會有一天，我能遇到一個對象與我共享母語這個完整的語言，我想跟他盡情講話、要講多久就講多久，可是這個期待已漸漸枯萎了。

如果對方是我說了什麼他就會撿起丟回來的人，我們就會像是孩子們從打雪仗開始玩，最後發展成一起堆雪人那樣，就算中間沉默的空白愈變愈大也無所謂，但偏偏現在撞到的居然是這麼沉默寡言的對象。不過母語裡形容沉默寡言會用「無口」這個詞，真是個奇怪的詞彙。並不是真的沒有嘴巴，他是有嘴巴的。也有牙齒、舌頭。

我太過意識到他一語不發，結果害得自己也什麼都說不出來了。我只好假設Susanoo其實是個健談又直率的人，重新對他提問。

「您最初就是打算在壽司店工作才來歐洲的嗎？還是說您有其他想做的事情呢？」

即使處於昏睡狀態的人也能清楚聽見家人和朋友說的話，且這些話會帶來刺激幫助他醒來。我想起了這件事，所以決定不放棄，繼續說了下去。

「『想做的事情』這個說法，您不覺得很令人懷念嗎？這種說法很獨特。要直接用字面上的意義翻譯成歐洲的語言很簡單，不過，我總覺得還有哪裡感覺不一樣。您是否也會用『想做的事情』來表達『自我』的意思呢？要回答『自己是誰？』這個問題很難，但是只要找到自己想做的事情，就會覺得人生的答案出現了。若有人找不到想做的事情，就會讓周圍的人擔心他哪天迷失在意想不到的路上。年輕的時候，總會被父母或朋友問到想做的事情是什麼，您也有過這樣的經驗吧？」

我感覺Ｓｕｓａｎｏｏ的臉頰好像抽搐了一下。我憑靠第六感察覺到了金礦的存在。就是這裡了！我用言語的十字鎬全力敲擊。

「你整天無所事事在那邊搞什麼？都過三十歲了，該要下最後的決定了吧，你想走的路。你想做的事情到底是什麼？」

我化身為某個大叔這樣喊道。然後Ｓｕｓａｎｏｏ第一次不經意地笑了。我幾乎要屏息。我想從岩石中挖到Ｓｕｓａｎｏｏ的心。我一心一意朝著漆黑的炭坑岩壁胡亂敲擊。

「你啊，跟爸爸走不一樣的路也沒關係。走你想走的路就好。要去很遠的地方也不要緊。可能再也見不到面了。但是我會一直在遠方默默關心你。」

我這樣說。Ｓｕｓａｎｏｏ的雙眼發出濕潤的光澤。我講完後沉默，他卻探身示意我繼續往下。我於是化身為Ｓｕｓａｎｏｏ的父親說話：

「一直沒和你聯絡真抱歉啊。其實是我們這裡發生了不得了的事。講太詳細會讓你擔心的，所以我先省略，但總之狀況是現在我們這裡無法和外界聯繫。你也沒辦法再回來了吧。但你正在做很了不起的工作，我都看得到。所謂的了不起，並不是什麼出人頭地、賺大錢、變有名之類的事。」

這種通俗劇到底是從我大腦裡的哪個部分給拖出來的？真是害羞，但我卻不打算停下，因為我已經挖到了通向Ｓｕｓａｎｏｏ的坑道入口。

「你就像是一艘遇難的船。在大海正中央失去了方位，拚命和浪、和風戰鬥。如果留在村子裡肯定是比較輕鬆的。但是你也並沒有後悔自己搭上了船吧。」

這種庸俗的臺詞要多少庫存就有多少。畢竟不俗的臺詞一點也不有趣。這是大家都能一起哭的故事。在我身邊卻沒有能一起哭的人。我一個人被遺留在廢墟，辛辛苦苦將故事的片段化成聲音，而Ｓｕｓａｎｏｏ則是那只傾聽的耳朵。最後生還的兩人。

有人從後方拍拍我的肩，我回頭時還沒有確認對方的臉就喊道：「克努德！」但是站在那裡的並不是我想見到的克努德，是南努克。我這時候才發現，克努德和南努克就像是一對會被人說不像的兄弟，但兩人卻有不可思議的共通之處。

南努克把手放在我的肩榜上，像是在對我說不用站起來沒關係。

「你好，好久不見，你好嗎？」

他問候道。雖然稍嫌制式，但因為他是死背課本又沒有實踐練習的機會，所以也無可奈何。南努克面向Ｓｕｓａｎｏｏ。

「初次見面。我叫南努克。請多多指教。」

他說。Ｓｕｓａｎｏｏ看著南努克的臉。接著，將他和我的臉比較了起來。我們居住的世界好像愈來愈靠近了。浦島太郎，加油，還差一點。快點搭上名為語言的海龜回來吧。可是，浦島太郎真的想要回到故鄉嗎？他是因為無來由的寂寞才一時興起想回去看看，但是那裡已經不是他想回去的地方了。而且他一打開玉匣，先前本來還很遙遠的死亡就急速靠近過來。與其焦慮著把我自己還有Ｓｕｓａｎｏｏ拉回名為故鄉的恐怖之地，不如享受南努克這個新的空間，不是更好嗎？

「南努克雖然來自格陵蘭，但會講我們的話。他說是靠自學的。」

南努克有些害羞似的低下了頭。

「還很拙。」

他說。我瞇起了眼睛，覺得「拙」這個字很有趣。草莓結果了也可以說草莓剛「茁」生。我好想說：「我才剛拙。」因為剛茁生的草莓頭上還戴著呆呆的小蒂頭，所以還不靈巧的人才會說他很拙。拙才有趣，真開心。[4]

「ㄊㄢ ㄓㄨㄛˊ ㄕˇ ㄙ」

南努克說完向Ｓｕｓａｎｏｏ伸出了手，卻害怕對方不懂而一臉擔心地看向我。「天緣奇遇」四個字清楚地在我眼前浮現。

「人與人之間有看不見的絲線連接著，因此才會有命運的相逢，但那絲線在人類的眼裡看來相當不可思議。」

我解說完這個詞，才想到Ｓｕｓａｎｏｏ並非不懂天緣奇遇的意思，而是會困惑突然現身的南努克與我的關係，於是我這樣補充。

「南努克啊，是在他自己工作的壽司店聽到你的故事，然後再把你的故事跟我們說的。他想說，如果不是有緣的話，我們就不會相遇了。」

說完這些話，我的內心才有些驚訝。在使用泛斯堪聊天的時候我一點也不會想要使用「緣」這樣的字眼，但現在卻能如此輕易地說出「緣」這個字。我並不相信有什麼超越人類的力量能決定誰和誰要在何時相遇，對我來說「緣」這樣的東西應該是不存在的才對。如果只是因為方便之類的理由才把「緣」這樣的字眼輕易掛在嘴邊，那麼最後就只會被語言所擺布。自從我用泛斯堪來說話，就覺得受到他人思想所擺布的狀況變少了。即使如此，現在「緣」卻極其自然地出現了。

Ｓｕｓａｎｏｏ並沒有想和南努克握手，他卻也沒有因此受傷的樣子，只是一臉若無其事地坐到椅子上說了：「ㄍㄢˇ ㄎㄞˇ ㄨㄢˋ ㄑㄧㄢ。」我差點笑了出來。

「太誇張了吧。不過能來去旅行、能認識新朋友，真的都好開心。對了，娜拉已經到了嗎？」

「會來。來了。」

「娜拉還好嗎？」

「ㄧ ㄈㄢˊ ㄈㄥ ㄕㄨㄣˋ。」

「你買了新的語言課本嗎？跟之前的說話方式不一樣了吔。」

「ㄏㄨㄣ ㄙㄤ ㄒㄧˇ ㄑㄧㄥˋ。」

「你連結婚典禮的致詞入門都買了？」

「ㄙˋ ㄗˋ ㄔㄥˊ ㄩˇ ㄘˊ。」

「用四字成語詞也許是個好策略呢。這樣的話就不會麻煩，不用記很多動詞、助詞，也不用辛苦組合、正確活用，馬上就能有內容豐富的速成料理。」

「四字成語詞有五個字。」

「因為『四字成語詞』本身不是成語啊。」

Susanoo對話題失去興致，低下了頭，我探身望向他說：「南努克在研究高湯。雖然他一直在壽司店工作，但他關注的是高湯。」

南努克深深吸了一口氣，口中念著彷彿是寫在半空中的看不見的文字。

「故鄉，PR中心，機器人，發電，造船。」

他羅列著單字。Susanoo聽到這些瞪大雙眼，上唇也翻了起來。

「南努克，那是什麼？」

「在福井Susanoo是孩子。發電廠的PR。船。」

我雖然仍不理解那是什麼意思，可期待著Susanoo接下來就要說出自己的生平，於是一直盯著他的臉看。然而，一度將要綻放的花朵又枯萎了。我急忙問南努克：「什麼意思？解釋一下。PR中心是什麼？是要PR什麼？」

南努克卻一副沒辦法蒐集齊解釋所必須的單字的樣子。

[5] 「ㄑㄧㄢ ㄐㄩㄣˋ ㄧˋ ㄈㄚˇ、ㄗㄨ ㄙㄨˇ ㄅㄛˊ ㄉㄡˋ、ㄉㄨㄥ ㄉㄧㄢˋ ㄨㄣˋ ㄊㄧˊ、ㄓˇ ㄕㄤˋ ㄎㄨㄥ ㄊㄢˊ、ㄧㄡ ㄖㄡˊ ㄍㄨㄚˇ ㄉㄨㄢˋ。」

他只是一味堆砌著成語。

這個時候，明明沒有人叫我的名字，也沒有聽到任何聲響，但我卻回頭一看，克努德正站在我身後。我不加思索地起身向他跑去，幾乎要把椅子彈翻。

「克努德！等好久等好久等好久。」

我連聲喊道，緊緊抱住他厚實的軀幹。克努德溫柔地把我的手從他的身體上移開，害羞地笑著點點頭，又轉向南努克，把手抬到胸口的高度打了招呼，然後才望向Ｓｕｓａｎｏｏ，彷彿望著某個耀眼的東西。

「這個人即Ｓｕｓａｎｏｏ。我給他母語的詞彙很多。他回應沒給。」我趕忙以泛斯堪說明。

四把椅子圍在桌子的四邊，克努德坐到了最後一把椅子上。他用英文對Ｓｕｓａｎｏｏ說道：「你好，我是克努德。Ｈｉｒｕｋｏ的朋友，也是一起旅行的旅伴。我們是為了見你才從斯堪地那維亞半島來的。我們想要知道更多關於你母語的事情，也想要澈底查明使用你母語的國家到底怎麼了。」

我被自己所吐出的無數影像給牽著鼻子走，差點就要忘記到底為什麼要來亞爾了。克努德這種像外交官的說話方式真有幫助。

「想要見你、想跟你說話的是這位Ｈ‧ｉｒｕｋｏ。我們是她的聲援團，啦啦隊。有我，還有這位南努克，另外還有兩個人，分別是娜拉和阿卡西。她們應該很快也會過來這裡。你應該可以想像Ｈｉｒｕｋｏ的願望有多麼巨大吧。」

他這麼說，我卻反而感到不安。把其他四個人給捲了進來，費盡千辛萬苦才找到的Ｓｕｓａｎｏｏ竟然不會說話，這我想也沒想過。娜拉和阿卡西應該就快到了吧。那樣的話，沉默喜劇就要落幕了。在這個難以收拾的最終局面，除非有個神明搭著電動雲降落並揮動祂的權杖，使出狡猾的祕技讓Ｓｕｓａｎｏｏ滔滔說起話，否則再這樣下去，大家就會圍著桌子一起沉默，等待舞臺變暗的結局。

「Ｈｉｒｕｋｏ怎麼了？在擔心什麼？」

克努德問。我把自己的手放在克努德桌上那隻厚實的手上。這麼做心情也稍微平復了些。

「Ｓｕｓａｎｏｏ生病的可能性。言語喪失的病。」

克努德聽到我這麼說，便如醫師般對Ｓｕｓａｎｏｏ說道：「Ｈｉｒｕｋｏ說你不能說話，這是真的嗎？說什麼語言都好，請試著說說看。」

Ｓｕｓａｎｏｏ像魚一樣沉默。

「如果你真的不能說話，也不用覺得不好意思。這跟肺炎一樣，都可以治療。不能說話也有分很多種狀況，有些是不能發出聲音，有些是找不到詞彙，也有些是討厭跟人說話。我有個前輩是這方面的專家，他在斯德哥爾摩的研究所。」

克努德這麼說，南努克便帶著笑意地在我耳邊悄聲說道：「那麼，接下來的旅程是斯德哥爾摩囉？」

我也跟著被逗笑了。好不容易才找到Ｓｕｓａｎｏｏ，若他的沉默變成休止符，終結這趟一路擴展並持續至今的旅程，我怎麼也無法接受。

這時，克努德跟南努克同時轉頭看向店門口。他們彷彿雙胞胎似的露出一樣的表情，同時「啊」的一聲喊了出來。我一回頭，一名北歐風格的美麗女性開門進來店裡。年紀約四十五歲左右吧。她看見克努德後露出了強勢的微笑，但當看到南努克時卻像受到巨大衝擊，美麗的臉龐轉眼間就變得鐵青。

注釋

1 譯註：這裡譯作「您」的是「あなた」，下文譯作「你」的是「君」。由於日語中並不習慣使用第二人稱代名詞來稱呼對方，所以這兩種稱呼的使用頻率都不高。嚴格來說，「あなた」的使用場合多是上位者對下位者或（關係親密的）女性對男性，無法對長輩、上司使用；「君」的使用場合多是平輩之間或對下位者使用。相較之下，「あなた」更帶有一種距離感、尊敬感，所以此處選用「您」對比於「你」。

2 譯註：原文是用日語同音字進行聯想，這裡為便於讀者理解而稍加改動。原文若以直譯則是：「鶴，吊，釣，光滑，吃光滑的食物也要好好嚼過再吞下，嚼，龜。」按：鶴、吊、釣的音皆為つる，光滑為つるつる，嚼、龜同為かめ。另，原文中說這些是「雙音節的單字」而非「單音節的單字」。

3 譯註：此處原文的寫法有兩層文字遊戲的趣味。原文為：「須ざまじい、須さんだ青年スサノオ」，按：兇狠（すさまじい）、殘暴（すさむ）、須佐之男（スサノオ）的前兩個音節都一樣是「すさ」，且這幾個詞的印象類近，故有音同義近之效，這是第一層；原文行文的時候又把「す」這個音刻意寫成發音相同的漢字「須」，意在加強暗示前兩個形容詞與須佐之男之間的關聯，這是第二層。

4 譯註：此處譯法修改較多原文。原文是利用「笨拙」與「蒂」的日文同為へた來玩諧音遊戲。原文若直譯則如下：「還很笨拙。」他說。我瞇起了眼睛，覺得「笨拙」（下手）這個字很有趣。草莓有「蒂」（へた）。我好想說：「我有笨拙。」（按：諧音於「我有蒂」）因為是像草莓一樣頭上連著蒂頭，所以還未精通的人才會說他很笨拙。笨拙真快樂。

5 譯註：依序為千鈞一髮、殊死搏鬥、東電問題、紙上空談、優柔寡斷。第三個東電問題並非四字成語，但是故意放在其中，暗示與核電有關。

第十章　克努德說（三）

我覺得好像不小心跟老媽說我要去亞爾。我肯定不小心說了。不然的話沒辦法解釋為什麼現在老媽會出現在這間壽司店。但是，我是為什麼又是在什麼時候跟她說的，卻想不太起來了。跟老媽講電話的時候，我的舌尖經常蛇行。蛇是為了避開石頭才以畫S型的方式前進的嗎？抑或是，即便沒有石頭也轉彎成癮才蛇行的呢？我在對話的時候會特別注意不要傻傻地給出資訊，這種習慣其實是小時候養成的，當被問道：「你要去哪裡？」若我說：「我要去永斯家玩。」老媽就會說：「永斯就是那個笑起來的時候好像藏了什麼祕密的小孩吧。」被她這樣說，我對永斯就會湧起疑心，本該開心的時光便會有陰影投下。如果我聊道：「我明天要帶滑板去海濱大道，大家約在那裡集合。」老媽便會潑我冷水：「明天降雨機率很高，怎麼不改後天？」我當然會置若罔聞，按照約定出門，但是當我到海濱大道的同時，大顆大顆的雨水便打在我的臉頰，宛若嘲笑。我覺得這並非因為老媽很注意天氣預報，而是她使用了魔法故意讓雨落下的。

就連現在，我早已經從孩提時代畢業，但被老媽問道：「這星期在家嗎？」我還是會撒「我要去紐倫堡的學術會議」之類的謊。這樣的自己真是丟臉。如果我回答「這星期在家」，她就有可能會出其不意地造訪，所以我才回答或許有學術會議；不過實際上，總是會有某個地方在舉辦學術會議這種東西的，所以根本不用擔心謊言會露餡。有人說人文學科已經絕種了，但為什麼仍有這麼多的學術會議召開呢？真是不可思議啊。

說到舉辦學術會議的地點，如果我說的是北歐或法國的地名，老媽可能會說她也要去。所以我才選擇紐倫堡。老媽深信那裡即使在德國當中也是納粹歷史最根深柢固的地方。「什麼的學會？」她突然往內容深究，我只好匆忙列舉一堆英文單字說什麼global transnational cross culture translation post-colonial bilingual之類的蒙混過去。然而，自以為蛇行得很順利的蛇也有大意鬆懈的瞬間，等到撞上石頭嚇一大跳，尾巴甩起來就會被人抓到。我是不知道蛇有沒有尾巴，但沒有尾巴也不一定不會被抓到尾巴。對了，原來是莫內。我本來是打算選一個安全的話題才聊到莫內在挪威畫雪景，早知道真是不應該如此。

「有個電視節目在講莫內的一生欸。他去挪威畫雪景的故事真有趣。」

老媽經常說，看到法國印象派的畫心情就會開朗。人的大腦到底是怎麼運作的呢？看著那些畫所描繪的光灑下的風景，竟然比起在好天氣去健行還要更讓人感到快活，這令她感到不可思議。我曾經得意洋洋地推敲出這樣的理論：

「如果自然的風景是自然的柳橙，那麼風景畫就跟柳橙汁一樣。柳橙要剝皮、咀嚼、消化、吸收其中的營養，這些都要花費力氣跟時間。但風景畫則是畫家代替我們執行了全部的步驟，所以跟柳橙汁一樣，只要看一眼，身體就能立刻吸收，血糖就會上升。」

當自己想到的理論讓老媽折服時，便會感覺只靠語言的力量就能控制她思考的流向，這使我無比愉悅。或許是久遠以前的那份愉悅復甦了。那是當我意識到，只能穿著尿布、膨著屁股、從奶瓶吸奶的自己，一旦開始說話，即使力量不及大人，卻能靠著言語來操縱大人的愉悅。還是幼兒的我只要大喊：「莫札特！」他們就會立刻跑到銀色的機械旁按下按鈕給我聽音樂；大喊：「圖書館！」他們就會替我套上毛衣、戴帽子、穿長靴，帶我去圖書館；大喊：「交通事故！」他們就會從廚房跑來窗戶邊看著窗外的風景；大喊：「有東西燒焦了！」他們才會注意到燒焦味然後慌張跑回廚房。大人真是容易控制的動物。

當然，語言也會反過來變成老媽束縛我的工具，不可不慎。被罵要一直逃的話太累了，所以我會先下手為強，提供讓老媽著迷緊跟的話題，她就會忘記我。我以為莫內是個很棒的點子，但這實在是太輕率了。一聽到莫內的名字，老媽的聲音就陰沉了下來。

「我知道莫內來過北歐畫畫。但他之所以會受歡迎，到底還是因為畫了南法的光吧。北歐只是一個插曲。相比之下梵谷真可憐。他也去了南法，但結果很不好。太過明媚的光還把他潛藏許久的病給引了出來。」

「因為光而生病？」

「如果是昏暗的空間，還能隱隱約約地和附近的人在昏暗裡連結，共享貧窮還有每天的辛勞。可是如果被太過明媚的光照亮，就會看清我是我、你是你，彼此是孤立的。盯著鏡子，也會疑惑自己到底是誰。如果是能在光裡散射的人也就罷了，但我則是一年比一年更黯淡。」

「但妳每次不都很開心地去南法旅行嗎？」

「因為北歐的冬天太長，我等不到春天，所以三月底左右本來都會出門。蒙皮立（Montpellier）、艾克斯普羅旺斯（Aix-en-Provence）、馬賽、亞爾。但那樣反而有毒，所以我已經不去了。」

「那很好。我本來就對那種明媚的地方沒有憧憬。我喜歡灰濛濛又安靜的雨天。偏偏我這次要去亞爾，命運真是對我開了個玩笑。」

「你要去亞爾？要去看羅馬的遺跡？」

「怎麼可能，我又不是靠年金生活的人。我有個計畫要去調查某個失落的語言。我得到情報，說在亞爾住著一個人會講這種很難找到的語言。」

我不小心說溜嘴之後，才想到失落的並非語言啊。失落的不是國家嗎？但我判斷沒必要跟老媽說明到那麼細。

「你一個人去？」

「跟國際研究團隊一起去。大家各自住在不同的城市，也有各自的工作，要找到彼此可以的時間很麻煩，但月底的星期六好像可行。」

雖然是不知不覺間形成的不可思議的團體，但給了「國際研究團隊」這個名字之後，連我也覺得可以接受，確實如此。

「會場在哪？」

「大學啊。」

這是謊言。

「你不管去哪裡旅行，目的地總是大學。這樣人生不無聊嗎？跟你說話的人永遠都是語言學家嗎？」

「我們研究同樣的題目，也都覺得那很有趣，所以跟他們一起喝酒很愉快啊。」

這是實話。

「你們會一起去喝酒嗎？」

「我們約好在亞爾最流行的壽司店集合。大家一起吃飯喝酒聊語言，就沒必要勉強應付誰誰誰離婚啊、生病啊、最近買了什麼家具啊之類的話題啦。」

這些全都是實話。老媽對亞爾的學術會議沒有再表達更多的關注了，我鬆了一口氣，掛斷電話。從那之後，我就把這段對話忘得一乾二淨。

實際上，我、Hiruko、南努克、娜拉和阿卡西為了找到Susanoo還制訂了作戰計畫，我們在事前調查了亞爾最流行的壽司店是哪家，然後決定無論如何先在那裡集合。Susanoo有極高的可能性就在那家店裡工作，即使事情進展沒有那麼順利，我們也打算向店裡的人打聽情報，然後一家一家拜訪鎮上所有的壽司店。我沒料到如果是亞爾最流行的壽司店，老媽也能夠輕易找到。

我留Hiruko、Susanoo、南努克在位子上，自己起身走近佇立在入口附近的老媽，將責備的氣息吹入她耳中。

「妳不是說不會再來南法了嗎？為什麼還要來亞爾？我這樣很像被私家偵探跟蹤，感覺很差。」

然而意外的是老媽無視於我，毫不客氣地走向了坐在桌邊的大家。

「你為什麼在這裡？為什麼都不聯絡我？先前你都跑到哪裡去了？」

老媽瞪著低頭坐在那裡的南努克的一頭黑髮，用小卻快要爆發似的聲音一再質問道。

為什麼老媽會知道南努克？我腦中記憶的片段像是大隊接力般依序跑了起來，終於輪到最後一棒選手「啊！」地大叫一聲抵達終點。這時大叫的這個「a」和丹麥語裡正式組成元素的各種「a」都不相似，說起來更像是烏鴉的鳴叫。再這樣下去我會不會變身成不能說人話的生物呢？這想法讓我心頭一緊。Hirukoo也因為我這聲非人類的「a」而受到衝擊似的，「欸！」地叫了一聲。這個應該也是感嘆詞才對，但是Hirukoo的發音裡帶了點黏著感，於是這聲「欸」彷彿還蘊含了比感嘆詞更多的意義。但現在不是聊感嘆詞的時候。

老媽眼裡只看著南努克，但我硬是擠進了她的視野。

「我記得妳答應要幫優秀的外國留學生出學費，還叫他到哥本哈根對吧。然後妳說那個年輕人出去旅行之後就下落不明了對吧。該不會那個年輕人就是南努克？」

Hirukoo聽到之後揚起眉毛，看著南努克和老媽的臉比較了起來。Susanoo肯定不懂丹麥語。他表情完全沒有變，只是瞪著空氣中的洞穴。但我沒有特別想為了他翻譯成英文。老媽好像真的把我的聲音當成烏鴉叫，對我拋出的話語完全沒有反應，只是一味地對南努克說話。

「你為什麼在亞爾？你在這裡做什麼？你打算什麼時候回哥本哈根？什麼時候要去大

學？」

老媽把她想得到的所有問題一股腦地吐向南努克，吐完之後她像是打定主意，在南努克回答前要一直保持沉默，嘴唇閉得緊緊的。厚重的沉默壓了下來。那個時候也是這樣。記得是十二歲左右吧，我正在房間抽大麻，老媽就突然進來以渾濁粗厚的聲音問：「這是什麼味道？」接著她就沉默地等待我的答案。我感覺她已下定決心，就算等到天亮也會等下去。我喘不過氣，不停地咳嗽。明明現在被質問的是南努克，但我卻比他更難以忍受再這麼沉默下去，於是按照一如既往的路線行駛著責備的電車。

「老媽，妳該不會覺得幫這個前殖民地的年輕人出學費，他就應該要感謝妳吧？但妳這樣做不是為了妳自己嗎？因為漸漸覺得人生沒有意義所以想要幫助他人，才說要給什麼個人獎學金的。妳有站在南努克的位置替他考慮過嗎？對他來說很像是被錢給買下了吧？很多人在讀大學之後才想要走別的路。妳就不能允許他這樣？」

「如果是這樣，那就老老實實這樣跟我說就好了，為什麼要默默搞失蹤？至少有義務要說明吧。」

老媽瞪著我的臉這樣說，彷彿我是南努克。我竟也在不知不覺間扮演起了南努克。

「怎麼可能跟贊助者商量自己的煩惱啦。」

「贊助者？我以為我是代替他的父母在照顧他。」
「只是出錢就能夠變成父母嗎？」
「你，你就只是在嫉妒他。因為醫學才是一門有用的學問。」
「以前電視有播過拉斯・馮・提爾拍的《醫院風雲》，還記得嗎？我們都會一起看啊。妳看了那齣劇之後還有辦法尊敬醫生嗎？」
我其實完全不知道南努克為何不去大學並開始研究高湯、捏壽司，卻仍擅自替他捏造了大學休學的理由。
老媽一時啞口，傾聽著我的話所留下的餘韻，然後才忽然想起我不是南努克而是克努德似的，激烈地左右搖頭，搖得頭髮都亂了。她這麼說：
「如果你這麼了解南努克的情況的話，為什麼不跟我說他沒事呢？我一直都好擔心，擔心得睡不著啊。而且因為這樣我的病也更糟了。」
「我並不知道啊。」
「你不知道卻還跟他在亞爾集合？」
「我只知道他是同個研究團隊的成員之一。這是真的。」
「你說『這是真的』，表示其他的都是在騙我？」

Hiruko噗嗤一聲笑了出來。老媽譴責般地看向她。
「您是哪位？」
「我，Hiruko。克努德愛語言。我也愛語言。兩人愛一樣的東西。」
第一次聽見Hiruko所說的泛斯堪，老媽的臉上浮現了疑惑，眉毛之間好像迅速地深深皺了一下，卻又立刻放鬆轉成笑臉，眼角帶有笑意地下彎。想藐視不標準語言的心情奪走了想要庇護外國人心情的餘裕，令老媽的內心動搖了。我有股壞心的衝動，就像是看到被強風吹得搖搖晃晃快要倒下的招牌，卻想刻意用手把它推倒那樣。在這股衝動的驅使下，我這樣說了。
「她是我的女朋友。」
老媽臉上的動作停止了。Hiruko則輕聲笑了。
「戀人是古老概念。我們是一起走的人。」
她說。真不愧是Hiruko。「一起走的人」啊。老媽的脖子左右擺來擺去，不曉得該先和Hiruko說話，還是該繼續與南努克的對話。
「哎。先讓我坐下吧？」
我從隔壁桌拿來一張椅子讓老媽坐下，自己也坐了下來，但原本那個由我、Hiruk

o、Susanoo和南努克四個人構成的漂亮四角形卻因此歪歪扭扭的。

而且也演變成一場奇怪的會議。我和生了我的人和我的假弟弟和我的假戀人和她的同鄉人，我們圍著桌子。我本來是打算觀察Hiruko和久違的能共享母語的Susanoo相遇之後會怎樣交談，然而這個Susanoo卻什麼語言也說不出口，確定了這個事實之後，大家本來是在一起思考該不該帶他去找我那個在斯德哥爾摩研究失語症的前輩接受治療。然而焦點卻在不知不覺間偏離，變成南努克與老媽的問題。我自己也有責任，因為老媽的出現害我動搖，變得心煩意亂，還打開了無意義爭論的消防栓。認真就輸了。告訴自己這是場遊戲，肩膀放鬆，把控制權取回來吧。但雖說是遊戲，但也沒有電腦遊戲會這樣使用語言。這更像是電視的脫口秀吧。節目的來賓爭得面紅耳赤或聊到眼眶泛淚的那些問題，對於在客廳的觀眾們而言根本無關痛癢，他們只是看著當娛樂。對了，我來扮演主持人吧。

「那麼，有問題想問南努克的話，請。」

正式得到發言權的老媽稍微冷靜了下來便說：

「你本來是打算，在語言課程結束到大學的新學期開始前，在丹麥之內旅行的。那為什麼你去旅行之後就沒回來呢？」

南努克擠出虛弱的聲音回答：

「我開始在壽司店打工。那是我脫離正軌的契機。」

「壽司店？」

「我被誤會成壽司之國的居民好幾次，不知不覺間就扮演起這個適合我的角色了。」

「你要解開誤會也是做得到的吧？」

「被誤會很愉快。」

「怎麼會？」

「我一直被問各種與愛斯基摩有關的事，回答得很煩了。回答自己國家以外的事情比較開心。所以我才選擇要扮演來自其他國家的人，也改名叫作典座。」

「可是這不能當成你放棄大學的理由吧？你想讀醫科不是嗎？」

「其實我並沒有真的想去讀醫科，只是身邊的人都這樣想而已。我曾經覺得自己適合生物學，也覺得如果研究海獺、鯨魚會很有趣。但是我到了哥本哈根這個城市後，那些動物的存在感就變得很低了。我變得想要讀環境生物學，研究人類吃的魚還有海藻。研究海獺和海獺吃的魚，跟研究人類和人類吃的壽司，這兩個是一樣的吧。但是這種狀況下不能只依賴視覺，該如何獲得味覺的學問成為了新的問題，我是在思考著這個問題的時候，才對高湯的研究產生了興趣。」

我直覺南努克是在說謊。雖然我不確定適不適合稱之為說謊，但我被逼到死路的時候會用語言當鏟子[1]挖出一條小路；我的做法就像是他那樣。不過，當時拼死拼活挖出的小路，或許會在好幾年後變成研究的基礎也說不一定。那樣的話，就不再是謊言了。換言之，發出話語的瞬間，還無法決定那到底是不是謊言。南努克繼續說道：

「我漸漸不曉得未來該做什麼才好，所以才特別想要出來旅行。」

「為什麼你不把這些告訴我呢？我贊成你出來旅行，而且你不想主修醫科，那改成生物學也可以呀。你想主修什麼本來就是你決定的。」

老媽聲音裡的嚴厲不僅完全消失，甚至還變得有點感傷。

「我本來沒有打算要放棄大學。可是一旦踏上旅行，我就不小心跨越了國境。」

「國境？」

「丹麥與德國的國境。」

「那種國境就跟沒有一樣啊。」

「然而對我來說卻不是那樣。一離開丹麥，也就像是從格陵蘭解放了，我像是斷了線的風箏一樣自由自在，卻也孤獨。」

Ｈｉｒｕｋｏ噗嗤一聲笑了出來，老媽譴責般地瞪了她。我再也耐不住性子旁觀老媽苦苦催逼南努克。

「妳該不會以為替他出了錢，就可以強加自己的人生觀在他身上吧？父母對孩子未來的道路多嘴，這在丹麥是不被允許的，但妳該不會以為，在自己國家不被允許的事情就可以施加在前殖民地的人身上吧？」

老媽像是被釣起的魚，突然把鼻子向上抬。

「你只是因為我不想理你，所以才嫉妒你弟吧。」

她給了我一記意外的重拳。我鼻子深處泛起一股血腥味，只能咬緊牙齒忍痛。這個時候Hiruko很快起身，將手掌按在我的嘴上。她是想防止我說出不可挽回的話吧。Hiruko的手又薄手指又細，而且好冰冷。我偷偷地將舌頭伸進她的食指和中指之間。對我來說Hiruko已成為世界上最重要的女性這件事，或許是我能給老媽最猛烈的拳頭了。我一想到這裡怒氣就瞬間消失，心情變得愉悅起來。

這時，店門打開，流入了巨量的光。我還以為是隻巨大的蝴蝶在振翅，原來是在光裡被瞬間染白的門扉，門扉振翅的彼方是城鎮的塵囂雜沓，而娜拉正從中走進店來，像是被什麼給從雜沓裡去背剪下來似的。她穿著草綠色無袖的亞麻布洋裝，露在洋裝外的是日曬過後結實精壯的手臂與小腿肚，瞬間就刷新我腦海裡在特里爾見到的娜拉的印象。只因為氣溫很高、光很耀眼，娜拉就從博物館的策展人搖身一變，成為橫陳在春日原野上的裸體模特兒了。

娜拉環視我們大家的臉，困惑著該跟誰說話才好，最後總之是有禮貌地先向還面生的我老媽伸出了手，以英文自我介紹。

「我是娜拉。我住在特里爾。」

老媽看著我。

「這位也是國際研究團隊的成員之一呀。」

她有點怨懟地說道，彷彿在這世界上無法進入研究團隊的人只有她自己。接下來她朝著娜拉以英語說道：「我是克努德的母親。其實我也是出資給南努克獎學金的人。南努克下落不明讓我很擔心，但我為了見兒子一面來到這裡之後，發現南努克竟然也在這裡，所以大吃一驚。」

老媽對娜拉說明得如此詳細，決不是出於親切，而是要清楚表明我與南努克都是她的所有物，叫她不要出手的意思吧。娜拉嚇了一跳，她看向南努克，南努克卻低下了頭，於是她彷彿嚴厲拷問似的瞪著我的臉。我聳聳肩，娜拉也沒有責備我的理由，所以再度將視線轉回南努克身上。

「你不只是從我這裡逃跑，你從好多人身邊逃跑。為什麼？你想做什麼？你不想做什麼？」

娜拉幾乎不換氣地以德語責備南努克。老媽雖然聽得懂，但德語不夠流利，無法加入對話，所以一臉不滿地開闔著嘴，像金魚一樣。我愈來愈覺得南努克豈只是弟弟，根本是我的分身，便想制止娜拉單方面對南努克的頻頻指責，可我一旦使用英語，就會像是美國軍機介入制止歐洲北部發生的紛爭，因而感到猶豫。順勢使用德語插話是最好的，但我的德語只在學校課堂上學過，講起來可能像小孩子，這使我不安。如果用英語的話我就能脫離孩提時期沉著地說話。可是我該如何在說英語的時候丟掉自己代表民主、正確的面具，而改用出於一時衝動又笨拙的英文呢？

「娜拉和老媽都好像龍喔。妳們兩人這樣嚴厲指責南努克沒有意義呀。停一下吧。南努克不是逃跑，是在尋找。我們也都是在尋找啊。多虧有南努克，我們才能夠來到亞爾。娜拉，妳明明和Ｈｉｒｕｋｏ的母語問題一點關係也沒有，為什麼要特地來一趟亞爾呢？」

「我自己也不知道。」

「那一定是因為，妳在尋找些什麼啊，不是嗎？妳在尋找的對象，並不是南努克。」

我口沫橫飛地說個不停。這趟令人興奮的、關於失落語言的探求之旅明明好不容易才開始，卻要被捲進這種「為什麼逃離我」式的男女口角漩渦然後被牽著鼻子走，這種事情真的是大可不必。

「哎，妳先坐下吧。」

我從隔壁桌拉來椅子向娜拉勸道。因為插進了第六張椅子，所以老媽看起來也不那麼像無關緊要的人了。取而代之的是，娜拉和老媽組成了一個此前不存在的新類別。話雖這樣說，老媽卻並沒有認為娜拉是同伴，而是深懷疑心地觀察著她。南努克該不會是被娜拉誘惑才誤入歧途？她也許在探查著這種可能性吧。如果真是如此，南努克就是代罪羔羊，該被譴責的就成了娜拉。

「妳很理解南努克？」

老媽用英語表達疑惑，讓我稍微鬆了口氣。

「我是南努克的戀人。」

南努克吃驚地看著娜拉的臉。老媽臉上浮現濃濃笑意，鄙夷似的看著我們每個人的臉。

「也就是說你們是兩對情侶在旅行囉。南努克和娜拉。還有Ｈｉｒｕｋｏ跟她同鄉的這個人。」

我花了幾秒才理解老媽拼湊出的原子組合圖。老媽用手阻擋想要反駁的我，用下巴指了指Ｈｉｒｕｋｏ和Ｓｕｓａｎｏｏ。

「這兩人真配啊。但南努克和娜拉不配。像是年輕人跟阿姨在一起。感覺就像被年紀大的女性逼著談戀愛一樣。」

她用丹麥語說。娜拉不解其意，只能盯著南努克的臉看，像是提問。南努克則慌張地看著我，像是求助。我這才注意到，強行湊出這兩對人之後，剩下的就是我跟老媽了。

「好啊，那剩下我們兩個就手牽手一起回家去吧。但是老媽妳和我才是年紀差最多的，所以是不是不要一起行動比較好啊？」

我強忍憤怒故意消遣，但老媽並未被擊敗。

「你從小就很遲鈍。別人在談戀愛你也不會看場合識趣離開，總是在打擾別人。也不覺得自己是多餘的。」

Ｈｉｒｕｋｏ注視著老媽：

「那是誤解。Ｓｕｓａｎｏｏ和我今天第一次見。不是戀人。」

她用泛斯堪才能表達的明晰來加以反駁，但老媽充耳不聞，我於是起身走到Ｈｉｒｕｋｏ身後，手繞在她的頸部親吻她的耳朵。她的頭髮聞起來有山茶花般的香味。但也許只是因為我聯想到「茶花女」這個字的關係。我隱約看見老媽低下了頭。Ｈｉｒｕｋｏ轉頭想要看我的瞬間，我的嘴唇就貼上了她的眼皮。

這個時候，入口大門再度華麗地打開，身穿石榴紅紗麗的阿卡西進到店內。伴隨著女主角出場的號角齊鳴——原來那是外頭行人手機傳出的鈴聲。老媽啞口無言，視線滑過阿卡西全身上下。住在哥本哈根有國際觀的人看到印度人本不該驚訝吧，而且就算是男扮女裝應該也看過好幾次才對啊。阿卡西禮貌又討人喜歡的語氣，對著擋在眼前的老媽說：「初次見面，我是阿卡西。」

老媽卻擺著手，像要把阿卡西的名字揮去似的問道：「你又是個什麼？」

怎麼會有這麼粗魯的問法？但阿卡西毫不退縮地回答：

「我是克努德的戀人。妳咧？」

老媽無話可說。老實說我也是喉頭一緊，平時我應該會立刻反問：「你是什麼意思？」然而這次我卻逃也似的回到座位悄悄觀察阿卡西。跟往常一樣，沒什麼不同。他微微歪著頭，等待著老媽的答案。

眼看著老媽慌亂得連這個世界上最簡單的答案都說不出來，我心情上也多了些餘裕。

「這個人生了我。」

我代替老媽，用動詞回答。

「然後養大。」

老媽補充道，並且挑釁地瞪著Ｈｉｒｕｋｏ。

「妳對克努德根本一點都不懂。」

Ｈｉｒｕｋｏ像是被風吹過的窗簾似的笑著。即使被人諷刺挖苦也好，不由分說被人怒罵也好，她都這樣心平氣和。這份堅強是來自於她所說的泛斯堪吧。泛斯堪雖然是我們也能清楚理解的語言，卻始終保有異質性。那不是一種會讓Ｈｉｒｕｋｏ融進北歐社會變得毫不起眼的語言。而且無論與哪種母語都沒有關聯。只要說著泛斯堪，Ｈｉｒｕｋｏ無論在哪裡都是自由的，都能夠任性。而且對話也會像皮球一樣彈來彈去，不會孤獨。

「老媽妳就懂我喔？哇，真是第一次聽到吔。」

從我小的時候，就和老媽講同一種語言，所以無論說了什麼，都會留下令人討厭的餘味，彷彿自己不過是對方的一部分。而且對方生氣之後，也會說出直擊我神經的話。趁著老媽嘴裡說出那樣的發言之前，我趕緊切換成英語：

「阿卡西，你是我的戀人？我之前都沒有注意到，不過那也沒關係吧。只是，這樣不會有點太突然嗎？這是之前連我都不知道的事實，而且要不要同意這件事，我決定也要花一點時間啊。」

我乘著流行歌輕快的旋律才能玩笑般地這樣說，可卻覺得這樣說的自己不是我自己了。

阿卡西則用卡通出場人物般平滑的表情回答：

「克努德，你又不需要女性。相反地，你需要的是許多和你一起走的朋友。你沒有結婚吧。你也不會要生小孩吧。你是不需要性愛的未來人種。」

聽到這話，老媽的臉劇烈扭曲。

「你們到底是什麼團體啊？躲在語言學研究的面具底下，實際上是在搞什麼自由做愛還是新興宗教吧？」

「剛才阿卡西明明說的是不需要性愛，怎麼會變成自由做愛的團體啊？」

我不加思索地回嘴道。性愛根本完全不是我的主題，話題怎麼會跑到那裡去啊？焦躁化為巨大的嘆息，從鼻孔呼出。

這時，Susanoo像一個沒有體重的幽靈悠悠站起身，開始了漫長的演講。他的嘴上下開闔，嘴唇時而變尖時而變薄，喉結上上下下活動著，然而，卻完全聽不見任何聲音。要打斷無聲的發言者還不容易？可就連老媽也閉上了嘴側耳傾聽。南努克也眨了好幾次眼，彷彿覺得Susanooの臉很炫目。他可能希望哪天也能像這樣威風凜凜地說話。Hiruko應該也沒有聽到聲音，卻浮現同意似的微笑，聽著聽著還不時點點頭。和我對上眼之後Hiruko聳了聳肩。她大概是想說：雖然聽不見卻能夠理解，真是不可思議呀。我覺得很不好意思，自己居然想讓他到斯德哥爾摩研究失語症的前輩那裡接受治療。Susanoo並非病人。他有他的語言。然而這時阿卡西眼神注視著Susanoo活動的嘴唇，像在閱讀著什麼。

「這樣啊，你想要去失語症的研究所看看是嗎？你想去的話，我也會一起去唷。」他宣言道。

「阿卡西，你聽得見他的聲音嗎？」

我有點嫉妒，帶著怒意問道。

「就算聽不見也能夠理解啊。」

娜拉滿臉光輝地代替他回答。阿卡西點點頭。

「這是旅行。所以繼續。」

Hiruko開心地說，南努克深深地點了點頭。老媽的身影不知道什麼時候已經消失。

「這樣的話，我們大家一起去吧。」

我說。

注釋

1 譯註：此處原文有諧音的趣味，日文中的「說話（しゃべる）」與「鏟子（シャベル）」同音。

解說　語言界線上的無止境旅程——多和田葉子的文學世界

◎盛浩偉

堪稱當代日本文學的「諧教」教主

如今臺灣「諧教」盛行。舉凡街頭招牌、商家品項、網路社群的話題、迷因、熱門影片，處處可見諧音哏的蹤跡，甚至還有「臺灣人的血液裡流的是諧音哏」之類的說法——但這就誇飾太過了。諧音具有普世性，並非臺灣人專屬，不說遠方，鄰近的日本就是諧音哏大國，且不只是存在日常生活或休閒娛樂之中，就連文學當中也有諧音雙關的傳統。

在古典和歌當中就有一種名為「掛詞」（かけことば）的修辭手法，即是利用同音異義來達至歧義，比如「松」與「等待」同音，都是まつ；連日的「長雨」與「眺望」同音，都是ながめ等等，以此賦予景物更深刻的意涵。這樣增添風雅的手法在今日當然也持續著；不過，卻有一位當代小說家，將語言的諧音雙關放在核心關懷之中，甚至藉此開拓了一整個獨特的文學世界，且距離諾貝爾文學獎愈來愈近——她就是多和田葉子。

臺灣的多和田葉子作品並不多，從前市面上僅見《球形時間》（鄭曉蘭譯，麥田，二〇〇七）與《獻燈使》（曾秋桂譯，瑞蘭國際，二〇一七），但是並未引起關注，現在這些書也都已絕版難尋；直到二〇二五年，才又有一本《雪的練習生》（詹慕如譯，聯合文學）出版。以譯介數量與讀者的認識來看，都仍嫌陌生。然而過去三十多年間，多和田葉子早已囊括十數種日本的重要獎項，不僅如此，她更曾獲得如夏米索獎（Adelbert von Chamisso Prize）、歌德獎章（Goethe Medal）等德國的獎項；近年她之所以在國際間，乃至於被看好能獲得諾貝爾文學獎，也和她於二〇一六年獲得德國文學界重要獎項克萊斯特獎（Kleist Prize）、二〇一八年獲得美國國家圖書獎翻譯文學類獎有關。

事實上，多和田葉子從起步開始就是國際性的。一九六〇年出生的她，從中學時期開始就對文藝與寫作有深厚興趣，而她的父親多和田榮治也於一九七四年起經營了一間外文書店（エルベ洋書店，最初在東京的飯田橋附近，而後移至神保町；已於二〇二三年八月停業），使她自幼就對西洋文化耳濡目染。一九八二年，多和田葉子從早稻田大學第一文學部俄國文學科畢業之後，便在父親的介紹之下，遠赴柏林圍牆尚未倒塌前的西德，到一家德語書籍出口公司工作，並自此僑居德國。

五年之後的一九八七年，多和田葉子首先於德國出版了第一本著作，日德雙語詩集《唯你所在之處空無一物》（あなたのいるところだけなにもない *Nur da wo du bist da ist nichts*）。集子裡收錄了她以日文所寫的詩作，以及由彼得．波特納（Peter Pörtner）所翻譯的德文版本。隔年，多和田葉子更進一步地直接以德語執筆，寫下短篇小說〈歐洲開始的地方〉（Wo Europa anfängt），獲得漢堡市文學激勵獎——此獎每年會頒給四位以德文創作的外國作者——作品並於之後的一九九一年出版；也同樣是在一九九一年，她在雜誌《群像》上發表了日文的小說〈失去腳踝〉（かかとを失くして），並以此作獲得群像新人文學獎，才算是正式在日本文壇出道。

此後，她便持續以德文及日文雙語寫作，且作品類型橫跨小說、詩、戲劇、散文等等。她經常至世界各地朗誦這些作品，偶爾也會自行將作品進行日德對譯。截至目前，她在日本與德國，都已各自出版了二十種以上的著作，此外亦有英、法、義、西、韓、俄、荷、瑞典、挪威、丹麥、簡體中文等等語言的翻譯版本，已是國際知名。

外音（exophony）的寫作

那麼，該如何歸類多和田葉子？她是日本作家，還是德國作家？當我們開始思考這個問題的時候就會發現，時至今日，國別的分類框架——諸如美國文學、法國文學，以及日本文學——仍舊普遍，這意味著我們經常不自覺地預設「國家」這樣的共同體能替作家、作品提供某種共通的基礎。

然而，文學作品的根本在於語言文字，未必是國家；甚至，作家的國籍身分也不是無法改變。尤其上個世紀，出於歷史、政治、殖民等因素造成了諸多流亡與移民潮，其中也出現不少享譽國際的文學大家，如納博可夫、米蘭昆德拉、卡謬、布洛斯基、魯西迪、石黑一雄等，這些例子都在在提醒我們：僅以單一國家來劃分文學，未必周全。再加上進入二十一世紀，在經濟與文化的全球化趨勢以及傳播通訊科技日益發達的影響之下，這種跨越國家、民族、語言的書寫案例也正持續增加。

另一方面，同樣大約是在一九九〇年代至二〇一〇年代間，日本文壇上非日本人的作者開始集中受到關注，如出身美國的李維英雄、中國的楊逸、伊朗的Shirin Nezammafi、臺灣的溫又柔、東山彰良以及李琴峰等，他們的作品也都被日本文壇具有公信力的文學獎所肯認，於是便有評論家與學者等將這類作者及作品稱為「越境文學」。此處，「境」是指國境，也就是跨越了國境線，指作家身在外國且以外語寫作的文學作品。

但是仔細思考便不難發現，這種分類方式的背後仍帶有國別框架本位的思維：是先預設了作者的國籍身分與其使用語言之間有關聯、視這樣的情況為常態，然後才將特例另行歸類。所以「越境文學」在狹義上，經常指涉的是「非日本人」作者進入「日本文學」領域的作品。不過，也有論者按照字面擴大詮釋，所以在廣義上，「日本人」進入「非日本」的文學圈裡活動，如前述的石黑一雄，或者是多和田葉子這樣日德兩棲的作家，也時而被納入越境文學的範疇當中。只是，無論狹義或廣義，「越境文學」這樣的框架總是在文本以外，暗中聚焦在作者本人的出身／國籍身分上。

那麼，多和田葉子又是用什麼樣的角度看待自身？不妨參考她的隨筆散文集《外音——旅行到母語之外》（エクソフォニー——母語の外へ出る旅）。「外音」二字此處只是暫譯，對應到的是exophony，這個學術概念指的就是：用非母語進行文學寫作。

多和田葉子是在某次文學研討會中知道了這個概念，並認為它所帶來的視角，比起「移民文學」、「外國人文學」、「克里奧語文學」等此前常見的分類可能更為適切，她還進一步地寫道：「我會這樣解釋：『該如何離開包圍著（束縛著）自己的母語？如果離開了又會怎樣？』在創作時若抱持著上述這種滿滿好奇心的冒險念頭，那就是『外音文學』。」——對語言的熟悉與精通不一定就是唯一的美學標竿，母語也未必是寫作上的理所當然，甚至有時會成為束縛，縛住我們習焉不察的表達，以及未必察覺的成見。從這樣的角度出發，在多和田葉子那裡，無論她用的是母語日文或是外語德文，作品都經常可以見到她對語言具體而微的反思。

多和田葉子小說的內涵

多和田葉子的小說確實也充滿「越境」，但這裡的「境」卻不單單意味著國境，還更泛指比如身分、性別、物種等各式各樣的界線。

比如她獲得芥川賞的小說《狗女婿入贅》就是以幽默且超現實的筆法，描寫了一位補習班單身女老師在對學生們說了一個〈狗女婿入贅〉故事之後，居然真的就遇到一位「犬男」來和她同居，小說甚至寫到這個犬男會像狗一樣舔舐對方的肛門。整篇小說化用〈白鶴報恩〉這類古代「動物報恩譚」或「異類婚姻譚」，成就一則當代的誌怪民間傳奇，模糊了人類與非人類之間的界線。另外，獲得野間文藝獎的《雪的練習生》寫一家三代北極熊的故事，用的則是第一人稱——或該說是第一「熊」稱的觀點，既是以熊擬人，也是以人擬熊，敘事刻意跨越了物種的界線。

不只是她筆下的題材涉及越境，在根本上，她所使用的語言本身，就總是充滿了「越境」的樂趣；具體而言，就是透過雙關、諧音、類似、聯想、不同語言之間的比較等等，由一個詞彙流動到另一個詞彙，來開啟思考與想像，並推動敘事。這種獨到的創作方式幾乎可以說是多和田葉子小說的標誌了。

舉例來說，她獲得美國國家圖書獎的小說集《獻燈使》，其中同名的該篇小說描寫東京遭受巨大核能災變，致使生物基因突變，且老人更加長壽，小孩卻脆弱不堪，全日本則進入鎖國狀態。故事主角是一對祖孫，孫子在小說的最後被選為「獻燈使」，要將自己的身體捐給印度的醫學單位進行研究。在這裡，作品中虛構的「獻燈使」（kentoushi）一詞，日語發音則同「遣唐使」，使人聯想起古代日本向海外取經以輝煌自身文化的過往；小說中這對祖孫住在「東京西域」，這個「西域」又連結到「張騫通西域」的典故，同樣暗示著與他者文明的交會。

上述這些構成多和田葉子風格的特色，似皆有跡可尋。在許多訪談裡，她都提及自己深受兩位作家影響，其中一位就是卡夫卡。在二〇一五年，她還重新日譯出版了卡夫卡的《變形記》，幾乎是明示了她作品裡這種變身欲望的源頭之一。只是在卡夫卡那裡，主角形貌的改變意味著異化與疏離，寓意了現代人的孤寂隔絕；但在多和田葉子這裡，跨越界線、流動、變形、成為他者、邁向未知，卻總是充滿誘惑，饒富興味。

另一位影響多和田葉子、也是她最尊敬的作家，則是德語詩人保羅·策蘭（Paul Celan，1920-1970）。策蘭於二戰前出生在一個德語猶太家庭，曾受納粹迫害，並於戰後晚年長居法國巴黎，但終生以德語寫詩，甚至留下名言：「詩人只能用一種語言（按：此指他的母語德語）寫詩。」因此經常被視為珍重母語的詩人。然而多和田葉子卻對策蘭有近乎相反的理解。她認為這句名言裡的「一種語言」並非指單一、封閉、純正的語言，而是交混、駁雜、包含了外來語的語言。她更舉策蘭的詩句為例，說他有首詩的開頭是：「臨近酒和絕望，臨近／這兩者的殘餘：／我駛過了雪」（王家新、芮虎譯），這裡使用了一個德文的詞「Neige（殘餘）」，與下一句的「雪」在意義上毫無關聯，若以德語的思維邏輯來讀不免突兀；然而在法文中「Neige」卻正好是雪的意思，於是前後句的關聯反倒緊密了起來。即使發音不同，亦無語源關係，但看起來卻是一模一樣的單字，因而她認為這首詩不完全只有德語的音聲、語意、文法，更在視覺上蘊含了連結至其他語言的契機。

像這樣，多和田葉子對策蘭的理解與詮釋，也就是如前所述的語言本身的越境——由一個詞彙流動到另一個詞彙——同樣在她自己的作品中屢屢可見。

三部曲《地球滿綴》、《星星寄語》、《太陽諸島》解說

多和田葉子近期的長篇小說三部曲連作：《地球滿綴》（二〇一八）、《星星寄語》（二〇二〇）、《太陽諸島》（二〇二二），是深入她的文學世界最好的選擇。這三部曲企圖宏大，且稱之為多和田葉子文學世界的集大成也毫不為過。在內容上，整個故事觸及了她過往關心的各

種主題，諸如國籍身分、少數族群、母語、失語、女性、環境及自然、核能等等，不一而足；在形式上，也有最顯著而成熟的多和田葉子風格與特色，尤其是充滿了開闊、輕盈、幽默、自由、多變的感受，表面看上去簡單，可若要深掘，也能挖出源源不絕的意義。而如果是她的忠實讀者，也能在故事裡發現大大小小與過往作品相關的彩蛋。

三部曲的故事梗概如下：女主角Ｈｉｒｕｋｏ原本在歐洲留學，但她的母國（故事內未明說，但推測就是日本）卻一夕之間不可思議地消失了。她孤身一人留在異鄉，沒有能以母語彼此溝通的對象，於是只好自行創造一種名為「泛斯堪」的語言，以便在斯堪地那維亞半島內進行溝通。某次，她上了電視節目，因此結識一位名叫克努德、研究語言學的丹麥青年學者，兩人便踏上旅程，在歐洲大陸上四處尋訪與Ｈｉｒｕｋｏ說同樣母語的人。

故事中幾乎所有主要角色的人名都具有暗示或典故，能否開啟聯想則端看讀者自身的見識，此處略提供一些線索：男主角取名克努德，既是想讓讀者聯想到有「書面挪威語之父」美稱的語言學家克努德・克努德森（Knud Knudsen），也是想讓熟悉多和田葉子小說的讀者聯想到她前作《雪的練習生》裡那隻名叫努特的北極熊。另有一個愛斯基摩人的角色叫作南努克（Nanook），這在因紐特語中就是北極熊的意思，同時，也扣連著電影史上第一部關於愛斯基摩人生活的無聲紀錄片《北方的南努克》（*Nanook of the North*，一九二二）——而克努德與南努克各自在脈絡裡同指北極熊的這件事，也隱隱約約牽動著小說的劇情發展。除此之外，故事裡和南努克有情感關聯的娜拉，則和易卜生經典劇本《玩偶之家》的女主角相同。另外，還有一位出身印度的跨性別者阿卡西，他的名字源出梵語，在如今的神祕學或身心靈領域中也很常見，意指「天空」、「虛空」，是古印度五大元素之一。

女主角Ｈｉｒｕｋｏ與她的同鄉人Ｓｕｓａｎｏｏ，兩人的名字刻意採用全形字母，並且版面用直式排版，彷彿是將西洋的字母當作東方的文字（無論是日文的假名或是中文的漢字）來使用。這兩個名字也明確指涉著日本創世神話。相傳上古有父神伊邪那岐與母神伊邪那美，兩神初次媾合之時，由於不得要領，故產下一畸形胎兒，名曰蛭子神或曰蛭兒，兩神遂將此胎兒置於蘆舟流放海洋；這蛭子神／蛭兒的日文，即是ヒルコ（Hiruko）。但在神話裡，蛭子神早早從日本創世的過程中被拋棄，但在小說中，Ｈｉｒｕｋｏ反倒因為找尋著那消失故鄉的蛛絲馬跡而成為主角。至於Ｓｕｓａｎｏｏ則指スサノオ，即須佐之男（或也寫成素盞嗚尊），是天照大御神的弟弟，同樣是神話裡才會有的名字。祂的個性衝動狂暴，到處闖禍，因此從八百萬眾神所居住的高天原被流放在外。於是，從這兩位主要角色的人名設定看來，這三部曲的核心主題也頗有逆寫日本創世神話的意圖。

如同前述，多和田葉子的一大特色就在於語言的諧音雙關與歧義曖昧。比如首部曲的取名本身就是如此，原文「地球にちりばめられて」可以指「（被某人）散布於地球各處」，也可以是「（一群人）被地球所分散在各地」，甚至可以詩意曖昧地譯為「被地球鑲嵌」或「被鑲嵌在地球上」。而最終定名為「地球滿綴」，也是仿效日語可以省略主詞、受詞的特性，保留了「地球滿綴（著人們）」與「地球滿綴（在某人身上）」兩種理解的可能。

班雅明曾討論過所謂的「可譯性」。他寫道：「可譯性是特定作品的一個基本特徵，但這並不是說這些作品必須被翻譯；不如說，原作的某些內在的特殊意蘊通過其可譯性而彰顯出來。」（〈譯作者的任務〉，張旭東中譯，牛津大學出版）這意思是說，原作彷彿是個稜鏡，要透過翻譯，人們才能理解到這稜鏡竟將光折射成各式各樣意想不到的模樣。多和田葉子的作品正是這種類型的作品。那麼，這樣的特性該如何迻譯到中文語境裡，就考驗著譯者的思考與功力，且不同譯者也必然採取種種不同策略。

由我所翻譯的首部曲《地球滿綴》，採取的策略更重視原著所意圖的「效果」。因此在某些地方，為了能在中文裡也呈顯出原著中大量使用的諧音、雙關、同義、聯想，我兼用字母、注音等方式呈現，甚至偶爾以最小幅度修改原文，讓讀者光是閱讀中文也能感受到原著中的巧思，且有所更動之處都有加註明示。相對地，由劉子倩所翻譯的第二部曲《星星寄語》，則採取相對直譯的策略，不做更動，展現更為尊重原文的態度，並在語言雙關之處加註說明，讓讀者能夠理解原文的意圖。閱讀時，讀者不妨比較看看哪一種翻譯策略更能感受到作品的核心。

若是連續系列作品，翻譯通常講究前後一致，希望呈現整體統一的面貌；然而，從這三部曲的內容以及主題來看，每本若能有不同的翻譯策略，呈現種種可能性、不同詮釋與理解，甚至接近多音複調、眾聲喧嘩的樣態，毋寧更為呼應多和田葉子的文學關懷。也希望讀者在閱讀這個龐大的故事時，能保有一顆輕盈、開放、自由、好奇的心，跟著小說的敘事逐步探索冒險，同時鬆動自身對語言既有的僵固感受，想像自己像一顆乾燥的海綿又重新吸飽了水，那樣豐滿卻仍舊柔軟，還保有孔洞可以呼吸——這正是多和田葉子小說的醍醐味。

地球滿綴
地球にちりばめられて

作　　者　多和田葉子
譯　　者　盛浩偉

副 社 長　陳瀅如
總 編 輯　戴偉傑
責任編輯　戴偉傑
行銷企畫　陳雅雯、張詠晶
封面設計　IAT-HUÂN TIUNN
內頁排版　黃暐鵬
印　　刷　中原造像股份有限公司

出　　版　木馬文化事業股份有限公司
發　　行　遠足文化事業股份有限公司（讀書共和國出版集團）
地　　址　231023新北市新店區民權路108之4號8樓
電　　話　02-22181417
傳　　真　02-22180727
E-Mail　service@bookrep.com.tw
客服專線　0800-221-029
郵撥帳號　19588272木馬文化事業股份有限公司
法律顧問　華洋國際專利商標事務所　蘇文生律師

初版一刷　2025年9月

定　　價　420元
I S B N　978-626-314-871-0（紙本）
978-626-314-870-3（EPUB）

地球滿綴／多和田葉子著；盛浩偉譯.
－初版.－新北市：木馬文化事業股份有限公司出版：
遠足文化事業股份有限公司發行，2025.09
304面；14.8×21公分
譯自：地球にちりばめられて
ISBN 978-626-314-871-0（平裝）
861.57　　114011289